とっておきの、ときめきを。
ハーレクイン

不道徳な淑女
2005年11月5日発行

著　　者	ニコラ・コーニック
訳　　者	吉田和代（よしだ　かずよ）
発 行 人	スティーブン・マイルズ
発 行 所	株式会社ハーレクイン 東京都千代田区内神田 1-14-6 電話 03-3292-8091（営業） 03-3292-8457（読者ｻｰﾋﾞｽ係）
印刷・製本	凸版印刷株式会社 東京都板橋区志村 1-11-1
編集協力	有限会社イルマ出版企画

造本には十分注意しておりますが、乱丁（ページ順序の間違い）・落丁（本文の一部抜け落ち）がありました場合は、お取り替えいたします。ご面倒ですが、購入された書店名を明記の上、小社読者サービス係宛ご送付ください。送料小社負担にてお取り替えいたします。ただし、古書店で購入されたものについてはお取り替えできません。

ISBN4-596-32233-3 C0297

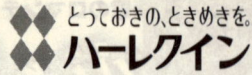

不道徳な淑女

ニコラ・コーニック 作

吉田和代 訳

ハーレクイン・ヒストリカル・ロマンス

東京・ロンドン・トロント・パリ・ニューヨーク・アテネ・アムステルダム
ハンブルク・ストックホルム・ミラノ・シドニー・マドリッド
ワルシャワ・ブダペスト

Wayward Widow

by Nicola Cornick

Published by Harlequin K.K., Tokyo, 2005

◇作者の横顔

ニコラ・コーニック　イギリスのヨークシャー生まれ。詩人の祖父の影響を受け、幼いころから歴史小説を読みふけり、入学したロンドン大学でも歴史を専攻した。卒業後、いくつかの大学で管理者として働いたあと、本格的に執筆活動を始める。現在は、夫と二匹の猫と暮らしている。

主要登場人物

レディ・ジュリアナ……侯爵の娘。愛称ジュー。

ベヴィル・タラント……侯爵。ジュリアナの父親。

メアリアン・タラント……ジュリアナの母親。

ジョスリン・タラント……伯爵。ジュリアナの兄。愛称ジョス。

エイミー・タラント……ジョスリンの妻。

ベアトリクス・タラント……ジュリアナのおば。

クライヴ・マシンガム……ジュリアナの二度目の夫。

エドワード・アシュウィック……ジュリアナの友人。愛称エディ。

アダム・アシュウィック……伯爵。エドワードの兄。

セバスチャン・フリート……公爵。愛称セブ。

ミセス・エマ・レン……ジュリアナの遊び友だち。

マーティン・ダヴェンコート……下院議員候補。

ブランドン・ダヴェンコート……マーティンの腹違いの弟。

アラミンタ……マーティンの姉。

キティ、クララ、デイジー……マーティンの腹違いの妹たち。

プロローグ

一八〇二年

レディ・ジュリアナ・タラントには母の記憶がない。母である侯爵夫人が愛人と駆け落ちしたとき、ジュリアナはまだ四歳だった。タラント侯爵が青の間からはずさせた妻の肖像画は、今、布に包まれて屋根裏部屋にある。夫人の愛人のひとりだった若い画家が正確にとらえた彼女の明るく生き生きした面影は闇《やみ》に閉ざされていた。

　家の中の空気がとりわけ重苦しいとき、ジュリアナはこっそり屋根裏部屋に上がった。そして布を開いて、絵の中の美しい顔に何時間も見入った。部屋の隅には錆《さび》ついた鏡があり、少女ジュリアナは、上靴を履いた足で埃《ほこり》の中に踏み込み、鏡の前でポーズをとっては自分とカンバスに描かれた顔との共通点を探した。金色の斑点《はんてん》のあるエメラルドグリーンの瞳は同じだ。小さな鼻も、美人の基準からすれば大きすぎる口も。

　顔の輪郭は違う。それに赤褐色の髪はタラント家の髪の色だと思う。でも、父はわたしを自分の子ではないと言っている。ということは、父親の髪の色を受け継いだわけではないのだろうか。

「女の子に母親がいないのはよくないわ」ジュリアナは父の妹であるベアトリクスおばがそう言うのを聞いたことがある。だがベヴィル・タラント侯爵はベアトリクスをさげすむように見て言った。この子には召使いたちも家庭教師たちもつけてある、このうえ何を望むというのだ、と。

　その年の夏。午後、ジュリアナは家庭教師のミス・バーティが執拗《しつよう》に繰り返して教え込もうとするフランス語のレッスンにすっかり飽きてしまい、外に行かせてくれと何度も懇願した。悩んだすえにミス・バーティが許可すると、ジュリアナは階段を跳ねるように飛び下りた。パラソルを持っていけとか、お行儀よくするようにという言いつけには耳も貸さずに。ミス・バーティは小言ばかり言う。たとえば、若いレディはいつもボンネットをかぶるものですよとか、若いレディは花の咲く野原を駆けてはいけませんとか、若いレディは紹介なしに紳士と話をしないものですとか。

　ジュリアナはまだ十四歳だ。それでも、若いレディらしくするのがどんなに退屈か知っていた。少女にはすでに反骨精神が備わっていたのだ。

　青の間のドアが開いたままになっている。お茶のカップのかちゃかちゃという音に混じって、父の声が聞こえた。またベアトリクスおばが屋敷に来ているのだ。

「メアリアンがカルツォーニ伯爵とローマにいるのがわかったわ」侯爵の質問に答えて、ベアトリクスおばが言った。おばは未婚だ。「子供たちのことをきいていたわよ、ベヴィル」

　侯爵はうなった。

「子供たちに会いにイギリスに帰ってきたいんじゃないかしら。でも、無理でしょうね？」

　侯爵はまたうなった。沈黙が流れた。

「ジョスはオックスフォードでとてもよくやっているそうね」ベアトリクスは明るく言った。「あなたがジュリアナを学校にやらないなんて驚きだわ。あの娘《こ》も今度こそ立派に振る舞うと思うのよ。あの娘があなたを喜ばせたくてたまらないのはわかっているでしょう？」

「ジュリアナをどこかに行かせることができたらどんなにうれしいか。だが、時間の無駄だ。おまえの言うとおりにしたらどうなったか見るがいい、ベアトリクス。あの娘はまったく手に負えない。母親と同じだ」

　ベアトリクスは舌打ちした。「そんなに非難しなくても……。学校でのあの出来事は、運悪く――」

「運悪くだと？　フランスの猥褻《わいせつ》な本を読んだのが？　とんでもないことだ。それならきくが――」

「猥褻な本じゃないわ」ベアトリクスは穏やかに言った。「ほかの女の子が持ち込んだ趣味の悪い漫画よ。だいたいジュリアナがその種の本を読みたいと思ったら、ここの図書室で読めばいいでしょう」

　侯爵はまたうなった。かなり怒っている。ジュリアナはあたりに召使いがいないのを確かめると、もっとよく聞こえるように半開きになったドアに近づいて体を寄せた。

「いずれにしても、結婚を考えなくては」ベアトリクスは考え深げに言った。「今はまだ若すぎるけれど、二、三年もすれば……」

「十七歳になったらすぐに結婚させて家から出す」侯爵は不機嫌に言った。「それで片がつく」

「それならいいけれど。それでメアリアンのことがすっきりするのなら」

「メアリアンはふしだらな女だ」ベヴィル・タラントはローマにいる妻――タラント侯爵夫人のことを冷ややかに言った。「次から次に愛人を作って。ジュリアナにも同じ血が流れている。覚えておくがいい。あの娘もしまいにはろくなことになるまい」

　話はまだ続いているが、ジュリアナは青の間に背を向けた。白黒の大理石造りの玄関ホールを重い足取りで通り抜け、アシュビー・タラント・ハウスの正面の階段を下りる。柱廊の影から出ると、白い石畳に太陽が照り返して、急に暑さを覚えた。ボンネットもパラソルも置いてきてしまった。明日はきっと、そばかすが増えているだろう。

ジュリアナは馬車道を横切ってリンデンの木のあいだの小道を抜け、牧草地を川に向かって歩いた。心も足取りも重い。なぜ父がこれほど自分を煙たがるのか、わからなかった。父は毎日、その日何を勉強したか報告させるが、本当に興味を持ってきいているわけではないと、子供心に察していた。なぜなら時計が鳴るが早いかジュリアナを部屋から出ていかせ、振り向こうともしないからだ。ジュリアナがミス・イヴリング女子校に入ったとき、父はとても喜んだ。そして、卒業前に学校をやめて帰ってくると、ひどく腹を立てた。今となっては父を喜ばすには、できるだけ早く結婚するしかなさそうだ。たぶん結婚するだろう。だが心の奥で、結婚しても父が喜ぶはずがないという小さな声がした。わたしがどうなろうと、父はけっして愛してくれないのだ。

ジュリアナは葦《あし》の茂った川岸を歩いていった。アシュビー・タラントの村に近づくにつれ、曲がりくねった川の流れがゆっくりになった。柳の木立のそばに大きな淵《ふち》があり、鴨《かも》が岸辺で羽をつくろっている。浅瀬が日差しを受けてきらきら輝き、魚が泳いでいるのが見える。ジュリアナは柳の枝のカーテンを押し分けて木陰に入った。木陰は金色を帯びて薄暗かった。

先客がいた。ジュリアナははっとして目をこらした。少年があわてて立ち上がり、両のてのひらを膝丈のズボンにこすりつけた。目が暗さにだんだん慣れてきて、少年の細かい様子がわかった。ひょろりと背が高く、麦藁《むぎわら》色の髪をして、顔はにきびだらけだ。ジュリアナは足を止め、まじまじと彼を眺めた。農夫の息子か、それとも鍛冶屋《かじや》の弟子だろうか。

「おまえは誰？」ジュリアナはベアトリクスおばが召使いにものを言うときの冷ややかで、えらそうな口調をまねて言った。

少なくともジュリアナよりは年上に見えるので、

十五歳は超えているだろう。少年というよりは若者といったほうがいいかもしれない。彼は彼女の口調ににやりとしただけだった。真っ白な美しい歯並びが、ジュリアナの目を引いた。彼は変わった形の木切れをスケッチしている最中だった。草のしみのついたシャツや着古した膝丈のズボンが、スケッチという行為とどこかそぐわなかった。

「マーティン・ダヴェンコートです。どうぞよろしく。きみは？」

「アシュビー・タラントのレディ・ジュリアナ・タラントよ」

少年がまたくすりと笑った。両の頬に深いえくぼができる。実に魅力的な笑顔だ。ジュリアナは彼のみっともないにきびが気にならなくなった。

「荘園《しょうえん》のレディですね」彼は言った。丈の高い草むらに古い水車の土台だった石がいくつか打ち捨てられている。彼はその石を手で示した。「一緒に座りませんか？」

石の上に本が置いてあるのにジュリアナははじめて気がついた。微風がやさしく本のページをめくる。何かの一覧表や図が載っているが、内容はわからない。そばに彼がスケッチしていた紙と鉛筆があり、そのまわりに木切れや紐《ひも》、釘《くぎ》などが散らばっている。

ジュリアナはじっとそれらを見つめた。彼の身分を思い違いしていた自分がひどく恥ずかしかった。

「あなたは村から来たのではないのね」責めるように言う。

マーティン・ダヴェンコートは目を丸くした。きれいな目だと、ジュリアナは思った。緑がかった青い瞳が、濃いまつげに縁取られている。

「村から来たと言ったかな？　ぼくはアシュビー・ホールにいます。サー・ヘンリー・リーズが名付け親なので」

ジュリアナはゆっくり歩み寄った。「どうして学校に行っていないの？」

マーティンは弁解するようにほほえんだ。「病気だったから。夏の終わりには戻るつもりです」

「イートンへ？」

「ハーロウへ」

ジュリアナは草の上に腰を下ろし、変わった形の木切れを取り上げて、手の中で回した。

「要塞《ようさい》を作ろうと思ったんだが」マーティンは言った。「でも壁の角度がどうしてもきっちり合わないんだ。数学は得意ではないから」

ジュリアナはあくびをした。「数学なんて。兄のジョスもあなたと同じよ。いつもおもちゃの兵隊で遊んだり、狭間《はざま》胸壁を作ったりしているわ。わたしには死ぬほど退屈だけれど」

マーティンは彼女の横に腰を下ろした。「それならどんな遊びが好きですか、レディ・ジュリアナ？」

「もう遊ぶ年齢ではないわ」ジュリアナは軽蔑《けいべつ》したように言った。「十四歳ですもの。二、三年したらロンドンに行って夫を見つけるのよ」

「言ってはなんだけど」マーティンが目をきらきらさせて言った。「遊ばないなんてつまらないな。毎日、どんなことをして過ごしているの？」

「ダンスをしたり、ピアノを弾いたり。刺繍《ししゅう》やそれに……」言葉がつまった。どれもつまらなく聞こえたのだ。「ほら、わたしはひとりぼっちでしょう」彼女はすまして言った。「だから自分で楽しむしかないの」

「天気のいい日には勉強を怠けて淵に来るとか？」

ジュリアナの口元がほころんだ。「ときどき」

彼女は不思議にくつろいだ気分でずっと草の上に座っていた。一方、マーティンは何度も本を見返しては、苦労して木切れを組み合わせ、はね橋らしきものを作っていた。

とうとう太陽が柳の木の向こうに隠れた。ジュリアナは別れの挨拶《あいさつ》をした。しかしマーティンは何かの計算に夢中でろくに返事もしなかった。彼女は家路をたどりながら、彼の姿を想像して微笑した。あのぶんでは暗くなるまで柳の木陰で作業に没頭して、夕食をとりそこなってしまうわ。

驚いたことに、マーティンは次の日も、その次の日も柳の木の下にいた。それから二週間、ふたりは晴れた日の午後は、そこで過ごした。マーティンは兵器の模型を作ったり、本を読んだりしていた。哲学や詩歌、文学の本だ。ジュリアナが話しかけても、うんとかああとか言うだけで、本から顔を上げようとしない。ジュリアナはときどき彼の無関心ぶりをなじったが本気ではなく、ふたりは穏やかで楽しいときを過ごした。

秋の気配がかすかに感じられる八月末のある日、ジュリアナはいつものように草の上に身を投げ出して、ロンドンに行って夫を見つけるなんてばかげているわと憂鬱《ゆううつ》そうにぼやいた。わたしと結婚したいと思う人なんか絶対にいないわ。わたしはみっともないし、いい花嫁にもなれない。それにドレスはみんなすぐに短くなってしまうし。二年たって十六歳になるまでに、あとどれだけ背が伸びることやら。ロンドンに行ったってなんにもいいことなんかないわ……。

浅瀬でたわむれている二羽の鴨をスケッチしていたマーティンは、ジュリアナがドレスがすぐに短くなってしまうと言ったとき、重々しくうなずいた。ジュリアナは彼に本を投げつけた。マーティンはそれを器用に受け止めてわきに置くと、また鉛筆を取った。

「マーティン」ジュリアナは呼びかけた。

「うん？」

「わたしをきれいだと思う？」

「ああ」マーティンは顔を上げずに答えた。眉間《みけん》にしわが寄っている。集中しているのだ。

「でも、そばかすがあるわ」

「そうだね。それもきれいだ」

「わたしはおてんばだから、夫なんか見つからないと父は言うの」ジュリアナは草をちぎって、うつむいた。「母と同じで手に負えない性格だから、ろくなことにならないだろうって。母のことはなんにも覚えていないけど」ちょっと悲しげに言う。「でも、みんなが言うほど悪い人ではないはずよ」

マーティンはスケッチする手を止めた。ジュリアナを見た彼の顔に珍しく怒りの色がよぎった。

「父親は娘にそんなことを言ってはいけないんだ」ぶっきらぼうに言う。「お父さんが、きみのことをろくなことにならないだろうって言ったのかい？」

「父の言うとおりですもの」ジュリアナは言った。

マーティンは乱暴な言葉を吐いたが、幸いジュリアナにはよくわからなかった。沈黙が流れ、ふたりはしばらくじっと見つめ合った。

「もしきみが三十歳になったとき、まだ結婚していなかったら、ぼくが喜んで夫になってあげる」マーティンが恥じらいながら言った。声がかすれている。

ジュリアナはまじまじと彼を見つめ、吹き出した。

「あなたが？　まあ、マーティン！」

マーティンは顔をそむけて哲学の本を取った。彼の首筋が赤くなり、赤みが顔中に広がるのを、ジュリアナは眺めた。彼は本を凝視したままだ。

「三十歳なんてすごい年齢ね」笑うのをやめて、ジュリアナは言った。「そのころには、もう結婚して何年もたっていると思うわ」

「そうだろうね」マーティンが答えた。まだ顔を上げない。

ぎこちない間があった。ジュリアナはドレスの裾《すそ》をもてあそびながら、伏し目がちにマーティンをうかがった。本に没頭しているふりをしているけれど、彼はきっと同じページを何度も読んでいるにきまっている。

「すてきな申し出だわ」ジュリアナはそう言って、マーティンの手の甲におずおずとさわった。指先に触れる彼の肌は温かくてなめらかだ。それでも彼は顔を上げようとしなかった。だが、彼女の手を振り払いもしない。「わたしが三十歳になっても結婚していなかったら、喜んでその申し出を受けるわ」彼女は小声でつけ加えた。「ありがとう、マーティン」

マーティンがやっと顔を上げた。やさしい微笑を浮かべ、ジュリアナの手をしっかりと握った。彼の目を見つめ返しながら、彼女は不思議に心が温まるのを感じた。

「大歓迎だよ、ジュリアナ」

ふたりはそのまま静かに見つめ合った。やがて水面を渡る風が肌寒く感じられるようになり、ジュリアナはマーティンにもう帰らなくては、と告げた。

次の日は雨だった。その次の日も。その後、柳の木陰でマーティンの姿を見かけることはなくなった。ジュリアナが召使いにそれとなくきいてみたところ、サー・ヘンリー・リーズの名付け子は家に帰ったとのことだった。

ジュリアナ・タラントとマーティン・ダヴェンコートが再会したのは、それからほぼ十六年もたってからだった。そのころジュリアナは、父が予言したとおりの運命をたどっていた。

1

一八一八年

ミセス・エマ・レンは人を驚かせるようなパーティを主催することで有名だった。招待状を熱心にほしがるのは上流社会の遊び好きな既婚女性や、品行の悪さで真面目《まじめ》な人たちから顰蹙《ひんしゅく》を買っている独身の道楽者たちだった。

六月の暑い夜、エマ・レンは招待客を選んで特別なパーティを開いた。仲間のひとり、ひどい女たらしのアンドルー・ブルックス卿《きょう》が近く結婚するのを祝うためだ。エマ・レンはこの夜の献立をめぐってコックと激しくやり合った。デザートの品目を聞いたコックはすぐさま暇を取りそうになったほどだ。結局、その日だけ特別にフランス人のシェフを雇うことで折り合いがついた。それでコックは厨房《ちゅうぼう》の隅に引っ込み、摂政皇太子のシェフであるカレームを雇えばよかったのに、とぶつぶつ文句を言った。カレームのほうが自分よりずっとこの種の乱行には慣れているのだから。

夜も更けていき、食堂の空気が蝋燭《ろうそく》の煙とワインの香りでよどんだころになって、デザートが運ばれてきた。大半を占める男性客は満腹したうえ酔っ払って、エマ・レンが大胆にも客のあいだに座らせた高級娼婦《しょうふ》たちとたわむれていた。娼婦が主役であるブルックス卿の膝にのり、テーブルの中央に置かれた銀の皿からぶどうを取って口に入れながら、甘い言葉をささやいている。ブルックス卿は娼婦の胴着《ボディス》の中に手を入れて愛撫《あいぶ》している。その顔は酔いと欲望で黒ずんでいた。

両開きのドアがさっと開いて、数人の下男がよろよろと入ってきた。エマ・レンは手をたたいて皆を静かにさせた。

「皆さん」エマ・レンはじらすように声をひそめた。「お待ちかねのデザートよ。この悲しい日のため特別に作らせたの」

ざわめきが起き、笑い声があがった。

「アンドルーはわたしたちから離れたりしないはずだわ」エマ・レンはにこやかに続け、ブルックスのほうを意味ありげに見た。「結婚したって友だちと縁が切れるものではないわ。アンドルー、これがわたしたちからの贈り物よ」

ぱらぱらと拍手が起きた。エマ・レンが一歩下がって合図すると、下男たちが巨大な銀の皿をテーブルに置いた。制服を着た執事が蓋《ふた》をさっと取る。

部屋の中は静まり返った。衝撃の波がみるみるテーブルのまわりに広がっていく。客人たちは椅子の上で身を起こし、口をぽかんと開けた。アンドルー・ブルックスは化石のように動かず、膝にのっていた娼婦はいつの間にか滑り下りていた。

銀の大皿の上には、レディ・ジュリアナ・マイフリートが一糸まとわぬ姿で横たわっていた。赤褐色の髪にはまばゆいばかりのダイヤモンドの宝冠が輝いている。右の太腿には宝石をちりばめたガーターを、首には細い銀の鎖をつけていた。腹部の中央にはぶどうが盛られ、きれいな渦巻き状にしぼり出したクリームが素肌を覆っている。クリームにはぶどうや苺《いちご》、メロンの一片が埋め込まれていた。全身にまぶされた粉砂糖が薄暗い蝋燭の光に輝いて氷の彫像のようだ。彼女は猫のような笑顔でブルックスに銀のスプーンを差し出した。

「まずあなたからどうぞ、アンドルー……」

ブルックス卿はいそいそと応じた。有頂天になって果物とクリームをすくう。手が震えて危うく床にこぼすところだった。ほかの男たちもやじったり喝《かつ》采《さい》したりしながらテーブルに近づいた。

レディ・ジュリアナの熱心な取り巻きのひとり、サー・ジャスパー・コリングが前に進み出た。

ブルックス卿が彼を引き戻した。「待て。これはわたしのパーティで、デザートもわたしのものだ」

すっかり影が薄くなった娼婦たちは腹立たしげだ。

レディ・ジュリアナはものうげに首を回し、新顔の紳士に目を留めた。金髪で長身のすらりとした体つきだが肩幅は広くて頑健そうだ。意志の強そうな顔は日に焼け、あごの線は冷酷なまでに厳しく引きしまっている。彼は椅子にゆったりともたれて、テーブルに群がる男たちを軽蔑《けいべつ》したように見ていた。

ジュリアナは、この男を知っているという奇妙な感覚に襲われた。魅惑的な微笑を浮かべて彼を見る。

「さあどうぞ。恥ずかしがらなくていいわ」

紳士の緑がかった深い青の瞳が冷淡に彼女を見た。

「ありがとう。だが、デザートは好きではない」

拒絶されるのに慣れていないジュリアナは、同じように冷淡な目で彼を見返した。二十九歳の彼女とほとんど同じぐらいの年格好に見える。それとも少し年上だろうか。彼の口もとが皮肉な笑みでゆがんだ。

今までにない感覚がジュリアナを襲った。一瞬、自分が小娘になったような気がして動揺した。彼の挑戦的な冷ややかなまなざしに体が震え、銀の皿から滑り下りて逃げ出そうかと思った。彼女の顔から笑みが消えた。けれども彼から目が離せない。

彼のほうが先に目をそらし、グラスにワインをつぐよう給仕の者に合図した。ジュリアナをとらえていた不思議な感覚も消えた。きらきら光る肩を揺らしながら、彼女は居合わせた紳士の中でももっとも若くて興奮している青年にほほえみかけた。

「かわいいサイモン、クリームをなめない？」

ジュリアナはクリームをすくい取ろうとする青年のほうに体を曲げ、それから立ち上がった。タイル張りの床に果物が散らばる。彼女は体を覆うものを持ってくるよう小間使いに言いつけた。男たちががっかりしてうめいた。向こう見ずな男女は今までジュリアナの横たわっていた皿に群がった。女たちが皿から果物やクリームをすくって男たちに食べさせる。ジュリアナはちらりと肩越しに見て、今夜ももうエマのいつもの乱ちき騒ぎが始まったと感じた。

召使いの男が耳まで真っ赤にしてドアを押さえ、ジュリアナを通した。彼女がはだしのまま部屋を出ると、玄関ホールの磨き込まれた大理石の床にクリームや果物が落ちた。体を覆った布がクリームでべたべたする。粉砂糖を振りかけた肌がむずがゆかった。湯浴《あ》みの用意をさせておくのをエマが忘れていなければいいけれど。

食堂のドアが背後で閉まったとたん、室内のざわめきがジュリアナの耳に伝わってきた。みんな彼女の驚くべき行為についてしゃべりたてているのだ。かすかな笑みがジュリアナの口もとに浮かんだ。これでクラブでの格好の話題ができたでしょう。明日の結婚式がどんなにおごそかに執り行われようと、アンドルー・ブルックスの結婚式といえば前夜の恥知らずな出来事のせいで皆の記憶に残るはずだ。上流社会の既婚女性は、かつては自分たちの仲間でありながら、恵まれた境遇から恐ろしいほど転落したレディ・ジュリアナ・マイフリート、つまりタラント侯爵の娘のとんでもない行為をまたしても声高に批判するだろう。

「こちらです」小間使いがゆるやかにカーブした階段を手で示した。とても若くて不器量な娘だ。エマは自分と比べられないように器量のよくない小間使いばかり選ぶのね、とジュリアナは思った。小間使いは先に立って階段を上り、ジュリアナが服を脱いだ部屋に導いた。戸口を通り、その先のドアを開けると小部屋がある。べつの小間使いが浴槽に湯を注いでいる。ジュリアナが入っていくと、小間使いは汗のにじんだ顔を上げ、真っ赤になった。水差しがからになるや、娘はお辞儀をして急いで出ていった。上流社会でもっとも悪名高い未亡人と同じ部屋にいたら危険だとでもいうように。

ジュリアナはうっとりさせるような笑顔を一緒に来た小間使いに向け、体を覆う布を取った。かがんでガーターを取り、浴槽に入る。

「ありがとう。もう下がっていいわ」

小間使いは口もとに笑みを浮かべた。そして汚れた布を取り上げ、気のないお辞儀をして部屋を出ていった。ジュリアナは声をあげて笑った。

濡《ぬ》れた粉砂糖が肌にこびりつく。ジュリアナは木の柄のついたブラシを取って体をよくこすった。体に残っていたクリームがかすのように湯の表面に漂い、ひと切れのりんごが濁った湯の中でくるくる回っている。ジュリアナは顔をしかめた。いたずらは、そのときはよくてもあとが不愉快だ。これではもう一度、湯の用意をしてもらわなくては。

ジュリアナは体を伸ばして目を閉じた。執事が銀の大皿の蓋を取った瞬間がよみがえってきた。あれほどのどよめきを引き起こしたなんて、本当に面白かったわ。女たちは怒りですさまじい顔になり、男たちは菓子屋に入った子供のような顔をした。ジュリアナは満面に笑みを浮かべた。人の感情をかきたてるのはとても楽しい。崇拝、欲望……そして軽蔑の念を起こさせるのは。

ジュリアナは不意に体を起こした。金髪の見知らぬ紳士の表情を思い出したのだ。

〝ありがとう。だが、デザートは好きではない〟

なんて失礼なの。どうしてあんなに尊大になれるの？　単なる冗談なのに。だいたいあんな堅苦しい人物がなぜエマのパーティに来たのかしら？　教会に行くつもりで、道を間違ってしまったのではないかしら？

一瞬、紳士の青い瞳がよみがえり、ジュリアナは再び落ち着かない気分に襲われた。知り合いのような気もするが、そんなはずはないという気もする。

　ジュリアナは立ち上がった。湯が波立って床にこぼれる。タオルを取って肩にかけると、タオルが宝冠に引っかかった。彼女はいらいらして頭から宝冠をむしり取り、化粧机の上にほうった。急に屋敷に帰りたくなり、濡れた足跡を床に残しながら寝室を横切った。衣類はベッドの上にある。ベルを鳴らせば、仏頂面の若い小間使いが来て着替えを手伝ってくれるだろう。でも、呼びたくなかった。自分の小間使いのハティはポートマン・スクエアの自宅に置いてきてしまった。ハティはいつもジュリアナを責めたてる。友人たちからは、なぜハティを首にしてべつの小間使いを雇わないのかときかれるけれど、正直なところ、厳しい小間使いのほうが好きなのだ。記憶にない母親の代わりをしてくれるからだ。

　ジュリアナは衝動的に自分で服を着た。乱雑に脱ぎ捨てられた衣類の中からストッキングを取り上げてガーターで留める。コルセットをわきにほうってシュミーズをするりと身にまとった。今日着てきたイブニングドレスは青緑色の紗《しゃ》の生地で、意外なほどあっさりしたデザインだ。それでもホックを留めるのは人の助けがないと難しい。薄い服地は透けて見えそうなうえ、だらりと下がって胸が大きく開く。ジュリアナは眉を寄せた。これでは酔っ払った娼婦みたいに品がなくて、魅惑的とはとても言えないわ。ひとりで服を着るのは思ったよりずっと大変だ。二度としたくない。だらしなく見えるのには耐えられなかった。

　ジュリアナは化粧机の前に座って鏡に映る自分の

姿をしみじみと眺めた。自分ひとりでは髪も満足にまとめられない。宝冠を取ってしまったので赤褐色の髪はもつれたまま背中を覆っている。波打った髪が顔の輪郭をぼかし、強い頬の線がやわらいで若々しく見えた。鼻に散らばったそばかすがいっそう愛らしく見える。ジュリアナは身を乗り出した。認めたくないけれど、目に弱気の陰が見える。あの見知らぬ紳士に見つめられたときと同じように奇妙な感じがした。

　ドアが開き、エマ・レンが衣《きぬ》ずれの音とともに入ってきた。エマが酔っているのはすぐにわかった。顔が赤く、ヘアピースが少しずれている。

「ジュリアナ」エマは興奮していた。「まったくすばらしかったわ。あなたの噂《うわさ》で持ちきりよ。みんなあなたを待っているの。階下《した》に行く準備はできている？」

　ジュリアナは鏡に向きなおった。言いわけと知りつつ言う。「まだなの。誰かに助けてもらわないとドレスも髪も……」

　エマは舌打ちした。「わたしの小間使いを呼べばよかったのに。デシーならすぐにできるわ。でも……」ちょっと下がってジュリアナを見る。「その悩ましい姿もとても魅力的だわ。男の人たちは喜ぶわよ。乱れた巻き毛がすてき。若くて純情そうに見えるわ」エマは大笑いした。「もっとも、あなたはそんな風情をたちまち吹き飛ばしてしまうでしょうけれどね」

　エマは政府高官の妻でいるより娼館のおかみのほうがよほど向いているのに、とジュリアナは思った。実際、エマの優美にしつらえられた屋敷はコベント・ガーデンの娼館とたいした違いはないのだ。ジュリアナは顔をそむけた。自分の楽しみのためなら、もっとひどい遊びでも協力しないでもない。しかし他人を楽しませるためにする気はまったくなかった。

今夜のいたずらのおかげで少なくとも一時間は退屈しないですんだ。だからといって、これから階下に行って娼婦のように振る舞うつもりはない。

「サー・ジャスパー・コリングがあなたに来てほしいと言っているのよ」エマは意味ありげに言って、化粧の濃い顔を寄せてきた。息がワインくさい。「それからサイモン・アーミテージも。彼はかわいい人だわ、ジュー。とても若くて熱心で。彼に恋の手ほどきをしてあげたらどんなに面白いかしら」

ジュリアナは嫌悪感を覚えた。サイモン・アーミテージが自分に夢中なのはわかっているし、それも悪い気はしない。でも、自己満足だけで彼の気持ちを受け入れたらあまりに失礼だ。人がどう噂しようと、わたしはそこまで放蕩《ほうとう》者にはなれないのだ。ジュリアナはエマのおだてにのるまいと心を決めた。だが、エマを怒らせる前にたずねておきたいことがある。ジュリアナはできるだけさりげない口調できいた。

「エマ、あの紳士……ほら、見た目は放蕩者らしくても、聖職者のように振る舞う紳士のことよ。誰なの？」

エマは思い当たったらしい。「ああ、わかった。新顔の紳士のことね。はじめて会う人ほど好奇心をそそられるものはないわね、ジュリアナ？」彼女はベッドの端に勢いよく腰かけた。「あれはマーティン・ダヴェンコート。サマセットシャーのダヴェンコート一族の出よ。爵位はないけれど大金持ちで、国中の名家の半分ぐらいと血がつながっているの。昨年お父さんが亡くなり、ロンドンに戻ってきたのよ」

「ダヴェンコート」ジュリアナはおうむ返しに言った。かすかに聞き覚えがある。しかし思い出せない。

「そう、マーティン・ダヴェンコートよ。面白い人だと聞いたのよ。何年もヨーロッパの中心地にいたと」鏡の中のエマが顔をしかめた。「だから招待したのに、あんなに退屈な人だとは思わなかった。もしかしたら、下院議員になりたがっているせいかもしれないわね。議員らしく威厳のある態度をとろうとしているのね。でなければ、厄介な腹違いの弟や妹が六人もいて面倒を見なくてはならないせいかも。いずれにしても今夜の彼はここの雰囲気に溶け込もうとしていなかったわ。でもあなたなら、彼の気分を変えられるかもしれないわよ」

「マーティン・ダヴェンコート」ジュリアナは眉を寄せた。「聞き覚えのある名前だわ。確かに会ったことがあると思うけれど、いつだったか思い出せないのよ」

エマは眉を上げた。「彼は外交関係の仕事をしているのでしばらく国を出ていたはずよ。だけど、彼を知らなくても、あなたはいつだって知っているふりができるじゃないの。階下に来て、旧交を温めようと彼にもちかけてよ、ジュー」

ジュリアナはためらったのち、かぶりを振った。そして立ち上がるとベッドの上のマントを取った。

「それはできないわ、エマ。ミスター・ダヴェンコートにわたしの力は通じないの。それに、あなたのお誘いも断らせてちょうだい。頭痛がするから早く帰りたいの」

エマは跳ねるように立ち上がった。気を悪くしたらしい。「でもジュー、男の人たちが待っているのよ。あなたに来てほしいと言っているの。約束してしまったのよ」

「何を？」

ジュリアナはまじまじとエマを見た。すっかりあわてている彼女の様子から、だいたい察しがついた。わたしは今夜のお楽しみの計画に組み込まれているんだわ。さっきのように皿に横たわるだけではすまない余興に。エマが今夜の乱ちき騒ぎのためにヘイマーケットから仕入れた物と一緒に、わたしは客人たちに提供されるのね。そう思い当たると猛烈に腹が立ってきた。

「階下に行って放蕩者たちとたわむれる気はないわ。サイモン・アーミテージにジャスパー・コリング、ほかの誰のためであろうとも」できるかぎり穏やかな口調で言う。「家に帰りたいし、帰るつもりよ」

　エマが真っ赤な唇を引き結んだ。ご冗談をと言わんばかりの目で見られて、ジュリアナは経験を積んできたはずの自分が急に子供っぽく思えた。

「どうして裸で皿の上に横たわって見せびらかすのならよくて、あの人たちとちょっとつきあうのがいやなのか、わからないわ」

「あなたが提供させたがっているのは、わたしの時間だけじゃないんでしょう？」ジュリアナはこわばった口調で言った。エマの人を見下した顔を見るうちに、頭に血が上ってきた。エマの言い分には一理ある。わたしはわざと衝撃的なことをして挑発し、さっさと逃げ出そうとしているのだ。ジュリアナは息を吸った。「あのいたずらに同意したのは面白いと思ったからよ。冗談のつもりであなたのお客様にショックを与えたかったの。それ以上の意味はないわ」

　エマはうんざりしたような声を出した。「娼婦たちは自分のしていることに正直よ」

　ジュリアナは赤くなった。「あの人たちは仕事よ。わたしは今夜、男性とおつきあいする気分じゃないの」

「つきあったことなんかないじゃないの」エマはきつい目でにらんだ。「気がついてないとでも思っているの？　さんざん媚《こ》びたり、見せびらかしたり、じらしたりしておきながら、なんにも与えないくせに。知っているのよ、ジュー」エマはぐいと顔を近づけた。「悪女という評判がまやかしだってことをね！」

　ジュリアナは笑った。エマが酔っているときは無視するにかぎる。まともに返事をすれば友情を失うことになりかねない。今のジュリアナにはエマとの友情が必要だった。

「エマ、お客様のところに戻ったほうがいいわ。明日の結婚式で会いましょう」

「あなたになんか会いたくもないわ！」エマは金切り声でわめいた。ジュリアナが歩きだすと、エマはヘアブラシを化粧机から取り上げて投げつけた。

「ジュー、あなたは遊びを途中で終わらせるような勇気のないつまらない女ね。出ていって！　パーティをだいなしにしたことはけっして許さないから」

「カードゲームでお金を巻き上げたくなったらすぐ、わたしを許すでしょうね」ジュリアナは冷ややかに言った。

　ジュリアナはカーブした階段を急いで下りた。今出てきた寝室でエマが暴れているらしく、壁に物を投げつける音が聞こえた。エマが癇癪《かんしゃく》持ちなのは前から知っている。そしていつも運の悪い召使いがとばっちりを受けることも。しかしこれまでジュリアナ自身がその対象になることはなかった。一瞬、父の不機嫌な顔、冷ややかで痛烈な口調がよみがえってきた。〝あんな女を大事な友だちと思うのか、ジュリアナ？　趣味が悪くて教養もないあんな女を？　なんということだ。どうしておまえはこうなってしまったんだ〟

　ジュリアナは身震いした。自分の子かどうかも疑わしい娘が、節操のない母親と同じ道をたどっているとタラント侯爵が嘆いていることを知らない者はいない。ジュリアナはロンドンで派手に遊んでいた。高額の金を賭《か》けるカードゲームに興じ、悪い連中とつきあっている娘を、アシュビー・タラントに住む父は冷たい目で見ていた。四年前に兄のジョスリンが結婚して以来、彼女は一家のもてあまし者と噂され、反抗心からわざとそのように振る舞ってきた。

玄関ホールは暗く、正面のドアのそばに一脚だけある高い台の上に蝋燭が何本かともっている。食堂からは客たちの笑い声や音楽、はやしたてるどよめきが聞こえてきた。娼婦か客人がダンスを踊っているに違いない。女主人がいなくても、わたしがあの場に出ていかなくても、パーティは十分盛り上がっている、とジュリアナは思った。

ジュリアナは柱の陰に下男が歩哨《ほしょう》のように立っているのに気づいて呼んだ。さっき皿にのったわたしを食堂に運び入れた男たちのひとりだろうか。下男は目を合わせるのを避けている。彼はわたしの体を見た衝撃から立ちなおっていないようだ。

「馬車を呼んできて」ジュリアナは横柄に命じた。

「はい、ただ今呼んでまいります」熱い物にさわった猫のように下男は飛んでいき、ジュリアナは戸口に向かった。あと二、三分でこの屋敷からも、不愉快になってしまったこのパーティからも逃れられる。せっかくブルックス卿をからかうことができて面白かったのに、エマが癇癪を起こしたために吹き飛んでしまった。ジュリアナはため息をついた。今夜のパーティがどんなことになるか、わかってもいいはずだった。友の無軌道ぶりはちょっとしたいたずらではすまされないということを。

正面のドアの前まで来て、ジュリアナはドアを開けてくれる執事はいないかとあたりを見回した。そのとき暗がりから男性が出てきた。

「逃げるのか、レディ・ジュリアナ？　やりかけたことを終わらせずに」

深みのある声にジュリアナは飛び上がった。彼に少しも気がついていなかったのだ。彼は帰り支度をしていて、手袋をはめているところだった。笑いかけられ、ジュリアナはなぜか脈が乱れて速くなった。

マーティン・ダヴェンコートだとわかると、いつになく不安な思いに駆られる。彼に見つめられ、自分がまったく無防備な気がした。この男性の前では世慣れた人間らしく振る舞うことが、いかにもうわべだけのものに思えて自信がなくなる。彼女が信頼できるのは兄のジョスリン・タラントだけだ。マーティン・ダヴェンコートの探るようなまなざしは、見てほしくないものまで見られているような気がして、ジュリアナはつんとあごを上げた。

「家に帰るのよ」彼女は相手を眺めた。「あなたも今夜のパーティが性に合わないようね、ミスター・ダヴェンコート」

「そのとおり」彼の声には面白がっているような響きがある。「わたしは明日ブルックス卿と結婚するユースタシア・ハヴァードのいとこだ。レディ・ジュリアナ、これが彼の」いったん言葉を切ってから皮肉な口調で続ける。「独身最後の楽しみだとは理解しがたい」

ジュリアナは魅力的な笑顔を見せた。慣れているから、冷たい非難の言葉には楽に対応できる。

「わたしたちのささやかな楽しみがお気に召さなかったようね。高級クラブ〈アルマックス〉か、若いレディの社交界デビューの舞踏会にいらっしゃったほうがよかったのに。このパーティがあまりにも刺激的なら、そういう場所のほうが趣味に合うでしょう」

「それもそうだな」マーティン・ダヴェンコートはゆっくりと言った。ずっと考え深げにジュリアナを見つめていた彼は、食堂の閉ざされたドアのほうを手で示した。「きみがこんなに早く帰るとは驚いた。パーティはまだ始まったばかりだ。さっきの振る舞いからして、あのあともたっぷりみんなを楽しませる気だろうと思っていたのに」

ジュリアナは笑った。マーティン・ダヴェンコートは、格好はぱっとしなくても機知に富んでいる。こういう相手と剣を交えるのは楽しい。

「ご期待に沿えなくて申しわけないわ。今夜のエマの趣向はわたしの趣味にも合わなくて」ジュリアナは目を細めて相手をじっと見つめた。「でもあなたがつきあってくれるのなら、ここに残ってもいいわ」

マーティン・ダヴェンコートはほほえんだ。ものうげな濃い青の瞳に浮かんだ表情に、ジュリアナは体が熱くなり、心が騒いだ。彼はやさしく言った。

「きみはいつもこんなにしつこく誘うのかい？　一度断れば十分だと思うが」

彼女はあごをつんと上げた。「わたしは拒絶されるのに慣れていないの」

「それじゃ慣れるべきだ」マーティン・ダヴェンコートはすまなそうに微笑した。「あきらめるんだな」

ジュリアナは怒りで体が熱くなった。あっさりはねつけられるような言葉を口にした自分自身に腹が立つ。プライドがああ言わせたのだが。マーティン・ダヴェンコートに冷淡な振る舞いを後悔してほしかった。自分を求めてほしかった。そうすれば、いつもの遊びをしかけられる。彼からもっとやさしい言葉が返ってくれれば、わたしも慰められただろう。これは遊びだ。最初は崇拝者をあおり、相手の関心がわずらわしくなったところではねつける。この遊びにかけて彼女は名人だ。しかしマーティン・ダヴェンコートだけは遊びにのってこない。

ドアの木の枠に指を滑らせ、彼女は伏し目がちに彼を思案げに見た。マーティンも見つめ返した。冷静な青い瞳に面白そうな色がよぎった。

「あなたは世慣れた人だと聞いているわ、ミスター・ダヴェンコート」彼女は冷ややかに言う。「それなのにまるで融通のきかない人のように振る舞うのね。この屋敷では気の毒なほど浮いているわ」

彼が眉を寄せるのを見て、ジュリアナは興奮で胸が躍った。大人を挑発する子供になったような気分だ。マーティン・ダヴェンコートを挑発して、彼の自制心がどの程度のものか見られたらどんなにわくわくするだろう。でも、うまくいかないかもしれない。無理強いすると、彼は危険だ。

　マーティン・ダヴェンコートは穏やかに微笑した。「自分が場違いなのはわかっている。しかし、きみもそうなのではないか、レディ・ジュリアナ？　わたしの言うことを聞いてほしい。こんなことはきっぱりやめるんだ。誰でもいつかは成長しなくてはならない。放蕩者のレディのきみでさえも」

　ジュリアナは笑った。「わたしをそんなふうに思っているの？　放蕩者だと？」

「放蕩者は男性とはかぎらない。そう噂されるようにしたのはきみ自身ではないのか？」

　ジュリアナは肩をすくめた。「噂は誇張されているわ」

　マーティン・ダヴェンコートは首をかしげた。

「確かに。しかもどんどん広まる」

　階上で激しい音がして、ふたりとも飛び上がった。エマ・レンの声がいちだんと大きくなる。召使い部屋のドアが開いて、おびえた顔をしたふたりの小間使いが階段を駆け上がっていった。

「もう帰らなければ。エマは、わたしに腹を立てているの。遊びに参加するのを断ると、相手が気を悪くするのはよくあることでしょう？」ジュリアナは微笑した。「だけど、あなたに言っても無駄ね。パーティの雰囲気に合わせようともしないで、人の気分を害しても平気なんですもの」

「わたしは自分の主義に従って行動する。きみも人に命じられて遊びをする必要はない」マーティン・ダヴェンコートはそう言って探るような目でジュリアナを見た。「その意味ではわれわれは似た者同士だ」

ジュリアナは笑った。「似た者同士だとすれば、共通点はそれだけね」

マーティン・ダヴェンコートは再び首をかしげた。

「そうかな？」

ジュリアナは眉を上げた。「ほかに何があるの？　あなたは真面目で型どおり。そしてあんな騒々しい会場にいてもちっとも動じない」

マーティンが笑った。「知り合って間もないのに、わたしのことをよくそれだけ言い当てるな」

ジュリアナは肩をすくめた。「三十歩離れていても男の人のことならわかるわ」

「よし。それできみは？　自分の性格についても言えるだろう？」

「ええ、そうね、わたしは型破りで反抗的。そして……」

「手に負えない？」マーティン・ダヴェンコートの口調には皮肉な響きがあった。ほめられた性格ではないと思っているようだ。ジュリアナは再び肩をすくめた。

「わたしたちは白いチョークとチーズみたいに、見た目は似ていても中身は全然違うのよ。ちょっと待って、あまりいいたとえじゃないわね。チーズはとてもおいしいから。ワインと水かしら？　あなたを見ていると気の抜けたシャンパンを思い出すわ。捨てるしかないような」

マーティンが慎重に息を吸う音が聞こえた。まともに顔を見なくても、彼が面白がっている自分を抑えようとしているのがわかった。

「レディ・ジュリアナ、きみはいつでも、偶然知り合った相手に対してこんなに無作法なのかい？」

「わたしはいつも同じよ。でも、いつもこんなふうに言うわけではないわ。あなたにいらだっているからよ」

「いいかい」マーティンの口調が変わった。「こういう遊びにのめり込む前によく考えるべきだ、レディ・ジュリアナ。いつか取り返しのつかないことになる」

沈黙があった。

「そうは思わないわ」ジュリアナは冷ややかに答えた。「自分のことは自分で解決できるから」

マーティンが口の端でかすかに笑った。彼はゆっくりと考え深げに彼女の全身を眺めた。顔を囲んだ赤い巻き毛、鼻に散らばるそばかすに目を留める。さらに細いウエスト、ドレスの裾《すそ》からのぞく優美な上靴を見つめた。触れられもしないのにジュリアナは妙にそわそわした。警戒心がわき起こって胸騒ぎがし、息苦しくなった。透ける青緑色のドレスを隠そうと、マントを体に巻きつけて襟もとをしっかりとつかむ。ばかげていると思った。ほかの男たち同様、マーティン・ダヴェンコートにもたった一時間ばかり前に一糸まとわぬ姿を見られている。それなのに急に体を覆い隠すとは。

「本当かい？」マーティンは静かに言って、青い瞳でジュリアナの目を容赦なく見据えた。「本当に自分のことは自分で解決できるのか？」

ジュリアナは咳《せき》払いをして、無意識にマントの襟を握りしめた。「もちろん。わたしはひとりで自分の好きなように生きるの。二十三歳からそうしてきたのよ」

マーティン・ダヴェンコートは背筋を伸ばした。微笑している。「呪文《じゅもん》みたいだな。そう信じ込むようになってから繰り返し自分に言い聞かせてきたのだろう。きみが本当に……評判どおり放蕩者の女性だとしたら、ときどきおびえた女学生のように見えるのは不思議だ」

ジュリアナは全身が震え、彼の洞察力に腹が立った。今言われたことは鏡に映った自分の姿とかなり近い。「そういう演技を身につけると、とても便利よ」軽薄な調子で言う。「わたしが無垢《むく》な女性のように振る舞うと、男性は魅力的だと思うらしいの。紳士はうわべだけでも純情な人が好きだから」

マーティンの目つきが厳しくなった。「きみは立派だ、レディ・ジュリアナ。それでもひとつ忠告しておきたい。男性を誘惑するなら、その言葉どおり自分を与えるつもりでなくてはならない。そうでないと嘘《うそ》つきということになる」

ジュリアナはまたかっとなった。「ひと晩にふたつも忠告してくださるのね」甘い声で言う。「覚えておくわ、ミスター・ダヴェンコート。あなたは出世するかもしれない。でも、やっぱり」彼女は顔をしかめた。「しないかもしれないわね。ちっとも面白くないから」

マーティン・ダヴェンコートはからからと笑った。「きみは以前、とてもかわいい少女だった。いったい何があったんだい？」

ジュリアナはぎくりと動きを止め、鋭く見返した。「以前、わたしを知っていたというの？」

彼が笑うと闇《やみ》の中で白い歯がきらめいた。「無理に思い出させようというのではない。前に会ったことをきみは覚えていないようだから。わたしたちはアシュビー・タラントで会った。あの長い、暑い夏の日々、柳の木陰の淵《ふち》で。きみは十四歳。かわいらしくてけがれのない少女だった。それがどうしてこんなに変わってしまった？」

ジュリアナは顔をそむけた。「大人になったのよ。わたしも覚えていると言いたいところだけど、忘れてしまったわ」眉を上げた。「どうして思い出せないのかしら？」

マーティンはしばらく彼女の目を見つめたままでいた。ジュリアナは頬が熱くなった。居心地の悪いのをごまかそうと、なんでもいいから言おうとしたとき、敷石に響く蹄《ひづめ》の音が聞こえてきた。四頭立て四輪の大型馬車が回ってきたのだ。ジュリアナはほっとした。

「あら、馬車が来たわ」

マーティンは微笑した。「まったく都合がいいな。きみにまた逃げられてしまう」礼儀正しくドアを押さえて彼女を通した。「おやすみ」

彼はジュリアナのあとから外に出て、無造作に手を振って通りを去っていった。

ジュリアナは片足を馬車の踏み段にかけたまま、彼の姿が闇に消えるのを見守った。近づきたがる男性ならたくさんいる。しかしマーティン・ダヴェンコートはそういう男性ではないようだ。彼女を賛美する気がないのははっきりしていた。本当に子供のころ会ったことがあるのなら、彼を知っているような気がしたことへの説明がつく。

顔に雨粒が当たり、ジュリアナはわれに返った。馬車に乗り込み、暗い車内のカーテンを引こうと身を乗り出した。窓越しに、広場の向こう側で人影が動くのが目に入った。暗がりにいた男が街灯の明かりの中に出てきたのだ。ジュリアナは目を凝らした。急に鼓動が速くなる。まっすぐこちらを見つめるその男の首のかしげ方や、肩の線に見覚えがある。亡くなっても誰も悲しまない前夫、クライヴ・マシンガムに似ているようだ。だが、マシンガムはイタリアの刑務所で、喧嘩《けんか》の果てに刺殺されたのだ。

馬車が急に動きだし、ジュリアナはカーテンを閉め、ゆったりと座席にもたれた。あれは光のいたずらだったのだ。きっと見間違いだろう。警戒する必要はない。

マーティン・ダヴェンコートについては、もう考えないほうがいい。だが、簡単には彼を忘れられそうになかった。

マーティンは解放された思いで新鮮な夜の空気を吸い込んだ。彼はミセス・エマ・レンの宴《うたげ》の雰囲気に息がつまりそうだった。肩を上げ下げして今夜ずっとつきまとっていたいらだちを払い落とした。エマ・レンのパーティを、洗練された、知性を刺激してくれる会話が楽しめそうだと考えたのはあやまちだった。ロンドンを長く離れすぎていたからに違いない。それとも年をとりすぎたのか。

パーティ全体の安っぽくて淫《みだ》らな空気がたまらなくいやだった。マーティンは首を振った。彼も聖人君子というわけではないが、エマ・レンの客人たちの無意味な不道徳ぶりにはつくづく愛想が尽きた。もっとも憂鬱《ゆううつ》なのは、あのアンドルー・ブルックスが明日、いとこと結婚することだ。マーティンはユースタシア・ハヴァードをよく知らない。何年も国を離れていたので、おばやいとことは疎遠だった。それでもいとこが、ブルックス卿のような放蕩者と結婚するとは思いたくない。彼はブルックス卿がひと目できらいになった。あの男と結婚してはユースタシアが幸せになれるわけがない。

角を曲がってポートマン・スクエアに入る。暗い夜で、風にのって小雨がぱらつく。空気は田舎のように新鮮だ。急にダヴェンコートの地所に行きたくてたまらなくなった。たぶん、社交シーズンが終われば……。今すぐロンドンを発《た》つのは無理だ。腹違いの幼い妹たちが首都に滞在することを珍しがって喜んでいる。急に発つと言ったら不平を言うだろう。上の妹たち、とりわけクララに悪い。彼女の社交界デビューは父親が亡くなったためにすでに一年遅れていた。にもかかわらず、クララは社交界で評判になっている。近寄ってくる紳士が申し込むまで、彼女が眠くならずに目を覚ましていられれば、はじめてのシーズンですばらしい結婚相手を獲得できそうだ。

クララに身を固めさせ、キティにも夫を見つけてやらねば……。しかしキティはとても手に負えない。マーティンは眉をひそめた。キティはロンドンでのどんな楽しみ事にも関心がない。ただひとつ、賭《と》博《ばく》のテーブルで際限なく金を賭け続けること以外には。そうはいっても、妹が少しも楽しんでいないことにマーティンは気づいていた。しかし彼女はそのことについては何も言おうとしない。驚くことではなかった。彼はキティとは十歳以上も年が離れている。兄と妹はまだ互いをよく知らない。そして、こうしているうちにもキティは賭事《かけごと》にのめり込み、人人の噂のたねになっている。

賭事のことを考えたせいか、レディ・ジュリアナを思い出した。ジュリアナは二度も結婚したそうだ。しかしいまだに恋の噂が絶えない。品行がよくないという話は数多く聞いていた。彼女のほうはわたしの噂を聞いていなかったのだろうか。なにしろ前に会ったときから十六年もたっている。彼女が忘れていても不思議はない。

あれから、ジュリアナ・マイフリート——たしか最初の夫の姓はマイフリートだった。彼女に似た女性をたくさん見てきた。不満を抱えながら退屈しきっている美しい妻たち、あるいは社交界に慣れきった未亡人たちを。マーティンは顔をしかめた。レディ・ジュリアナとほかの多くの女性たちとのたったひとつの違いは、彼女がときどきはめをはずしすぎることだ。わざとそうしているのだろう。人々を試し、挑発するために。おてんば娘は成長して手に負えないじゃじゃ馬になった。

だが今夜はじめて目が合ったとき、わたしが見たのは背伸びした役割を演じている頼りなげな少女だった。大人の服を着た子供のようだ。そう感じたとき、わたしはみぞおちを殴られたような衝撃を受けた。その印象は銀の皿に横たわった恥知らずで煽《せん》情《じょう》的な姿とは対照的だった。淫らに熱狂する男たちをよそに、わたしは自分でも驚くほど、彼女を守り、慈しんでやりたい衝動に駆られたのだ。と同時に、一方ではこんな女性になった彼女に気分が悪くなるほどの失望も感じた。思春期の憧《あこが》れはいつも失望に終わるものだ。

もしかして、彼女をはかなげだと思ったのは間違いかもしれない。マーティンは足を速めた。予期しないでもなかったが、あのあとレディ・ジュリアナは冷ややかで退屈した様子しか見せなかった。どちらにせよ、自分には関係のないことだとマーティンは思った。わたしにはほかに心配事がたくさんあるのだから。

マーティンはレーヴァーストック・ガーデンズに入り、自分の屋敷の階段を上っていった。二時を回っているというのに、煌々《こうこう》と明かりがともっている。よくない兆候だとマーティンは思った。

ドアを開けた執事のリディントンの無表情な顔を見るとマーティンの気持ちはいっそう沈んだ。

「悪いことでもあったのか、リディントン？」上着を脱ぎながら彼は低い声できいた。

「はい、旦那《だんな》様」執事は事務的に答えた。「ミセス・レーンが図書室で待っています。明日の朝にするようにと申し上げたのですが、どうしてもとおっしゃるので……」

「ミスター・ダヴェンコート」図書室のドアが開き、ミセス・レーンがスカートをひるがえして飛び出してきた。白髪交じりの大柄な女性で、いつも悲痛な顔をしている。はじめて会ったとき、どこか体の具合が悪くてつらいのかとマーティンは思った。しかし最近では彼の妹たちの付き添い人《シャペロン》をしているために苦労が絶えないのだとわかってきた。「どうしてもあなたにお話ししなくては。お嬢様はまるで望みがありません。わたしが申し上げても無駄ですわ。

あなたから話していただけません？　彼女には病院行きがお似合いだわ」

「クララのことだね、ミセス・レーン？」マーティンは言った。彼女の腕を取り、図書室に連れ戻して、おかしさをかみ殺している執事の目を逃れようとした。「クララは少し怠惰だとは思うが」

「怠惰！　彼女は生意気ですよ」ミセス・レーンはむっとして腕を振りほどいた。「求婚者たちを無視して眠ったふりをするんですよ。求婚されないのも無理はありません。お嬢様にそう言ってやってください、ミスター・ダヴェンコート」

「わかった」マーティンは言った。この前クララに話をしたとき、つるつる滑る魚をつかもうと奮闘しているようなものだと思った。妹は途方にくれた様子で、社交シーズンにはまったく興味がないのだけれど、それでは悪いと思って興味のあるふりをしていたらすっかり疲れてしまったのだと言った。強情そうな妹の目の色を見て、マーティンはクララがごまかすつもりなのだと察したが、それにしてもなぜあんな振る舞いをするのかまったくわからなかった。

「ミス・キティはと言えば」ミセス・レーンは腹が立ってたまらないようだ。「暇さえあれば賭事をしていて、なんで夫を見つけられますか？　割当金をみんな賭事につぎ込んでいるに違いありません。何も言いませんが」

「キティにも話をしよう」マーティンは酒が飲みたくてたまらなくなった。「リキュールを一杯どうだね、ミセス・レーン？」

「結構です」ミセス・レーンは答えた。ひどく下品なものを勧められたような断り方をした。「十一時以降にお酒はいただきません。体のためによくないですからね」彼女は突然立ち上がった。「これだけは言わせていただきます。ミス・キティとミス・クララがすぐにも心を入れ替えなければ、ほかのお屋敷に行かせていただきます。わたしをシャペロンにしたいと思ってくださる、しかもなんの心配もいらない若いお嬢さんがいらっしゃるご家庭はたくさんあるんですよ。わたしを望む人はとても多いんですから」

マーティンは一瞬動揺した。同時にミセス・レーンに負けず劣らず腹が立った。面白みのない人物とはいえ、彼女にシャペロンをやめられたら、どうすればいい？　わからない。ロンドンでキティやクララの世話をしてくれる信頼できそうな婦人をほかに見つけることができるだろうか。いや、できそうにない。それも社交シーズンの真っ最中で、妹たちの評判がこれほど悪くてはとても無理だ。だいたいミセス・レーンでさえ姉のアラミンタが大変な苦労をして頼み込んだのだ。六人も腹違いの弟や妹がいながら、しっかりした女主人のいない家庭はいい環境とはいえない、とミセス・レーンはほのめかした。たしかに彼女の言い分にも一理ある。

彼は髪をかき上げた。

「どうか見捨てないでほしい、ミセス・レーン。あなたはこれまで本当によくやってくれた」そう言いながら、自分でも気持ちがこもっていないと感じた。

「考えてみましょう」ミセス・レーンは恩着せがましく言った。「わたしがこれまでとてもよくやっていると認めてくださるのなら、どうでしょう、お給料を……」

脅すつもりか？　マーティンはいぶかった。実は家庭教師にこの家で見聞きしたことを口外しないでもらおうと、給料を上げるはめになったのはつい先週のことだ。幼い妹たちが煮たりんごをベッドに持ち込んで大変だったと文句を言われたのだ。新しい家庭教師を雇えばすむ話だが、あとがまを探すのが面倒だった。

彼はミセス・レーンのためにドアを開けて押さえ

た。「できるだけのことはするつもりだ。必ずキティとクララに話すから」

「マーティン」階段の上のほうから悲しげな声がした。階段の真ん中あたりにデイジーが腰かけ、手の込んだ装飾が施された手すり棒のあいだから足を突き出し、ぶらぶらさせている。だらしのない格好でぬいぐるみの熊《くま》をしっかりと抱いた姿はいっそう小さく見えた。マーティンの両親であるダヴェンコート夫妻が夫婦仲を立てなおそうと無駄な試みをした結果、もうけた五歳の末っ子だ。マーティンは階段を駆け上がって妹を抱き上げた。デイジーの熱い涙がシャツの胸を濡らす。

「怖い夢を見たの、マーティン」末の妹はしゃくりあげた。「マーティンが行ってしまうの。あたしたちを置いて、もう絶対に帰ってこない」

マーティンは髪を撫《な》でた。「デイジー、わたしはここにいるよ。どこにも行ったりしない」

階段の上に子守り女が現れた。寝巻きの上にショールを巻きつけ、片手に蝋燭を持っている。眠そうだが心配そうな目で両腕を差し伸べた。

「まあまあ、デイジーお嬢様。どうしたんです？　ベッドに戻りましょう」

デイジーはふっくらした腕をマーティンの首に回してしっかりとしがみついた。「あたしマーティンにベッドに連れていってもらって、お話を聞かせてもらうの」

彼は図書室で大きなグラスにブランデーをつぎ、最新の新聞を読みたかった。だが、子守り女は懇願している表情だ。

「よろしかったらそうしていただけると……。デイジーお嬢様はこのごろしょっちゅう悪い夢を見るんです。寝かしつけてくだされればよく眠れると思います」

玄関ホールではミセス・レーンがまだ貪欲《どんよく》そうな

灰色の目で彼をにらみつけている。マーティンは怒りと同時に無力感に襲われた。わざと顔をそむけ、デイジーの乱れた金色の巻き毛にキスをした。

「行こう、デイジー。お姫様とえんどう豆の話をしてあげるよ」

デイジーは兄の胸に顔を埋《うず》めた。そのぬくもりが彼の心を慰めた。昨年、両親の死という恐ろしい知らせが届いたとき、マーティンは呆然《ぼうぜん》とした。亡くなったダヴェンコート夫妻は、生前はずっと不仲で一緒に暮らすことはほとんどなかった。そんなふたりがロンドンの屋敷の火事で一緒に死んだとは、なんと皮肉なことか。フィリップ・ダヴェンコートは熱心なトーリー党員で、息子がホイッグ党派なのを嘆いていた。政治上の意見は合わないものの、父と息子の関係はうまくいっていて、互いに相手を尊重していた。カースルレー子爵を団長とするウィーン会議の代表団として指名されたことを父が誇りに思っていたのをマーティンは知っている。父が失望したのは、息子が結婚しないでいることだけだった。

それも無理はないと、デイジーを抱いて子供部屋に運びながらマーティンは残念に思った。六人もの腹違いの弟や妹がいる長兄として、自分はこれまでのようにつかの間の恋愛を繰り返すのではなく、結婚を考えなくてはならない。それも将来を考えると、政治家の妻としてふさわしい女性が必要だ。

マーティンは小さな妹をしっかり抱きしめた。姉のアラミンタだけがマーティンと同じ、父の最初の妻の子供だ。そのアラミンタは、両親を亡くした妹たちは自分と一緒に暮らすべきだと主張した。マーティンもその気になりかけた。しかし最終的には、自分が面倒を見ることに決めた。確かに父親の代わりをつとめるにはまだ三十一歳と若く、支えてくれる妻もいない。しかし妹たちへの哀れみは何にもまして強かった。彼女たちは両親を亡くしただけで十分に悲しんでいる。今手放すのは男として責任ある態度とはいえないだろう。妹たちと一緒に暮らし、できるかぎりのことをしてやるつもりだ。それには妻が必要だ。

ジュリアナは天蓋《てんがい》つきの大きなベッドに横たわり、壁に躍る影を見つめていた。家の中は静まり返っている。昼間でさえ騒がしい子供はいないし、陰鬱なまでの静けさを破るものはない。ジュリアナはひとりで暮らしていた。誰かいれば、心の支えとなり、悪い噂を静めてくれるかもしれないが、そんな家族もいない。彼女自身がこういう暮らしを望み、退屈な身内と一緒に暮らしたら頭がおかしくなってしまうと言い張ったのだ。

ジュリアナは寝返りを打って冷たい枕《まくら》に頬を埋めた。涙と、涙の原因がわからないもどかしさを封じ込めようとした。体が熱い。この熱はマーティン・ダヴェンコートと関係がありそうだ。彼女は枕をたたいた。どうしてこんなに泣きたくなるの？　ほしいものはすべて手にしているはずなのに。悲しくなる理由なんて何ひとつないのに。

ジュリアナは子供のころの遊びを思い出し、自分が幸せである理由を数えはじめた。

ひとつめ。わたしはお金持ちだ。ほしいものはなんでも買える。賭博で失ってもさしつかえないほどのお金がある。わたしの振る舞いを嘆きはしても、お父様はわたしが困らないようにしてくれる。だからお金の心配はない。

ふたつめ。明日のアンドルー・ブルックスとユースタシア・ハヴァードの結婚式に招かれている。目的があって外出するから、ベッドから出る理由ができる。明日は退屈しないですみそうだ。大勢の人に取り巻かれてすごせるだろうから、寂しさを感じなくてすむかもしれない。ジュリアナは少しばかり気分がよくなった。惨めな気持ちがいくらかやわらいだ。これはいい遊びだわ。

　三つめ。わたしは美しい。望む男性は誰でも手に入る。ジュリアナは眉をひそめた。今度は気分がよくなるどころかちょっと身震いした。だいたい、今まで心からほしいと思う男性に会ったことがなかった。アーミテージ、ブルックス、コリング。みんな意のままだ。そんな男性はほかにも数えきれないほどいる。けれども、よくよく考えれば、自分が望んで呼び集めたのではない。前夫クライヴ・マシンガムとの悲惨な結婚生活が終わりを告げてから、ジュリアナは愛に臆病《おくびょう》になっていた。またばかなまねをするつもりはない。

　そして今夜、マーティン・ダヴェンコートに会った。彼の顔がまた目に浮かんだ。厳しくて高潔で揺るぎない、あの顔が。どうして彼を手に入れたいと思ったのかわからない。彼を好きでさえないのに。いつもだったらきれいさっぱり忘れてしまうタイプの男性だ。もしかしたらそのせいで、彼の気を引きたいと思ったのだろうか。見た目と同じように本当に厳しくて高潔な人間かどうか知りたかったから。高潔な人間を堕落させることが自分にできるかどうか見たかったから。

　ジュリアナは腹ばいになり、両肘をついて体を支えた。わたしが突如として真面目な男性に心を惹《ひ》かれるなどということがあっていいのだろうか。そんなことになったら、悪い評判がすっかりぶちこわしだわ。

〝わたしたちはアシュビー・タラントで会った。あの長い、暑い夏の日々、柳の木陰の淵で。きみは十四歳。かわいらしくてけがれのない少女だった〟

　マーティン・ダヴェンコートの言葉がよみがえった。普段の彼女は子供時代のことを思い出さないようにしていた。あまり幸せではなかったからだ。だが今、あの夏の日のことを努めて思い出そうとした。わたしが住んでいた屋敷の近くには川が流れ、柳の木陰のそばに淵があった。太陽が照りつけて勉強部屋がたまらなく蒸し暑くなると、ときどき家庭教師から逃れ、そこへ行って隠れていたものだ。生い茂った草の上に寝転んで、揺れ動く柳の枝越しに空を見上げ、静かな淵で鴨《かも》がたてる水音に耳を澄ました。あそこはわたしだけの秘密の場所だった。でも、十四歳の夏、べつの人間がそこにいた。麦藁《むぎわら》色の髪にひょろひょろした手足をした少年が、つまらなそうな哲学の厚い本を読んでいた……。

　ジュリアナははっとして起き上がった。あれはマーティン・ダヴェンコートだ。そうに違いない。彼はいつも本に夢中だった。それ以外はデッサンや工作に没頭していた。舞踏会やパーティや、社交界デビューをしたら未来の夫にふさわしい紳士が現れるかしらというようなジュリアナの女の子らしいおしゃべりには、まるで興味を示さなかった……。

　あの夏、ふたりで子供らしい約束をしたわ。ジュリアナは鼻にしわを寄せて思い出した。結婚したいと思っても求婚されないかもしれないわと言ったら、スケッチをしていたマーティンが顔を上げてこう言ったのだ。〝もしきみが三十歳になったとき、まだ結婚していなかったら、ぼくが喜んで夫になってあげる〟と。あのとき急に騎士道精神を発揮した彼の思いやりを、わたしは笑ってしまった。

　今でも笑ってしまうわ。マーティンはなんとやさしかったことか。それから、わたしはロンドンに行ってエドウィン・マイフリートに恋をして結婚した。マーティン・ダヴェンコートとはあの日以来、一度も会わなかった。

　ジュリアナはベッドの上で膝を抱えて座り、枕にもたれた。マーティンは口下手で、本に熱中して、あまり相手をしてくれなかったとはいえ、あれは輝かしい夏の日だった。彼女は微笑した。変わらないこともある。彼はあのころもつまらなかったが、今も退屈な人間だ。容貌《ようぼう》はずいぶんよくなったけれど。しかしそれ以上のことは何もない。

ジュリアナはためらった。厳密に言えば、そればかりではないと自分でもわかる。どういうわけかマーティン・ダヴェンコートは鋭い刺《とげ》のようにわたしの心に突き刺さるのだ。痛いところを突いてくるし、何もかも見透かされそうで怖い。彼はわたしを動揺させずにはおかない目をしている。そのくせ彼といると懐かしさを覚えるなんて。

マーティンは明日のアンドルー・ブルックスの結婚式に出るはずだ。そう思うと、期待と羞恥心《しゅうちしん》に似た思いに鼓動が乱れた。なぜだかわからない。ミセス・エマ・レンのパーティで自分がしたことはただの冗談で、マーティン・ダヴェンコートに事の善悪を言われる筋合いはないのだ。

ジュリアナは横になった。それからまた起き上がった。心がこんなに騒いでいては眠れそうにない。でも眠らなかったら、さえない顔で結婚式に出ることになってしまう。誰も賛美してくれないだろう。そんなのごめんだ。ジュリアナは手を伸ばして蝋燭に火をともし、はだしで部屋の隅にある木のたんすに歩み寄った。いちばん上の引き出しの底、シルクのストッキングの下に丸薬の入った箱がある。その箱から阿片《あへん》チンキを二錠すばやく取ると、ナイトスタンドに置いてある水差しの水で飲み下した。これで眠れるだろう。目が覚めたら朝で、することもあれば会う人たちもいて、すべてがうまくいく。

五分とたたないうちに、彼女は眠りに落ちた。

2

「頼りにしているのよ、マーティン」花嫁の母親ダヴィニア・ハヴァードは威嚇するように甥《おい》を見つめた。おばの体越しにマーティンの姉アラミンタが気の毒そうにこちらを見ている。姉はおばをおとなしくさせようとしたけどだめだったわ、と大げさなしぐさで伝えている。マーティンはわかっているというようにほほえみ返した。アラミンタとは仲がいい。どちらもフィリップ・ダヴェンコートが最初の結婚でもうけた子ということで、自然と同士になっていた。アラミンタが一心に注いでくれる愛情と支援がマーティンにはありがたかった。

　ここは教会だ。あと十分もすればユースタシアの結婚式が始まる。会話にも気をつかい、声をひそめてやり取りしなくてはならない。恰幅《かっぷく》のいい体と強引な性格のミセス・ハヴァードは甥の上にのしかかるように身を乗り出した。マーティンは気を楽にしようと脚を組み、おばがもう少し離れてくれないかと思った。強い樟脳《しょうのう》のにおいがする。このにおいをかぐといつも鼻がむずむずしてくるのだ。

「もちろんなんでもしますよ、ダヴィニアおばさん」彼は穏やかにささやき返した。「でもよくわからないんです。はっきり言ってどんなことをすればいいんですか？」

　ダヴィニア・ハヴァードは深いため息をついた。

「あなたが頼りなのよ、マーティン」ずんぐりした指で彼の胸を突いた。「あのジュリアナ・マイフリートというひどい女がユースタシアの婚礼をだいなしにしないようにしてほしいの。あの女を出席させたのは失敗だったわ。たった今レディ・レストレンジから、ゆうべアンドルー・ブルックスのために開かれたパーティであの女が何をしたか聞いたばかりよ。聞いた？」

「聞いたかですって？」マーティンは弁解するような笑顔になった。「聞いたどころか、この目で見ましたよ」

ミセス・ハヴァードとアラミンタが同時に息をのんだ。いつも彼に味方してくれるアラミンタは、非難するような面白がるような顔をしている。彼女は身を乗り出して自分もひそひそ声で会話に加わった。

「まあ、マーティン。エマ・レンのばか騒ぎのパーティにいたというの？　どうしてそんな趣味の悪いまねができたの？」

「本物のばか騒ぎが始まる前に帰ってきた」マーティンはささやき、姉にほほえみかけた。「ミセス・エマ・レンの晩餐《ばんさん》会に行くと決めたとき、〝刺激的〟という意味を勘違いしていた。高尚な会話ができるものと思ったんだ」

アラミンタは笑いをかみ殺した。ダヴィニア・ハヴァードはいかにもいやそうな顔をしている。マーティンは冗談を言ったのを後悔した。アラミンタと違って、おばにはユーモアのセンスがない。

「それならそのマイフリートめがどんなことでもしかねない女だとわかるでしょう、マーティン。きっと口にするのもけがらわしいようなことをするわ。かわいそうに、ユースタシアは結婚式の日に恥をかかされるのよ」

マーティンは顔をしかめた。自分でも驚いたのだが、ジュリアナをいかにも軽蔑《けいべつ》した口調で〝マイフリートめ〟と言ったことに強い憤りを感じたのだ。彼はいらいらする気持ちと闘った。

「心配のしすぎですよ」彼は冷静に言った。「レディ・ジュリアナがそんなことをするはずはありません」

おばは彼をにらんだ。「あの女が式をめちゃくちゃにしてわたしたちを笑い物にしたとき、その言葉を思い出してもらうわ」今度はなだめるように声をひそめた。「あなたが世慣れているのは幸運かもしれないわね。不都合がないようにあの女を抑えられるでしょうから」

このころには列席者はみんな好奇心を隠しきれない様子で彼らのほうを見守り、首を伸ばして会話に聞き耳を立てていた。通路を隔てた反対側に座ったアンドルー・ブルックスは気分が悪そうな疲れた顔をしている。マーティンは一瞬ひどく腹が立ったが、すぐにあきらめがついた。この男は少なくとも結婚式にはやってきた。たとえ娼婦《しょうふ》のベッドから抜け出してきたのであっても。

マーティンはおばの腕をつかみ、自分の席に連れ戻して座らせようとした。耳もとに口を寄せて言う。

「心配ありません、おばさん。列席者の中にレディ・ジュリアナは見当たりません。しかし、もしそうなったら、するべきことはします」

ミセス・ハヴァードは気が抜けたようにぐったりと席に座った。「ありがとう、マーティン。こういうときには心配事が山ほどあるものね」

マーティンは急に愛情をこめて片手を押さえた。

「心配しないで。ユースタシアがすぐにも入ってきます。そうしたらすべて順調にいきますよ」

ミセス・ハヴァードはハンドバッグをかき回してかぎ塩を探した。花嫁の母親のそんな様子に、信徒席のどこかでくすくす笑う声がした。マーティンは上流社会の人々の意地の悪さにいやけがさした。もし結婚することがあったら、できるだけ内輪の式にしようと思った。大勢の前ですると考えただけでぞっとする。彼は険悪な顔で姉のそばに戻った。

「ダヴィニアおばさんが心配していることが実際に起きるとは思えない」

アラミンタはなだめるように彼の腕に手を置いた。

「マーティン、ダヴィニアおば様を知っているでしょう。同意しておいたほうがいいのではない？　万一レディ・ジュリアナ・マイフリートが教会で、服を脱ぎはじめたら、あなたならなんとかできるわ」

マーティンはうめいた。本当に頭を抱えてしまう。一瞬、レディ・ジュリアナが祭壇の前で服をゆっくりと一枚ずつ脱いでいくところを想像してひるんだ。神聖な教会で裸の女性を取り押さえることを思うと恐れはさらにつのった。彼女が前夜のように体を人目にさらそうという気になったら……。

マーティンはため息をついた。「式を見せるつもりで幼い妹たちを連れてきたんだ。レディ・ジュリアナ・マイフリートのことだけでなく、子守り役だけでもわたしには荷が重すぎる。彼女がアンドルー・ブルックスの愛人なら、なぜ招待されたのかわからない。ユースタシアにはこのうえない屈辱になるだろうに」

アラミンタはため息をついてマーティンににじり寄った。「アンドルー・ブルックスがどんな男かそれでわかるわ。でも、ダヴィニアおば様は知らないのよ」アラミンタはまたため息をついた。「大きなことを言うわりにまったく世間知らずな人でしょう。ブルックス卿《きょう》が前もって招待客の名前を挙げたとき、ざっと目を通しただけで了承したに違いないわ。本当のことを知ったとき、おば様は卒倒しそうだったのよ」

マーティンは首を振った。「だいたいユースタシアをブルックスと結婚させるなんてばかなことを考えなければ……」

「そうなのよ」アラミンタはちょっと肩をすくめた。「身持ちが悪い男ですもの。でも侯爵の息子だし、ユースタシアは彼が好きなのよ」

「しかしこの縁談を決めたとき、ハヴァードにはそのうちのどちらが大事だった？」マーティンは皮肉をこめて言った。上流階級の人々に取り入ることしか頭にないおじを彼は軽蔑している。ジャスティン・ハヴァードは社交界での地位を高めようという野心のためにおばと結婚してダヴェンコート一族に入り込み、今は同じ下心で娘を売ったのだとマーティンは信じていた。

アラミンタはあきらめたような顔でマーティンを見た。「あなたは頭が固すぎるわ」

「なんだって。そんなふうに言われるとは思わなかった」

アラミンタはいらだたしげにため息をついた。

「誰でも妥協しなくてはならないのよ。未来の下院議員のあなたならわかるはずじゃないの」

マーティンにはわからない。そんなことは好きではないのだ。彼もため息をついた。

「万が一、レディ・ジュリアナ・マイフリートが騒ぎを起こしたら、必ず教会から追い出すよ。その代わりデイジーを見てくれるね」

アラミンタはかがんで彼の頬にキスをした。「マリアやほかの子供たちも全部ね。ありがとう、マーティン」

「その約束を果たさなくてすむよう祈りたいものだ」彼は憂鬱《ゆううつ》そうに言った。

ジュリアナ・マイフリートは教会に入ると最後列の席に滑り込み、エスコートしてくれた花婿の若い付き添いに輝くような笑顔を見せた。べつに目立たないよう後ろの席についたのではない。遅刻したのだ。品のいい緑色の服と目を射るような真紅の服のどちらを着ていくかなかなか決められなかった。結局、襟ぐりの大きく開いた真紅の服を選んだ。アクセサリーはいつもつけている三日月形の銀のネックレスと、対になったブレスレットだ。

後ろの席にいたせいで知り合いたちは彼女に気がつかない。ひとりで座っていようと決めた。列席者の中には親しい知人も、それほど親しくない者もいる。兄のジョスリン・タラントと妻のエイミーがいるのが見えた。その隣に座っているのはアダム・アシュウィックと結婚したばかりの彼の妻のアニス、そして弟のエドワードだ。エドワード・アシュウィックはジュリアナにほほえみかけ、軽く頭を下げた。彼女は少し気が楽になった。彼はいつもとても親切にしてくれる。教区司祭で、わたしは堕天使だというのに。

　ほかの知り合いたちはあんなに親切にしてくれない。何人かがこちらを振り向いた。いくつかのボンネットが上下に動く。昨夜のパーティでの彼女の振る舞いを噂《うわさ》しているのだろう。ジュリアナは微笑した。クラブでささやかれ、そこから貴族たちの屋敷に広まって話が大きくなっているのは疑う余地がない。噂が広まる速さには驚くばかりだ。これでまたお堅い未亡人たちに、すれ違ったあとで舌打ちされる理由ができた。父はもうみんな知っている。わたしのとんでもないいたずらも、賭事《かけごと》に莫大《ばくだい》な金をつぎ込んでいることも、絶え間ない恋の噂も。

　ジュリアナがアンドルー・ブルックスと深いかかわりを持っていたと思っている人は多い。確かにブルックス卿とは二カ月ばかり街中を一緒に歩き回った。しかし、お互いに都合がよくて楽しいからというだけのことだ。ジュリアナはエスコートしてもらえ、ブルックス卿は美人と腕を組んで歩ける。ふたりともそれだけで満足だったのだ。

　花嫁を待つブルックス卿はひどく居心地悪そうにしている。ジュリアナは面白いと思った。彼の色白で血色のいい顔が赤い。結婚式を乗りきるために元気をつけようとして飲みすぎたらしい。人さし指をスカーフの中に入れているのは息苦しさのためか。

いくら五万ポンドのためとはいえ、結婚そのものが面倒になっているのだろう、とジュリアナは皮肉っぽく考えた。どうせ初夜のベッドが冷えないうちに新しい愛人のところに戻っていくはずだわ。

ボンネットをかぶった頭をしおらしく下に向けて鮮やかな色のシルクのドレスのスカートを整えながら、五万ポンドではブルックスのような男をつなぎとめるには足りないだろう。ジュリアナはそう思った。ミス・ハヴァードが気の毒にさえなってくる。しかし同情はすぐに消えた。自分の行動の責任は自分で取らなくてはならない。当世流の結婚に感傷の余地はないのだ。

男がジュリアナを見つめていた。ドアが開いていてまぶしい日光が板石を敷いた床に半円を描いている。その陰の薄暗いところに男は立っていた。ジュリアナは男性の賛美の目に慣れている。男の真剣なまなざしが感じ取れた。ボンネットのつば越しにちらりと見る。するとみぞおちが痛むような気がした。マーティン・ダヴェンコートだ。

彼は深い青の瞳で彼女のボンネットの羽根から鮮やかな赤い靴の先までをさっと見た。そして冷ややかな表情を浮かべた。彼が何を考えているのかジュリアナにはすぐわかった。わたしがわざと人目を引く真紅の服を選んだと思っているのだ。人々にじろじろ見られたのは確かだが、そのためにこの服を選んだのではない。マーティン・ダヴェンコートの冷ややかな表情に出合ってはじめて、周囲に溶け込める緑色の服にすればよかったと、彼女は思った。

ほんのつかの間、ふたりはじっと見つめ合った。それからジュリアナは無理に視線をそらし、オルガンが据えられた木の仕切りの高いところに彫刻された天使を見つめた。頬が赤くなっているのがわかる。赤面するなんてめったにないのだけれど。マーティンは意地悪だわ。彼はなぜわたしをこんなふうにさせるのかしら？　普段のわたしなら、非難されたらもっととんでもない振る舞いに及ぶのに。

花嫁が入ってきた。金色の巻き毛のかわいらしい小柄な娘だ。ジュリアナは顔をしかめた。こんな気の弱そうな小娘は大きらいだ。このごろの社交シーズンでよく見かける、間の抜けたくすくす笑いをするしか脳のない子供だ。花嫁は白一色のモスリンのドレスの上に白いショールを羽織っている。ドレスの裾《すそ》とショールの縁は白いサテンの花の浮き出し模様で飾られ、ショールはプリムローズのような黄色い糸が織り込まれている。美しく、興奮しているようだ。白いドレスを着て麦藁《むぎわら》帽子に白のリボンをつけた六人の付き添いの少女たちが人をかき分けながら入ってきて戸口の近くに控えた。マーティン・ダヴェンコートがほほえんで身をかがめ、いちばん小さな付き添いの娘の頬にキスをするのがジュリアナの目に映った。彼には妹が何人かいるとエマが言っていたのが思い出された。ジュリアナは無意識のうちに小さくため息をついた。

花嫁が通路を進みはじめる。ジュリアナは、アンドルー・ブルックスの顔に恐れが浮かんでは消えるのを感慨深く見守った。ブルックスは聖職者の罠《わな》にかかったのだ。独身の遊び人は誰でもいつかはこの罠にかかる。まったく結婚には不向きな根っからの放蕩《ほうとう》者のジャスパー・コリングをべつにすれば、あとはジョスの友人のセバスチャン・フリートぐらいしか残っていない。彼女をエスコートしてくれる男性がひとり減るのだ。ブルックスは金のために結婚することを自分で認めている。ジョスとアダムはいやになるほど感傷的で、恋に落ちて結婚した。ジュリアナは甘ったるい恋愛感情などばかにしている。

来なければよかったと思った。恋人と思われていた男性の結婚式に列席して噂になるのは悪くないが、式のあいだ黙って座っていなくてはならないのは窮屈だ。今、彼女を見ている者はひとりもいない。みんな花嫁と花婿に注目している。ジュリアナはくしゃみをこらえた。少し前から右側の台に置かれた、大きな花瓶にいっぱいの百合《ゆり》の花が気になっている。おしべにはオレンジ色の花粉がたくさんついていて、いやらしいほど受精力が強そうだ。ユースタシアも子宝に恵まれるだろうか。ブルックス卿は子供をほしがってはいない。子供なんて楽しみの邪魔をするだけの退屈なしろものだと彼は言った。ジュリアナも賛同した。それでもマーティンの小さな妹を見ると胸がうずいた。

ジュリアナはくしゃみをして、ハンカチで鼻を覆った。百合の花粉のせいでのどがうっとうしく、目が潤んできた。みっともない姿をさらしそうでいやになる。また二度もくしゃみが出た。何人かが振り向いて、静かにと言った。教区司祭は、結婚しなくてはならない理由を単調に諭している。突然ジュリアナの脳裏に、祭壇の前に立った自分の姿がよみがえった。社交界デビューしたばかりの十八歳で、恋していたあのときの姿が。エドウィンに手を握られ、熱っぽいまなざしで彼を見上げた。十一年前のことだ。彼がわたしを置いていってしまわなければ……。

むずむずしていたのどが急につかえ、涙があふれてまわりがぼやけた。ここから逃げ出さなくては。

ジュリアナは立ち上がり、人々の爪先をよけて信徒席を横歩きし、中央の戸口のほうに進んだ。前がよく見えない。腰掛けの脚部につまずいてしまったが、ありがたいことに腕をつかんで支えてくれた人がいた。

「こっちへ、レディ・ジュリアナ」低い声が耳もとでささやいた。腕をしっかりとつかまれたまま、彼女は戸口に導かれた。

「ありがとう」ジュリアナは言った。

顔に太陽の暖かさとそよ風を感じる。外に出たのだ。まだ涙が止まらない。子供のころに飼っていた兎《うさぎ》のように潤んだ赤い目をしているに違いない。しかし、どうしようもなかった。何年間も花粉症に悩まされているのだ。

ジュリアナは鼻水が出ているのに気づき、必死でハンカチを探した。小さな薄い布は一度はなをかんだらおしまいだ。それではまったく役に立たない。袖《そで》でふくか、そのままにしておくしかない。ためらっていると、紳士用の白いハンカチが手に押しつけられた。ジュリアナは感謝してそれをつかんだ。

「ありがとう」もう一度言う。

「こっちへ、レディ・ジュリアナ」紳士も繰り返した。彼女の腕を取る手に力をこめて階段を下りていく。ジュリアナがちょっとよろけると、彼は腕を体に回した。彼女は抗議しようとして息を吸った。だが、もう遅すぎる。彼女の潤んだ目に、馬車が映った。紳士はドアをさっと開けてジュリアナを中に押し込んだ。彼女には悲鳴をあげる暇さえない。続いて紳士が隣に飛び乗ってきて馬車は走りだした。ジュリアナは座席に投げ出されて息を切らしていた。スカートは膝のあたりまでまくれ上がり、目はいまだに涙でよく見えない。なんとかバランスを保ち、威厳を取り戻そうとした。

「自分が何をしているかわかっているの?」

「静かに、レディ・ジュリアナ」紳士の声は面白がっているようだ。「きみを誘拐するところだ。きみのような評判のあるレディにはさして驚くことでもないだろう? それとも自分が誘拐するほうがいいか?」

ジュリアナはまっすぐに座りなおした。からかうような声の調子で誰だかわかった。視界がはっきりしてくると相手の顔が見えた。彼女は背筋を伸ばした。

「ミスター・ダヴェンコート。あなたにエスコートされてどこへも行く気はないわ。お願いだから御者に馬を止めるように言ってちょうだい。わたしが降りられるように」

「残念だが降ろすわけにはいかない」マーティン・ダヴェンコートは落ち着き払って言った。向かい側に座り、もうすっかりくつろいだ様子でジュリアナを見ている。彼女は怒りで血がわき立つようだった。

「どうして？　こんな簡単な頼みはないでしょう」

　マーティンは肩をすくめた。「そんなにあっさり終わる誘拐があると思うか？　きみを解放することはできないんだ、レディ・ジュリアナ」

　ジュリアナは激しい怒りを感じた。涙が止まらず、頭がずきずきする。この男には我慢ならない。頭がおかしいのはどっちかはっきりしているだろう、と言わんばかりだ。彼女は努めて穏やかに言った。

「それならきちんと説明してほしいわ。あなたにレディを誘拐する趣味があるとは思えないの、ミスター・ダヴェンコート。そんなことをしたらニューゲイト監獄行きよ。あなたみたいに立派な人が誘拐なんてするわけないでしょう」

　マーティンは首をかしげて彼女を見た。「それは挑戦か？」

「違うわ」ジュリアナは尊大に顔をそむけた。「軽蔑しているの」

　彼女は視線を窓の外に向けた。ロンドンの通りがどんどん過ぎていく。馬車から飛び降りようとちらりと思ったが、すぐ向こう見ずな考えを捨てた。馬車はそれほど速く走っていない。ロンドンでは馬車はめったに速度を出さないのだ。でも、やはりむちゃだ。ぶざまな格好をしなくてはならないし、もっと悪いことに足首を捻挫《ねんざ》するかもしれない。

　ジュリアナはマーティンを見た。ひょっとしたら昨夜、わたしに抑えきれない情熱を感じて、自分に関心を向けさせるためにさらったのかしら？　うぬぼれが強いジュリアナではあったが、そんなことはありえないと考える常識も持ち合わせていた。つい三十分ばかり前、彼はわたしを賞賛どころか軽蔑するような目で見ていた。今も同じような目で見ている。ジュリアナはあごをつんと上げた。

「どうなの？」

マーティン・ダヴェンコートの引きしまった口もとに笑みが浮かんだ。目尻にしわがあるところからしてよく笑うのだろう。頬のえくぼが微笑すると深くなる。突然思い出した。少女のころ、この笑顔に妙に惹《ひ》きつけられたことを。魅力的な笑顔だ。彼はとても魅力がある。それに気がついた自分にジュリアナはいらだった。

「どうって、何が？」マーティンが言った。

彼の落ち着き払った様子にジュリアナはちょっとひるんだ。咳《せき》払いして言う。

「まだ説明してもらっていないわ。あなたは長いあいだロンドンを離れていたのでしょう。でもこんな振る舞いは普通ではないわ。いくらわたしでも、最近ではさらわれることはめったにないの」

マーティンは笑った。「だからべつの形で騒ぎを起こす必要があるのか。恋人の結婚式を中断させるとは、本当に困ったことだ」

彼女は眉を寄せた。「中断……ああ、わかった。わたしがわざと騒ぎを起こしたと思っているのね」

腹が立ったが微笑せずにいられない。マーティンは、わたしが捨てられた愛人らしく、しおらしく振る舞っていると勘違いしたんだわ。祭壇の前で最後の情熱に駆られ、別れの涙を流したと。笑いをかみ殺す。そんな振る舞いに及ぶほどの価値がアンドルー・ブルックスのどこにあるというの？　ジュリアナはマーティンを見た。彼の瞳は陽気にきらめいている。

「思い違いよ。そんなつもりはなかったの」

だがマーティンは彼女の微笑を見て誤解した。口もとを固く結んだ。

「よけいなことは言わなくていい、レディ・ジュリアナ。ゆうべのいたずらだけでも十分に常軌を逸していると思ったが、これは問題外だ。真紅のドレスで」またさっと彼女を見た。「そら涙とは……。きみは女優なのか？」

ジュリアナの弁明など関心がなさそうに、マーティンは窓の外に目を向けた。

「否定する必要はない。もう着いた」

ジュリアナも窓から外を見た。そこには彼女の屋敷と同じような高い町屋敷に囲まれたこぎれいな広場があった。馬車はアーチに覆われた狭い道を音をたてながら進んで、厩舎《きゆうしや》のある中庭に出た。ジュリアナはマーティンに視線を戻した。

「着いたってどこへ？ わたしが行きたいのは自分の屋敷の玄関よ」

マーティンはため息をついた。「いいか。きみをひとりにしてはおけないんだ。だからわたしの屋敷に連れてきた。きみから目を離して結婚式をだいなしにさせたりしない、とおばに約束したからだ」

ジュリアナは座りなおした。「おば様ですって？ ミス・ハヴァードの母親のこと？」

「そのとおり。きみがブルックスの愛人で、娘の結婚式の当日に途方もないことをしでかして、ぶちこわしにするかもしれないとおばに聞いた。どうやらそのとおりらしい」

「わかったわ」ジュリアナは深く息を吸った。「わたしは話を作り出す才能があると自分で思っていたけれど、あなたには負けるわ。だけど、あなたもミセス・ハヴァードも、思い違いをしているわ」

「きみの言葉を信じたい。しかし危険をおかすわけにはいかないんだ。今、きみを自由にしたら、結婚披露宴に駆けつけて、ぶちこわしてしまうかもしれないからね」

「テーブルの上で踊るかもしれないものね」ジュリアナは皮肉をこめて言った。「踊りながら服を脱ぐかも」

「ゆうべはそうだった」マーティン・ダヴェンコートの視線に彼女は動けない。「さて自分で中に入るか、それともかつぎ上げて運ぼうか？　威厳のある格好ではないと思うが」

ジュリアナは彼をにらんだ。「わたしは威厳のないことなんかしないわ」

マーティンは笑った。「そうか？　ドクター・グレアムの有名な泥風呂に行って、きみは召使いに浴槽を外にしつらえろと言ったのはどうなんだ？　たいした見せ物になったことだろう。それのどこに威厳があるんだ？」

「泥風呂は健康にいいのよ」ジュリアナは横柄に言った。「だいたい服を着たままお風呂に入れるわけないわ。不潔じゃないの」

「それなら娼婦のような服を着てバークレー卿を引っかけ、夫人を裏切らせたときのことは？　それも威厳のある振る舞いだったというつもりかい？」

「あれはただの冗談よ」ジュリアナはふくれた。いたずらをして叱《しか》られている子供のような心境になる。「それにバークレーは引っかからなかったわ」

「たとえそうだとしても、レディ・バークレーは気分を害したに違いない」マーティンはそっけなく言った。「何日も泣いていたと聞いている」

「あら、それは彼女の問題だわ」ジュリアナはそう言いながら、急に腹が立ってきた。「そしてあなたがどんなに退屈な人かわかったわ、ミスター・ダヴェンコート。あなたは何をしているときが楽しいの？　新聞を読んでいるとき？　それさえあなたには刺激が強すぎて危険なの？」

「ときどき『ザ・タイムズ』を読む。でなければ議会報告を……」

「ほら、やっぱりそうじゃない」

マーティンはジュリアナを無視した。下男が馬車のドアを開け、踏み段を下ろした。彼女はいやいやながらマーティンの手につかまったが、丸石を敷いた地面に降り立つとすぐその手を離した。何もかもばかげている。だがどうしようもないのだ。マーティン・ダヴェンコートは話を聞いてくれようともしない。ジュリアナはあまり腹が立って、言いわけをするのもいやになっていた。

ジュリアナは好奇心がわいてきてあたりを見回した。ここは町屋敷が並んだ裏手にあるこぎれいな煉《れん》瓦《が》敷きの中庭だ。マーティンは建物の入り口のドアに彼女を導いた。ウエストにしっかりと当てられた彼の手が温かい。

「きみは信用できない」マーティンは言った。笑いを含んだ声だ。そしてドアを開けて彼女を促した。

「どうぞ、レディ・ジュリアナ」

ドアが背後で小さい音をたてて閉まった。日の当たる外から入ってきたので、敷石の通路がひんやりと感じられた。薄暗さに目が慣れると、淡いピンク色の石敷きで、彫像と観葉植物があちこちに置かれた広々とした玄関ホールに導かれているのがわかった。階段の上の丸天井から光が差している。木々の葉を透かして差し込む日光が床に影を躍らせていた。魅力的な気持ちのいい屋敷だ。

「まあ、なんてきれい！」考えるより先に声が出た。心からうれしそうな彼女の言葉に、マーティンが驚いてこちらを見た。彼もうれしそうだ。

「ありがとう。計画どおりの屋敷ができたときはうれしかった」

ジュリアナは驚いて彼を見た。「でも、あなたが設計したのではないんでしょう？」

「どうして？　難しいことではない。旅をしていたとき、イタリアの宮殿をたくさん見て触発された。色を選ぶのや設計するのは妹のクララが手伝ってくれた。彼女はセンスがいいんだ」

ジュリアナはため息をついた。わたしもイタリアに行ったことがある。だがそのとき見た風景は、宮殿とは正反対の場所ばかりだった。下宿屋のベッドはのみがたかり、湿気が多くて壁を水が伝う。悪臭の漂う運河には腐った野菜も犬の死骸《しがい》も一緒になって浮かんでいた。暑くてくさくて騒がしくて……。おまけに酔っ払ったクライヴ・マシンガムが絶え間なくわめき散らしていた。借金を踏み倒してジュリアナを連れて逃げたマシンガムは、結婚してわずか二週間で彼女を捨てたのだ。

ジュリアナは身震いした。

マーティンがドアを開けた。ジュリアナは小さな客間に入った。レモン色と白に塗られていてとても明るい感じだ。紫檀《したん》の家具が完璧《かんぺき》に調和していた。確かにクララ・ダヴェンコートはデザインに関心があるようだ、とジュリアナは思った。

「飲み物はどう、レディ・ジュリアナ?」礼儀正しい口調でマーティンがきいた。

ジュリアナは率直なまなざしを向けた。「ありがとう、ワインを一杯いただくわ。それとも長い間ここにいなくてはならないのなら、ちゃんとした夕食をお願いしたほうがいいのかもしれないわね」

マーティンは微笑した。「それほど長く滞在しなくていいように願いたいと……」

「まあ、あなたもそう思うのね。それを聞いて安心したわ」彼女はにっこりした。「何時間も引き止められるのかと思ってぞっとしたのよ」

マーティンはため息をついた。「座って、レディ・ジュリアナ」

ジュリアナは紫檀のソファに腰を下ろした。とたんにとがった物がお尻に当たって飛び上がった。見ると木でできた小さな帆船だった。彼女はそっとテーブルの上に置いた。

「妹のデイジーの船だ」マーティンがそう言ってワインのグラスをジュリアナに手渡す。「失礼した。デイジーはおもちゃをあちこちに忘れていく。ひところ、わたしが旅の話を聞かせてやったためにとりわけ船が気に入っている」

彼は急に言葉を切った。今はほかにしなければならないことがあると気がついたようだ。

数分のときが流れた。マントルピースの上の見事な時計が十二時を告げた。その大きな音にふたりは同時に飛び上がった。

ジュリアナはだんだん面白くなってきた。

「ねえ、ミスター・ダヴェンコート、わたしを連れてきたのはいいけれど、どうしたらいいかわからないんでしょう。いいことを思いついたわ。しばらく一緒にいたら、もっとお互いに知り合えるかもしれない。だからわたしたち――」

「だめだ」マーティンがさえぎった。「きみの申し出を受ける気はない。だいいち、すぐにも弟がケンブリッジから戻ってくる」

「それなら弟さんと話をするわ。あなたがわたしと話したくないのなら」ジュリアナは巧妙に言った。彼が顔を赤くしたのを見て満足を覚えた。見事に彼の心をつかんだのだ。

「話をする？　きみの言う話とは」マーティンは急に黙った。

「また誘惑しようとしていると思ったんでしょう」ジュリアナはすまして広がったシルクのスカートを直し、ひと口ワインを飲んだ。グラスの縁越しに彼を見て目で微笑する。「親愛なるミスター・ダヴェンコート、わたしは誰よりも勘がいいのよ。あなたはさっき、わたしみたいに特殊な人間はとうてい自分の相手ではないと考えていたのではないの？」

「そう言われてもしかたがない」かすかに自嘲《じちょう》的な笑みが彼の口もとに浮かんだ。ジュリアナは彼を少し好ましく思った。たいがいの男性は自尊心が強くて、偽善的な面を見破られるのに耐えられない。だがマーティンはすぐに非を認める。自信があるせいだろう。

「わたしに誘惑されたくないのなら」ジュリアナは甘い声で言った。「昔の話をしてはどう？　アシュビー・タラントで会ってからどれくらいたつかしら？　十四年？　それとも十五年になる？」首をかしげて探るように彼を見た。「あなたがこんなふうになるとわかっているべきだったわ。退屈な少年は退屈な男性になるものだから。もっとも、見た目はずいぶんよくなったわね」

ほめられているのかけなされているのかわからなかったが、マーティンは侮辱されたようではなく笑った。「きみも変わった、レディ・ジュリアナ。とても感じのいい女の子だと思っていたのに」

「あなたの記憶違いか、十五歳のときほど判断力がなくなったかのどちらかでしょう。わたしはあのときと少しも変わってないんですもの。だけどわたしのことを覚えていただけでも驚きだわ。だってあなたは川の流れをせき止める装置や要塞《ようさい》の模型を作るとか、男の子の遊びばかりしていたもの」

マーティンは微笑した。「確かにわたしたちは一緒に遊ぶことはなかった。十四、五歳の少年と少女には共通の趣味はほとんどないものだ。きみは舞踏会やダンスにしか興味がなくて、わたしがトラファルガー海戦のネルソン提督の戦いぶりの話をしようとすると眠ってしまい――」

「そしてあなたはどうしてもフランスの舞曲カドリーユを踊ってくれそうになかった」ジュリアナが引き取った。「きっとあのころも今も、わたしたちには共通点がほとんどないのよ」彼女は真紅のスカートをこれ見よがしに撫《な》でつけてあくびをした。「すごく長い時間お邪魔しているのではない？」

　マーティンは椅子に座りなおし、考え深げに彼女を見つめた。

「きみに聞きたいことがある、レディ・ジュリアナ。アンドルー・ブルックスは本当に、きみのためならユースタシアを祭壇に残して逃げ出したと思うか？　それともきみは単に騒動を起こそうとしただけか？」

　ジュリアナはため息をついた。また逆戻りだ。さっき自分の言ったことを、彼が信じていなかったのがわかった。

「ミスター・ダヴェンコート」いらだちをぐっと抑えて言う。「もう二度と言わせないで。わたしを疑っているのなら間違いよ。あなたのいとこの結婚式をぶちこわすつもりはなかったわ。ブルックスを自分のものにしようという気もね。彼がどんな人間か十分わかっているもの。たとえ彼が黄金で包まれていてもほしくないわ」

　マーティン・ダヴェンコートの目に微笑が浮かんだ。だが笑みはすぐに消え、青い瞳は鋭く彼女を見据えた。「でも、彼はきみの愛人だった」

　ジュリアナの頭に血が上り、つんとあごを上げた。「愛人ではないし、愛人だったこともないわ。あなたのいとこの結婚式をだいなしにしようとするほど、自分をおとしめようとは思わないもの」

　マーティンは考え込むような顔をした。「恋していると人はどんな不条理なことでもするものだ」

「あなたにそれがわかるの、ミスター・ダヴェンコート？　あなたが恋に落ちたことがあるとは思えないわ。恋は危険なものだと思っているんでしょう」

　マーティンは笑った。「そんなことはないよ、レディ・ジュリアナ。どんな男でも若くて未熟な時期には必ず恋に落ちる」

「でも分別のつく年ごろになったら、恋はしないでしょう？」ジュリアナは顔をしかめた。「今のあなたは恋をする年ごろを過ぎたと思うわ」

マーティンは椅子に座りなおした。「まさにそのとおりだ。正直言ってわたしは、何年ものあいだ特定の女性に好意を持ったことがない。そのほうがいい。結婚は理性的に対処すべき問題だ。しかし今はきみの過去の恋の話をしている。わたしの話ではない」

「わたしの過去の話などしていないわ」ジュリアナはそっけなく言った。「昔のことを蒸し返したくないのよ。道徳についてあなたとやり合いたくもない。男の人ってうんざりするほど偽善的だとわかっているから」

「そうか？　男女間の不公平がいやだと言いたいのか、きみは？」

「もちろんよ。どう考えてもまともな女性がそれを不公平だと思わないはずはないわ。男性が放蕩をしても非難されることはないのに、女性が同じことをすると、淫《みだ》らな女の烙印《らくいん》を押されるでしょう。そんな決まりを作ったのは男性に違いないわ。そう思わない？」

マーティンは笑った。「不公平なのは認める。しかしそれを信じているのは男性ばかりか女性にも多いんだ」

ジュリアナは横を向いた。「わかっているわ。話題を変えましょう。そうでないともっと腹が立ってきそうだから」

「わかった。本題に戻ろう」マーティンはため息をついた。「きみが本当に結婚式をぶちこわそうとするつもりがなかったのならあやまる。単なる思い違いだったようだ」

「愚かな思い込みよ」ジュリアナは言った。

「愚かとはいえない。ゆうべのきみの振る舞いを見たあとでは」

「その話はやめて」ジュリアナはかっとなった。ひどくいらいらする。「ほんの冗談のつもりだったの。結婚式で涙を流していたのは、実は花粉症のせいなの。でも、嘘《うそ》だと思うのなら」皮肉たっぷりに続けた。「マントルピースの上の薔薇《ばら》の花瓶を持ってそばに来たらどう？　信じてくれるまでくしゃみを続けてあげる」彼女はワイングラスを置いて立ち上がった。「お互いにもうこの話にはうんざりしていると思うわ。わたしはあなたと一緒にいるのが退屈でたまらなくなっているし。もうおいとましてもいいでしょう？」

マーティンはちょっと手を振った。「もちろん」

「わたしが披露宴をぶちこわしはしないかと心配ではないの？」

「そんなつもりはないときみは言った。信じるよ」

ジュリアナはぎこちなく首をかしげた。「ありがとう。それでは貸し馬車を呼んでくれない？　せめてそれくらいはしてくれてもいいと思うわ」

マーティンは立ち上がった。「馬車を呼ぼう」彼はジュリアナに近づき、つかの間顔を見下ろした。「花粉症か」ゆっくりと言う。「教会できみを見たとき、てっきり泣いているのだと……」

片手を上げ、彼女の頬の涙の跡を親指でやさしくぬぐった。ジュリアナは脈拍が乱れるのを感じた。

「アンドルー・ブルックスは涙を流すに値しない男性だわ」

マーティンの手が下がる。そして一歩離れた。ジュリアナはほっとした。一瞬で防御の壁が突き崩されたのだ。

「ブルックスについてはわたしも同意見だ。だが、ユースタシアには幸せになってもらいたい。結婚してすぐ幻滅させられたら彼女には屈辱だ」

「どうせいつかは幻滅するわ」戸口に向かいながら

ジュリアナは言った。「アンドルー・ブルックスが妻に誠実でいられるものですか」

マーティンは顔をしかめた。「きみが男のことを実によく理解しているのには頭が下がる。かなり皮肉に聞こえるが。きみは誠実な男など世の中にひとりもいないと思っているのか？」

ジュリアナは足を止めた。そうだと言いそうになったのをのみ込む。マーティン・ダヴェンコートにはいつも正直に答えなくてはならないような気にさせられる。

「いいえ」彼女はゆっくり言った。「真剣に愛している男性なら誠実にもなれると思うわ。だけど愛することも誠実になることもできない男性もいるのよ。そしてブルックスはそういうたぐいの男性だわ」

「きみはそういう男を好むと聞いた。ブルックス、コリング、マシンガム……」

ジュリアナはいつもの自分に返った。「その人たちが不誠実だから選んだのではないわ。おかしなことを言うのね。面白いからつきあっているのよ」

「そうか」マーティンは皮肉っぽく言った。「それならこれ以上引き止めないほうがよさそうだな。きみが好きそうなものはこの屋敷にはないだろうから」

ジュリアナは顔をしかめた。「ええ、見つけられそうにないわね」少し間をおいた。「披露宴はもう終わったころだと思うわ」

「確かに」マーティンはマントルピースの時計を見た。「アンドルー・ブルックスを逃してしまって残念かい、レディ・ジュリアナ？」

「いいえ」彼女は楽しげに言った。「気にかかるのは、あなたの妹さんのデイジーのことだけよ。付き添いをしていた小さな子でしょう？　あなたがどこに行ってしまったかと心配しているはずよ」

沈黙があった。一瞬、マーティンの目を不思議そうな色がよぎる。

「姉のアラミンタがデイジーやほかの妹たちの面倒を見ている。何より、デイジーは付き添い娘になれて大喜びだから、わたしがいなくても寂しがりはしない」

「それはどうかしら」ジュリアナは言った。デイジー・ダヴェンコートのことを思うと胸が痛む。「子供はそういうことに敏感よ」

ジュリアナは自分の声が悲しげなのに気づいた。マーティンは相変わらず探るような目で見つめている。

「もう失礼させていただくわ。もっと問題がある結婚だってたくさんあるわよ。わたしはここで時間を無駄にしていられないの。だけど」あることに思い当たって声が熱を帯びた。「あなたがわたしを結婚式から連れ出したせいで、わたしの評判はもっと悪くなるかもしれない。そうよ、噂を大きくするわ。わたしたちは情熱に駆られて我慢できなかったのだと言って」

「レディ・ジュリアナ」彼は脅すような冷たい声で言った。「きみがそんなふうに言うのは一瞬でも許さない。もし今度耳にしたら、人前であろうともきみを非難する」

ジュリアナは目を丸くした。「みんなあなたのせいじゃないの、愚かにもわたしを疑ったりして。たいていの若いレディなら、誘拐されたことにつけ込むものよ。そしてあなたは結婚しなくてはならなくなるの」

マーティンの口もとがゆがんだ。「冗談もほどほどにしたらどうだ。きみがわたしと結婚したいと考えるとは到底思えない」

「ええ、もちろん思わないわ。でもわたしの評判をもっと悪くするために、あなたを利用することぐらい許してくれてもいいでしょう」

「許せるはずがない」

ジュリアナは口をとがらせて言った。「まあ、なんてお堅いの。でもね、わたしがあなたに魅了されたと思う人は絶対にいないわ」

ふたりはしばらく見つめ合った。だがマーティンが何か言う前に玄関ホールで声とともに足音が聞こえてきた。ドアが開いて若者が飛び込んできた。

「マーティン、ぼくは」不意に足を止めた。マーティンとジュリアナを見て、一歩下がった。「失礼しました。ぼくは兄さんが結婚式に出ていると思っていた。兄さんは帰ったとリディントンに聞いたけど、連れがいるとは思わなかった」

「結婚式に出ていた。そして連れがいる」マーティンはほほえんで言った。「レディ・ジュリアナ、弟のブランドンを紹介させてほしい。ブランドン、こちらはレディ・ジュリアナ・マイフリートだ」

驚いて兄を見たブランドンは、ちょっといたずらっぽい顔をしてジュリアナの手を取った。

「はじめまして」穏やかに言う。「お会いできて光栄です、レディ・ジュリアナ」

ジュリアナの瞳に、眉をひそめたマーティンの顔が映った。彼女はわざとらしく心のこもった挨拶《あいさつ》をブランドンに返した。マーティンの腹違いの弟は二十二、三歳に違いない。しかもマーティンにはない華やかな魅力を持っている。ブランドン・ダヴェンコートの魅力に抵抗するのはとても難しい。たいがいのレディは抵抗しようとは夢にも思わないだろう。マーティンが自分の心の内を隠し、抑えているのに対し、ブランドンは隠そうともしていない。マーティンはいつも責任ある兄として生きてきたのだろうか、とジュリアナは思った。たぶんそうに違いない。

ブランドンは身に備わった優雅さで頭を下げ、青い目に率直な賛美の色を浮かべて彼女を見た。

「あなたがマーティンと親しいとは知りませんでし

た、レディ・ジュリアナ」

彼女はマーティンにからかうようなまなざしを投げた。見返した彼の目はとりわけ厳しい。「ほんのちょっと知っているだけよ。子供のころに会ったことがあるの。でもこの十六年はまったく会っていなかったわ」

「兄と知り合いだなんてぼくはとても運がいい」ブランドンは彼女の目を見てほほえみかけた。「この何カ月、誰かに紹介してもらいたくてたまらなかったんです」

「ただそばに来て自己紹介してくださるだけでよかったのに」ジュリアナは甘い声で言った。マーティンが感心しない顔でこちらを見たのが目の隅に映った。「ハンサムな若い方とお会いするのは大好きですもの」

ブランドンは笑い、マーティンはわざとらしく咳払いした。

「レディ・ジュリアナは帰るところだ」マーティンは言った。

ドアが開いて、制服を着た執事が入ってきた。

「エドワード・アシュウィック司祭がいらっしゃいました。レディ・ジュリアナがお帰りになるのをエスコートしたいとおっしゃっています」

ジュリアナは満足げに軽くほほえんだ。「親愛なるエドワード。なんて親切なんでしょう。男友だちが二、三人いると本当に便利だわ」

マーティンが彼女の手を取った。「さようなら、レディ・ジュリアナ。思い違いをしたことをもう一度お詫《わ》びする」

「さようなら、ミスター・ダヴェンコート」ジュリアナは軽快に答えた。「二度とわたしを誘拐しないでね」

3

「いったいどうしたんだ、ジュリアナ？」エドワード・アシュウィックは、気軽な調子できいた。「結婚式が始まったばかりだというのに。きみがダヴェンコートと一緒に出ていってしまったので、みんなとても驚いている。きみという人は何をするにも、人目についてしまう。そうせずにいられないものかとときどき思うよ」

「そうね」ジュリアナはため息をついた。急に疲れを感じた。前の晩に飲んだ阿片《あへん》チンキがまだ効いているのか、眠くてたまらない。だが、まっすぐ屋敷に帰ってやすむこともできない。やっと午後になったばかりだ。誰もいない屋敷に帰ってひとりぼっちでいるのに耐えられそうにない。彼女は衝動的にエドワードのほうを向いた。

「エディ、披露宴に戻らない？　お願いよ。面白そうですもの」

エドワードの血色のいい顔がさっと赤らんだ。彼女に愛称で呼ばれるといつもそうだ。彼はジュリアナの言いなりだ。

「お願いよ、エディ」

「戻れないと思う、ジュリアナ」彼は当惑を隠してぶっきらぼうに言った。「きみはもうすっかり式の邪魔をしてしまった。そっとしておこう。ぼくが送っていくから」

「いやよ」寂しいのだとはどうしても認めたくない。退屈だから気まぐれに楽しみを求めているだけだと思われるほうがずっと楽だ。「それならジョスとエイミーのところへ行かない？　それともアダムのところか？」

「みんなあと何時間かはパーティの会場にいるだろう。騒ぎを起こす前にそれを考えるべきだった。みんなゆうべのことを噂《うわさ》している。銀の皿にのってブルックス卿《きょう》に自分を差し出したというのは本当かい？」エドワードは卒中の発作を起こしそうな顔をしている。

「本当よ」ジュリアナはため息をついた。「冗談だったのよ、エディ」

「冗談！　なんてことだ。きみのユーモアのセンスはとんでもないことを引き起こすんだから」

「父のようなことを言うのね」ジュリアナは不機嫌そうに言った。「でなければミスター・ダヴェンコートか。どうして、どちらを向いてもうんざりする人たちばかりなの？」

エドワードは顔をしかめた。「われわれがみんな仰天したからと言っても何をとまどうことがある？　ジョスはひどく怒っているし……」

ジュリアナは気が滅入《めい》った。彼女が意見を尊重する人間といえば、兄のジョスだけだ。彼を失ったら大変だ。兄が結婚して、彼の関心をべつの人間と分け合わなくてはならなくなっただけでも、面白くないのに。

「あなたもジョスも父もみんな同じだわ」彼女は苦苦しげに言った。「みんなにああしろこうしろと言われるなんて耐えられない。あなたはそんな退屈な人ではなかったはずよ、エディ」

エドワードは印章つきの指輪をもてあそんでいる。顔は真っ赤で彼女と目を合わせようとしない。「きみのことを思えばこそ言っているのだ。わかるだろう、ジュリアナ。ぼくたちは誰ひとりとして、きみが自分をだめにするのを見たくないんだ」

それはジュリアナも十分承知している。エドワードは彼女を深く愛しているのだ。ジュリアナは彼の好意を当然のものと受け止めている。愛すべき、真《ま》面目《じめ》なエドワード。彼はとても親切だ。だが、ぞくぞくするような魅力はない。

「再婚するべきだよ、ジュリアナ」エドワードは言った。今度はまともに彼女を見た。黒い瞳が希望にあふれている。「マイフリートとの結婚生活は幸せだったんだろう。また幸せになれるかもしれない」

何が言いたいのかわかっている。哀願するような彼の目がジュリアナには耐えられなかった。彼には一度プロポーズされたことがある。でも、丁重に断った。それ以来、結婚話が出たことはない。

「最近は申し込んでくれる人がいないのよ、エディ」気軽な口調で言う。「わたしの評判がこんなだから、いい人は寄りつかないわ」

エドワードは熱っぽい目で見つめ続けている。

「いとしいジュリアナ、誰もいないなんてことはないだろう。ぼくは、きみが結婚を考えてくれるなら名誉に思う」

ジュリアナは逃れる手段を必死で考えた。馬車の横の歩道を歩いているのはミセス・エマ・レンだ。親友のレディ・ニーズデンと腕を組んでいる。昨夜けんか別れしたが、そんなことは問題ではない。したたかに酔っていたエマが覚えていないといいのだけれど。ジュリアナは馬車の屋根をたたいて、止めるよう御者に合図した。そして窓を下ろして、エドワードの話を中断させた。

「エマ、メアリ。今行くから待っていて」

エドワードが座席の隅に沈み込む。ジュリアナは慰めるようにほほえんだ。

「いとしいエディ、わたしたちがつり合わないのはわかっているはずよ。でも、わたしをミスター・ダヴェンコートから救い出してくれたことには感謝するわ。死にそうなほど退屈していたんですもの。さあ、行かなくては」

ジュリアナはかがんでエドワードの頬に軽くキス

をすると、馬車のドアを開けて踏み段を下ろすよう下男に合図した。

「買い物に行くの、エマ？　待って。わたしも行くから」

「いったいどういうつもりだ、ジュリアナ？」次の週のある晩、ジョスリン・タラントはエドワード・アシュウィックと同じようなことを言った。もっと厳しくてもいいはずなのにずっと穏やかな口調なのは、妹が振る舞ったすばらしい晩餐《ばんさん》の料理と、彼の肘のそばにある極上のウイスキーのおかげだ。暖かい夜で、ふたりはジュリアナの屋敷のテラスにいた。月は木立の上に高く昇り、蛾《が》が蝋燭《ろうそく》の炎のまわりを飛び回っている。ジュリアナとジョスはときどきふたりきりで夕食をとることがあった。エイミーがジョスをつないだ革紐《ひも》をゆるめるときだ、とジュリアナは思い、ふたりだけのときを楽しんでいた。しかし今夜は違った。ジョスまでが彼女の振る舞いをしつこく問いただしているのだ。

「まず銀の皿にのってブルックスに自分を差し出すという途方もないことをした」兄は言葉を続けた。

「そして今度は――」

「もう言わないで、ジョス」ジュリアナは鋭くさえぎった。エマ・レンのパーティでのことを、厳しく責められるのは心底いやになっていた。「みんなに言っているけれど、あれは冗談だったの。それなのに、あんまり口やかましく言われるといやになるわ」

「わたしたちにはその冗談のどこが面白いのかわからない」兄は妹を長いあいだ見つめた。「それでもまだ足りないのかブルックスの結婚式でも騒ぎを引き起こしたそうだな。マーティン・ダヴェンコートがおまえを誘拐したというばかげた話を聞いた」

「その噂こそばかげているわ」ジュリアナはふくれ

っ面で言った。グラスにポートワインを再びつぐ。

「どうすればうまく誘拐できるか、マーティン・ダヴェンコートにわかるわけがないでしょう」

「彼のやり方がまずかったというのか？」

「違うわ。あの人は剥製《はくせい》みたいにこちこちなの。あんなつまらない人が下院議員になったら政治はどうなるのかしらね」

ジョスはくすりと笑った。「まあそうだろうな。ところでダヴェンコートの目的は、誘惑ではなかったと言うのか？」

「もちろんよ。あの人を知っているでしょう？　知っていれば、そんなことはありえないとわかるはずよ」ジュリアナは不機嫌に言った。「わたしを連れ出したけれど、みんなが思っているような理由ではないの。わたしが祭壇の前に飛び出していって、戻ってくれとアンドルー・ブルックスに懇願するようなばかげたまねをすると思い込んでいたのよ。まるでわたしがブルックスを手に入れたいと思っているみたいに」

「そう思っていた者はたくさんいる」

「そう思わせただけよ」ジュリアナはものうげに手を伸ばしてうるさい蛾を払った。「わたしがブルックスの愛人でなかったことは知っているでしょう」

「みんなが愛人だと信じているほかの男たちも、実はそうでなかったということも知っている」ジョスは眉をひそめて明かりを見た。「どうして誤解を招くようなことをするのだ、ジュー？」

ジュリアナはいくらか気が楽になった。兄が厳しい調子でジュリアナと呼ぶのは、本気で怒っているときだ。ジューと愛称で呼ぶときは安全と言っていい。彼女は肩をすくめた。

「どうせ絞首刑になるなら、子羊より親羊を盗んだほうがましということよ。あれだけ悪く思われているのに、どうすれば誤解を解けるの？」

ジョスは眉をひそめた。彼女の質問に答えずにきいた。「どうして自ら評判を悪くするんだ？」

ジュリアナはためらった。正直に答えようと思えば、口にしたくないことまで言わなくてはならない。わたしは遊びをしているのよ。退屈だから、寂しいから、もう一度誰かを愛する危険をおかしたくないから。弱さをさらけ出すことを思うと、耐えられそうにない。

「悪い評判どおりにしようと決めているの」

ジュリアナは兄に笑いかけた。兄とは前にもこの件で話し合ったことがある。そしてジョスはいつも、心を入れ替えるよう妹を説得しようとする。

「ああ、ジョス、マシンガムと駆け落ちしたとき、わたしの評判が地に落ちたのは知っているでしょう」本心を語るジュリアナの声に熱がこもった。「今となっては何を言っても何をしても、評判をよくすることはできないのよ。それなのにどうしろと言うの？」

ジョスはため息をついた。「ジュリアナ、おまえはマシンガムと正式に結婚した。そのおかげで評判を持ちなおしたんだ。あのままおとなしくしていれば、みんなおまえの過去の軽率な行動を大目に見ただろうに。父上でさえ許したはずだ」

ジュリアナはちらりと兄を見た。その目には彼だけでなく自分を嘲《あざけ》るような色がある。

「お父様に許してもらえた？　それくらいでは無理にきまっているわ。社交界の人たちはといえば、どうしてあれほど偽善的なの？　この先おとなしくすれば、喜んで何もなかったことにしてくれるというのね。わたしが心を入れ替えれば、どんなスキャンダルも見逃してやろうと。わたしがマシンガムと正式に結婚したからといって」吐き捨てるような口調だ。「彼はたった二週間でわたしを捨てたのよ。結婚証明書はそれだけのためだったわ」

ジョスは肩をすくめた。「偽善的なのは認める。だがそれが、社交界というものだ」

「社交界なんて大きらいよ。いいかげんなんですもの」

「おまえが迎合するのをきらっているのはみんな知っている。しかし、おまえがタラント侯爵の娘で未亡人だという事実は変わらない。社交界に容易に受け入れられる立場にいるということも」ジョスはにやりとした。口調が柔らかくなった。「肩肘張るのはやめたらどうだ、ジュー。おまえの言う友人やその連中の悪ふざけと縁を切るんだ。人生をよりよくするものを見つけなさい」

ジュリアナは顔をそむけた。本当のことを言われるといつも落ち着かない気分になる。クライヴ・マシンガムとのつらい思い出がよみがえった。二年ほど前に彼に捨てられたときの苦痛は薄れたが、怒りは消えていない。ジュリアナはマシンガムに夢中だった。その分、失望は大きかった。マシンガムに金を持ち逃げされ、異国の地にひとり置き去りにされたあの日、彼女の中の愛は消滅した。過去のジュリアナの恋は、二度とも涙で終わった。それから決して弱気にはなるまいと心に誓ったのだ。

ジュリアナはジョスに向きなおった。頭を上げ、目は輝いている。

「まあ、ジョス、メソジスト教徒のようなことを言うのね。マシンガムが生きていたら、お兄様が嘆くようなスキャンダルを起こしたでしょう。あの人がどれほどの騒ぎを引き起こしただろうと思うと、ぞっとするわ」

「彼が死んだのは幸運だった」厳しい口調で言いながらも、ジョスはジュリアナに片手を差し出した。「すまない、ジュー。おまえが彼を愛していたのは知って……」

「一度はね。以前は好きだったわ。今は思い出すとぞっとするの」

「それで彼の姓を名乗らないのか？」

ジュリアナはワインをいっきに飲んだ。「屈辱的な結婚を忘れたいのよ」肩をすくめる。「皮肉ね。結婚したおかげで、うわべだけでも尊重してもらえていることを思うとね。とにかくすべて終わったことだわ。それでもスキャンダルは消えないとみんな思っている。だからわたしはわざととんでもないことをして、あの口うるさい女性たちを怒りくるわせたいのよ」

ジョスはため息をついた。「おまえの最新の噂話がダヴェンコートに連れ去られたことなわけだ。マシンガムとはなんと違ったタイプの男だろう」

ジュリアナは笑った。「まったくね。立派な評判をだいなしにしてしまうわよ、と彼に警告したのに」

「おまえは彼をどう思う？」

ジュリアナは顔をしかめた。「がっかりしたわ。誘拐自体はとても面白いはずだったのに。マーティン・ダヴェンコートがあれほど堅物でなければね。なんでも真面目に受け止めるんですもの。わたしたちが子供のころに会ったことがあるのを知っていた？　彼の名付け親がアシュビー・ホールの主《あるじ》の、あの変わり者の老人だったのよ」

ジョスは眉を上げた。「子供のころ彼に会った覚えはないな」

「ええ。マーティン・ダヴェンコートがアシュビーに来ていたとき、お兄様はオックスフォードに行っていたから。にきびだらけで脂っぽい髪をした、いやになるほどぱっとしない少年だったの」

「ジュリアナ！」

「まあとにかく、見た目はずいぶんよくなったと思うわ」彼女は公正に言った。「でも、今でもすごくつまらないのよ。ひとつには弟や妹の世話をしなくてはならないからだと思うけれど、生まれつき退屈なんだとも思うわ」

「レディ・エヴァリーの晩餐会のときは、彼と気が合っているように見えたが」ジョスが言った。

ジュリアナは無造作に肩をすくめた。「そうしなくてはならなかったのよ。ひどいお客様を押しつけられることはよくあるわ。メアリ・エヴァリーはわざとわたしの隣に彼を座らせたのよ」

「なんの話をしたんだ？」

ジュリアナは眉間《みけん》にしわを寄せた。「そう……わたしがからかいはじめたら、どういうわけか彼は話題を変えたの。ダヴェンコートの話で終わったわ。途方もなく広大な屋敷で、彼はそこがとても好きらしいの」

「そんな会話によく耐えられたものだ」ジョスは微笑した。「おまえは田舎がきらいなのに」

「本当ね」ジュリアナは自分でも意外だった。

「わたしはマーティン・ダヴェンコートが好きだ。健全な人間らしい。ホイッグ党の首相チャールズ・グレーが彼を高く買っているようだ。次の選挙で下院議員になるのは確実だ。彼の未来は輝かしいものになるとグレーは思っている」

「政治の話なんかあくびが出そうだわ」ジュリアナはほほえんだ。「だけど、お兄様がマーティン・ダヴェンコートを好きだと聞いても驚かない。だってある面では、彼はお兄様を彷彿《ほうふつ》とさせるところがあるんですもの。前に彼と会ったことがあるのね？」

「ああ。ダヴェンコートはアダム・アシュウィックと軍隊時代から親しかったようだ。先週、わたしたちがアシュウィック家の晩餐会に行ったとき、彼も来ていた」ジョスは妹をさっと見た。「おまえも招待されていただろう？」

ジュリアナはまた肩をすくめた。「エドワードの相手として招待されたのよ。だから断ったの。彼との仲を取り持とうというのが見え透いていたから。まるでわたしがエドワード・アシュウィックにお似合いの妻になるみたいにね」

「どうしてそうならないと思う？」兄は穏やかにきいた。「彼はあれほどおまえに好意を持っているのに」

「ええ。わたしも彼を愛しているわ。兄のようにね」ジュリアナは微笑した。「でもお兄様みたいに大好きではないわ」

ジョスの口もとに笑みが浮かんだ。「ありがとう、ジュー。そう言ってくれるとうれしい。だがどうしてアシュウィックを受け入れない？　受け入れれば評判を回復できるのに」

ジュリアナは顔をしかめた。「エドワードには、自分を犠牲にしてまでわたしを救ってもらいたくないの。それに教区司祭が堕落した女と結婚したら、あの意地悪なおしゃべり女たちが何を言うかわかっているでしょう。二度も結婚歴のある評判の悪い女と結婚したら。だいいち、わたしは心を入れ替えようとは思わないし」シルクのショールを肩にかけなおす。「再婚する気はないのよ。その理由は十分あるの」

沈黙が流れた。

「晩餐会に出れば楽しめたのに。アシュウィック家の料理はすばらしかった」

「きっとエマ・レンの屋敷の晩餐会のときより見事なデザートが出たのでしょうね」

「ああ」

ふたりは顔を見合わせてほほえんだ。ジュリアナがため息をついた。「招待を受けるべきだったわ。最近、ちゃんとした招待状はほとんど来なくなっているんですもの」

ジョスは笑った。「楽しむことさえできただろうに」

「そうかもしれない。いくらご立派な奥様方に会うことになったとしても。エイミーも含めてね」

ジョスはちょっとほほえんだ。「そうだな。しかし努力すればおまえもエイミーのようになれる」

ジュリアナはかぶりを振った。たとえ努力してもエイミー・タラントのようにはなれない。エイミーはとてもやさしくて健全だ。それがわたしとはどうしても合わない。

「そうは思わないわ」ジュリアナは言った。「エイミーの趣味はわたしとはまるで正反対なのよ。アニス・アシュウィックは……そう、あの人にはぞっとするわ。まるっきり文芸志向の女性ですもの」

「何を言うんだ、ジュー」ジョスは励ますように言い、時計を見た。「エイミーが劇場から戻ってくるころだ。そろそろ帰らなくては。アニスと一緒に『リア王』を見に行った」

「シェークスピア」ジュリアナは大げさに身震いした。「おとなしく座ってシェークスピアの悲劇を見るくらいなら、髪の毛を引き抜かれるほうがまだましだわ」

ジョスが帰ってもジュリアナはしばらく座ったまま、蛾が蝋燭の炎に羽根を焦がして飛ぶのを見つめていた。庭は冷えてきた。彼女は立ち上がるとショールをしっかりと巻きつけた。前の日にエマ・レンと買い物に行って手に入れた新しい銀色のドレスは、袖《そで》付けがきつくて着にくかった。それでも衝動買いの癖をけっしてやめようとは思わない。明日、店に突き返して、金は払わないと言おう。一度着て、銀色の紗《しゃ》のスカートにポートワインのしみをつけてしまったけれど……。

ジュリアナはぶらぶらと屋敷に入った。時計が十一時半を打った。マントルピースの上に招待状が山のように置いてある。しかし兄にも言ったように、最近ちゃんとした宴《うたげ》への招待状はほとんど来ない。

そのかわり、上品とはいえない催しの招待なら山ほどある。彼女は銀の縁取りのあるカードを取り上げ、指先でたたきながら考え込んだ。〈クラウンズ〉は以前は遊び人だったスザンナ・ケラウェイが作ったばかりの最高級の賭博《とばく》場だ。悪名高い未亡人が金をつぎ込むにはうってつけの場所だ。お金があるのにどうして寂しく座っていなくてはならないの？　ジュリアナは二階に駆け上がると、外出の支度をするために小間使いを呼んだ。

一時間ほどして〈クラウンズ〉に入っていくと、まず目に入ったのは兄のジョスだった。静かな片隅で、アダム・アシュウィックやセバスチャン・フリートと杯を傾けている。ジュリアナは微笑した。男性の偽善者ぶりには驚かされどおしだわ。真面目ぶって、エイミーが戻ってくるので帰らなくてはと言ったくせに。結婚して一年しかたっていないアダムだってそうだ。ジュリアナは首を振り、口もとに皮肉な笑みを浮かべた。心の内で、兄と友人に失望していた。まだ失望する心が残っていたなんて、興味深いこと。もしかしたらわたしは、人間を信じる気持ちを完全になくしたわけではないのかもしれない。

ジュリアナは兄たちを見つめているのが自分だけでないのに気がついた。高級娼婦《しょうふ》たちが彼らのほうに近づいていく。無理もない。ジョスとアダム、そしてセブはロンドンきっての美男子で、野心的な高級娼婦たちにはこのうえなく魅力的な存在だ。ジュリアナは彼女たちを追い越しながら、首をねじって肩越しにほほえみかけ、アダムの隣に滑り込んだ。

「ちょっと待ってね。あとでこの人たちをあなた方に差しあげるから」

女たちは警戒するような笑顔を見せて少し離れた。ジョスはジュリアナを見て渋い顔をしたものの、アダムと同じように礼儀正しく立ち上がった。セバスチャン・フリートは飲み物を取ってくると言いながら去っていった。

「今夜また会うとは思わなかった」ジョスは言った。

「思い違いだったわね」ジュリアナはわざと娼婦たちを見た。「どうするつもりなの、ジョス？　あなたにはがっかりしたわ」

　ジョスは面白くなさそうだ。だがアダムの口もとがおかしそうにゆがんでいる。「きみにそう言われるとはね。ジュリアナ、ここで何をしている？」

「もちろん勝負をしに来たのよ」ジュリアナは眉を寄せて彼を見た。「話をそらさないで、アダム。あなたたちの楽しみの話をしていたのよ。わたしの話ではないわ。家庭が甘すぎて胃にもたれてきたから、強い解毒剤が必要になったの？　責めるつもりはないわ。わたしだって高潔さには窒息しそうだもの」

「おまえと道徳とは生まれながらの敵同士なのはわかっている」ジョスが冷ややかに言った。「しかしまったくの思い違いだ、ジュー。わたしたちがここに来たのは賭事《かけごと》のためでも、まして娼婦のためでもない」

　ジュリアナは信じられないというように眉を上げた。「本当？」口もとがゆがんだ。「まあ、そう、そうでしょうとも。わたしったらなんて鈍感なのかしら。次にアニスとエイミーに会ったとき、こう思うでしょうよ。わたしはなんてひどい思い違いをしてしまったのかしらってね。彼女たちは浮気されるだけの理由があるに違いないわ。でなければあなたたちがここにいるわけないもの」

　アダムは冷ややかな灰色の目で彼女を見た。「いいかい、ジュリアナ」ゆっくりと言う。「きみが男だったら、これまでに何度決闘を申し込んでいたかわからない」

　ジュリアナは彼にほほえみかけた。「わたしを撃って、ジョスを怒らせたくないはずよ」

アダムはジョスと顔を見合わせた。「誰にも邪魔をさせはしない」あっさりと言う。「わたしが少しばかり騎士道精神を持ち合わせていることに感謝するんだな。とにかくきみは口うるさい」

ジュリアナは頭をのけぞらせて笑った。「まずいところを見られたからそう言うのね」

「いや。きみがどう思っているか知らないが、まずくもなんともない。きみもわかっていて、意地の悪いことを言っているだけだろう」

ジュリアナは兄のほうを向いた。「ジョス？　言わせておいていいの？」

ジョスは肩をすくめた。「アダムの意見に反対する気はない、ジュー」

ジュリアナはまた笑った。「ずいぶん紳士的だこと。だけどべつに腹も立たないわ」

「そうだろう」ジョスは苦い顔で言った。「おまえにはそういうところがあるからまだしもきらわれずにすんでいるんだ、ジュー。さあ、向こうへ行って。仕事の話があるのだから」

ジュリアナは目を見開いた。「まあ、仕事ですって。賭博場でどんな仕事の話ができるの？」

「政治の話だ」ジョスは言った。

「もちろんそうよね。ここは〈ホワイツ〉よりずっとそういう話にはふさわしい……」

「ダヴェンコートが来た」アダムが顔を上げて言った。そして立ち上がる。「失礼、ジュリアナ」

ジュリアナも立ち上がった。マーティン・ダヴェンコートが近づいてくる。ひしめき合う人々のあいだを優雅な身のこなしですり抜けていた。娼婦たちはマーティンの歩みを見守りながら、興奮した女学生のようにささやき交わした。ジュリアナにはそのわけがわかった。香水の香りを漂わせた女性の集団の中で、彼は見るからに男性的で厳しく、立派に見える。不意に思いも寄らない嫉妬《しっと》に胸がうずいた。

マーティンは彼女に目を留め、深い青の瞳にいぶかしそうな色を浮かべた。とたんにジュリアナは自分がよけい者のような気がした。頬が赤くなったのを感じて、ますますいやになった。彼に対してこんなにどぎまぎする理由はまったくないのに。

「こんばんは、ミスター・ダヴェンコート」ジュリアナはうろうろしている娼婦たちに意味ありげな視線を投げた。「お仕事の話があるんですってね。離れてあげるわ」

一時間半ほどたった。セバスチャン・フリートと賭《か》けてかなりの金額を負け、極上のワインを何杯か飲んだジュリアナは、勝負に飽きてカードゲームのテーブルを離れた。アダムとジョスがちょうど帰るところだ。コートを着てマーティン・ダヴェンコートと握手をし、戸口に向かうのを彼女は柱の陰から見守った。娼婦たちが横を通って彼らに近寄った。だがアダムが何事か短く言うと、怒って頭を振り立てて離れていった。その様子を見ていたジュリアナは痛快だった。やっぱり、あの人たちは嘘《うそ》をつかなかったのだわ。

「つまらない夜ね」スザンナ・ケラウェイがジュリアナの耳もとでささやいた。「あなたのお兄様やアシュウィック卿みたいないいお客様が奥様に忠実になってしまったら、どうすればいいのかしら？　とても困るわ」意味ありげにジュリアナを見た。「エマ・レンのパーティのときのいたずらを聞いたわよ。この場の空気を盛り上げてくれないかしら、ジュリアナ？」

ジュリアナが断って馬車を呼ぼうとしたとき、マーティン・ダヴェンコートがこちらを見ているのに気づいた。彼女は眉をひそめた。なんだってジョスにアダム、そして今度はマーティン・ダヴェンコートまでがこんなふうに非難の目でわたしを見るのだろう。そうだ、彼を驚かしてやろう。わたしを非難したくてやっきになっているのなら、こちらからねたを提供してあげる。ジュリアナはスザンナににっこりして見せ、下男の手からワインのグラスをひったくって驚かせた。そしてワインをひと息に飲み干した。「わかったわ。楽団にジグを弾くように言って、スザンナ」

ジュリアナは手近のテーブルに座っていた紳士に向かって片手を差し出し、テーブルに上がった。勝負の最中のカードが飛び散る。何事だと驚いてぶつぶつ言う周囲の声が、期待のさざめきに変わった。楽団が演奏を始めた。

ジュリアナは片手でスカートをたくし上げ、ペティコートの裾《すそ》とほっそりした足首をあらわにした。紳士たちがあちこちから身を乗り出して、スカートの中をのぞこうとする。

音楽が速く激しくなった。ジュリアナは挑発的に腰を揺すり、くるりと回った。ピンが抜けて髪が肩に乱れ落ちる。人々は音楽に合わせて手拍子を取りはじめた。娼婦が隣のテーブルにのって一緒に踊りだした。盛んな歓声や淫《みだ》らなやじが飛んだ。ジュリアナは足を踏みはずして危うく落ちそうになった。しかし熱狂した人々の手がテーブルに押し戻した。あまり激しく踊ったので片方の乳房がドレスからはみ出すと、大きな喝采《かっさい》が起きた。

しまいに彼女は全身が紅潮し、髪も服も乱れ、息が切れてきた。誰かがワインのグラスを手に押しつける。グラスの縁越しに見ると、マーティン・ダヴエンコートが、ジュリアナのマントを手にしてしかめっ面で立っていた。どうするつもりかわからずにいるうちに、彼はその手からグラスを取り、テーブルにたたきつけるように置いた。マーティンは、彼女の体にマントを巻きつけ、片方の腕でウエストをきつく抱き寄せた。そして早口で言った。

「来るんだ、レディ・ジュリアナ。家まで送ろう」

ジュリアナは彼をとろんとした目で見上げ、寄り添った。少しくらい当惑させてもいいんじゃないかしら。この人はいとこの結婚式をわたしがだいなしにすると思っていたのだから。わたしにはロンドン中に愛人がいると信じているのだし。それならそのとおりに振る舞ってあげる。

「急ぐ必要はないわ、いとしいマーティン。わたしのすべてはあなたのものなんだから」甘い声で言って笑顔で彼を見上げた。「連れてって！」

「運がいいな、ダヴェンコート」おどけた声がする。

マーティンは険悪な顔つきでジュリアナを戸口から連れ出した。ジュリアナは彼の腕にしっかりとすがりついた。人々の笑顔と言葉を強く意識していた。

「ゆっくり歩いて。わたしを独り占めしたくてそんなに急ぐのね」

「静かに」マーティンが声をひそめて言った。

ロビーまで来て人々の目から逃れると、ジュリアナは彼から離れ、くしゃくしゃになった服を直した。誰も見ていなければ芝居をする必要はない。

「ミスター・ダヴェンコート、人をさらうのがお好きなようだけど、近いうちにきっと困ったことになるわよ。あなたはわたしと一緒にいたくてたまらないのだとうぬぼれたいところだけど、そうでないことくらいわかっているわ」

マーティンはすさまじい形相で彼女を見た。「きみの兄上のために助力しているだけだ、レディ・ジュリアナ。きみがあんな場所で遊び興じるのを兄上が望むとはとても思えない」

「遊び興じる？ なんて古くさいことを言うの、ミスター・ダヴェンコート。まるで時代遅れだわ」ジュリアナは笑った。「それからジョスの気持ちをまったく誤解しているわ。兄はわたしが酔いつぶれるまで飲むようにと思って先に帰ったのよ」

マーティンの口もとが不満そうにゆがんだ。「それも不思議ではない」

「だから、これからはよけいなことをしないでくださる？　感謝はするけれど、あなたの騎士道精神はわたしには必要ないの」

ふたりはクラブの外の階段の上に来ていた。冷たい夜気に、ジュリアナは水を浴びせられたような気がした。飲みすぎたと今になって気づき、支えを求めて本能的にマーティンの腕にしがみついた。彼がうんざりしたようにため息をつくのが聞こえた。

「まあ、ちょっと飲みすぎたようだわ」

「かなり酔っているよ」マーティンは言った。「よけいなことをしないで好きにさせてほしいかい？」

ジュリアナは笑った。「喜んで送っていただくわ、ミスター・ダヴェンコート。堅物だというあなたの評判に傷がつくのを承知のうえなら」

マーティンは軽蔑《けいべつ》したような声を出し、ジュリアナを馬車に押し込んだ。「ポートマン・スクエアまで頼む」彼は言った。

ジュリアナを座らせると、マーティンはあとから乗ってきた。ジュリアナは彼と寄り添いたいと思った。マーティンとちょっと体が触れ合うだけで、ぞくぞくする。酒の勢いも手伝って彼女は自制心をなくしていた。ジュリアナは両腕を彼の首に回し、彼が振りほどこうとしても離すまいとした。

「頼むから離してくれ」マーティンは彼女の腕を自分の首からはずし、彼女を座席の隅に押しやった。

ジュリアナはされるままになってはいなかった。酒のためか不意に欲望を感じた。マーティンににじり寄ると膝に座った。彼はまた押しのけようとした。

「下りるんだ！」まるで手に負えない犬に命令するような口調だ。「頼む、かまわないでくれ」

ジュリアナは彼の膝の上で身をくねらせた。彼が身をこわばらせるのがわかる。彼の肌はシナモンのコロンと新鮮な空気のにおいがする。ジュリアナはまた欲望に襲われた。マーティン・ダヴェンコートに魅せられるなんて愚かだわ。堅苦しくて生真面目で、楽しみといえば大蔵省の報告書を読むことくらいにきまっているマーティンなどに。だが、厳しくて男性的な彼にどこか魅力を感じてしまう。あなたはとても退屈だと彼に言ったことがある。だがふと、マーティン・ダヴェンコートは少しも退屈ではないと思った。それどころか、危険なほど魅惑的で心をかき乱す存在だ。彼に押しのけられて座席に下りると、ジュリアナは悲しげなため息をついた。

「わたしがほしくないの？」

手をマーティンの太腿にはわせた。だが彼の手が万力のような力で彼女の手首をつかんだ。

「痛い」ジュリアナはひるみ、痛みに頭がはっきりした。「あなたが堅物で、道理をわきまえていてよかったわ、ミスター・ダヴェンコート」

「頼むからさわらないでくれ」マーティンは鋭く言って彼女の手を離した。「酔っ払ったきみの欲望のはけ口にされたくない」

マーティンは横を向いて彼女を無視した。

ジュリアナはため息をついてさわるのをやめた。

「あなたにきらわれているのはわかっているわ。前に会ったときにはっきり態度で示されたもの」

マーティンもため息をついた。「きみは酔っている。明日になったらこの会話を後悔するだろう」

「そんなことありえないわ。自分が風変わりだからといって後悔なんかしたことはないわ。後悔するなんて時間の無駄ですもの」

沈黙があった。

「わたしと話をする気はないの？」ジュリアナはきいた。ビロードを張った座席の上に指をはわせていって彼の手の甲に触れた。そして、思いきって手を彼の手の中に滑り込ませた。一瞬ののち、マーティンはあきらめたようにため息をついて頭を座席にもたれた。緊張がほぐれていく。ジュリアナはぴたりと体をつけて座った。

「それならわたしと話をする気がないわけではないのね。キスする気がないわけでも……」

　マーティンはほんの少し頭を彼女のほうに向けた。

「そんな気はまるでない」

「言ったとおりね。あなたはとても堅い人だわ」

「そうだ」うれしそうな声ではなかった。

「わたしが好きではないのなら、どうしてわざわざ送ってくれるの？」

　マーティンは彼女を見た。車内の角灯の光が彼のそげた頬と強いあごの線をきわだたせた。ジュリアナはその顔に触れたくてたまらなくなった。衝動を抑えるために、ぎゅっと手を太腿にはさまなくてはならないほどだ。

「どうしてこんなことをするのか、自分でもよくわからない」マーティンは残念そうにほほえんだ。陰のある笑顔だ。「きみがきらいなのではない、レディ・ジュリアナ。好きだ。なぜかきらいになれない。まったくわけがわからない」

　ジュリアナは魅惑的にほほえんだ。「そうでしょう。わたしは本当は善良な人間だから」

　マーティンは笑った。「言いすぎだ。それにきみはわたしを好きではない。きみもそう言っているように」

「そうではないのがわかったんじゃない？」ジュリアナは彼を見上げた。「あなたには抵抗できないらしいのよ、ミスター・ダヴェンコート」

「きみはわたしが拒絶するから、わたしに興味を持つだけだ。拒絶されることに慣れていないのだろう」

　ジュリアナは首をかしげた。「そうかもしれないけれど、でも……いいえ、そうではないわ。わたしたち、不思議と共通点があると思うの。もしかしたら、ふたりともいい人間だというところかしら」

マーティンは笑った。「きみはそう言うが、どこがいい人間なんだい？」

「内面はいい人間なの。本当よ」

「それならどうしてあれほど悪ぶるんだ？」

ジュリアナはどう答えたらいいか頭をひねった。

「本気ではないわ。演技しているの」

「悪ぶっているだけにしては、真に迫っている」マーティンは冷ややかに言った。

「遊んでいるだけよ。楽しむために」

「楽しむためか。わかった」マーティンの声には皮肉な響きがある。「それで？」

「それでって何が？」

「面白いのか？」

ジュリアナはちょっとすねたように肩をすくめた。

「面白くなくても、それを表に出そうとは思わないわ。あなたと話すのはブランデーを飲みすぎたときにクロスワードパズルを完成させるようなものね」

「きみには難しすぎるか」マーティンの声は相変わらず冷ややかだ。「それならほかのことをきこう」少し体を寄せて言った。「わたしに絡むのも遊びかい？」

ジュリアナは考え込んだ。

「いいえ……ええ、そうだと思うわ。気まぐれよ。あなたがその気にならないのはわかっているわ」

「その気になったら驚くだろう？」

「そうね。そして当惑するわ」

マーティンは笑った。「きみは正直だ、レディ・ジュリアナ」

彼女は肩をすくめ、マーティンをちらりと横目で見た。「わたしは嘘をつかないのよ。とにかく、わたしが気まぐれに振る舞ったからといってなんなの？　あなたが相手をしてくれないのはわかっているし、そのとおりでしょう」

マーティンの青い目が彼女の目を見た。彼に見つめられるとなぜかジュリアナは動揺して、寒くもないのに体が震えた。彼のほうに少し身をかがめる。

「ミスター・ダヴェンコート」

「なんだ、レディ・ジュリアナ？」彼の声はややかすれている。じっと見つめる彼のまなざしに、ジュリアナはひるんだ。

「ミスター・ダヴェンコート、キスをする気がないのなら、そんなふうに見ないでほしいわ。どきどきしてしまうから」

マーティンはちょっと悪態をついて座りなおした。

「特別な目で見てはいない」

「ええ、そうね」彼女はほほえんだ。「あなたは正直な人だと思っているわ。わたしはあなたに正直に話をした。今度はあなたの番よ。わたしを魅力的だと思っているんでしょう」

緊張をはらんだ沈黙が流れた。

「もっと答えやすいことからきくわ」ジュリアナは言い、少し間をおいて続けた。「わたしをきれいだと思ったこともあったでしょう？」

「あった」秘密めかした言い方だ。「そのときわたしは十五歳だった」

「それで今は？」

また短い沈黙があった。それからマーティンはしぶしぶ言った。「美しいと思っている」

「あなたは政治家にしては正直すぎるわ、ミスター・ダヴェンコート。でもお世辞をありがとう」彼女は首をかしげた。「もっときいてもいい？　もしよければ、下院にいるつもりになって。いくらか練習になるでしょう」

「ありがとう」マーティンは答えた。「だが、そんなことをしても助けにはならない。それからこれ以上の質問には答えられない」

ジュリアナは笑った。「あなたは立派な政治家になれるわ。わたしにキスをしたくないのは本当かときくところだったんですもの。運がいいわね。ポートマン・スクエアに着いたようよ。うまく逃げられたわね」

ジュリアナの執事のセグズベリが馬車のドアを開けた。だがマーティンは自分で彼女が降りるのに手を貸し、驚いたことに抱き上げて入り口まで運んだ。ジュリアナは彼の腕の中で身動きひとつせずに頬を彼の肩に押し当てていた。彼の息が髪をそよがせる。セグズベリは姿を消していた。

「眠って酔いをさましなさい」マーティンは快活に言った。「そうしなくてはいけない」

彼は腕をウエストに回している。ジュリアナは広い肩に頭をあずけ、片手を彼の胸に当てた。

「ミスター・ダヴェンコート」

「何？」マーティンは彼女のほうに身をかがめた。無精ひげのちくちくするあごが彼女の頬をかすめ、ジュリアナは膝から力が抜けた。

「送ってくれてありがとう。あなたは本当に紳士だわ。わかっていたけれど」

マーティンは微笑した。ジュリアナはめまいがした。彼は耳もとに唇を寄せた。

「それほど紳士ではない。きみに何度も言い寄られたおかげで、いろいろ妄想した」

ジュリアナは緑色の目を大きく見開いて彼を見た。マーティンはかすかにほほえんでいる。

「きみの質問への答えはイエスだ。そう、きみにキスをしたかった。しかし、紳士としてそれにつけ込んではならないと……」

ジュリアナはとろけさせるような笑みを浮かべた。

「とうとう白状したわね、ミスター・ダヴェンコート。あなたが思いとどまったのは、キスをしたら、危険な遊びになると思ったからでしょう」彼女は笑った。「気にしなくていいわ。わかっているから」

「危険な遊び？」マーティンの目が面白そうに、いたずらっぽく光った。「わたしならうまく切り抜けられると思う」

彼はジュリアナの体に回していた腕に力を入れ、彼女を強く抱き寄せた。驚くほどの激しさとやさしさで唇を寄せてくる。驚きにあえいだジュリアナの唇がふさがれた。その瞬間まで彼女は、マーティンが本当にこんなことをするとは信じられなかった。それが間違いのひとつだ。もうひとつの間違いは、マーティン・ダヴェンコートのキスなど、ちっとも興奮することはないだろうと思っていたことだ。

マーティンはしっかりとキスできるように頭を傾けた。両腕が強く彼女の体を締めつけた。彼の唇の感触は甘く、激しく、驚くほど魅惑的だ。ジュリアナはこんなキスには慣れているふりをしようとした。だが自分が激しい、逃れようのない欲望にとらわれているのがわかっただけだった。彼の腕の中で震えるしかない。ほんの二、三日前、マーティンはなんと言ったかしら？

〝男性を誘惑するなら、その言葉どおり自分を与えるつもりでなくてはならない〟

そう、わたしは危険な遊びをしかけた。彼はあの約束を思い出させ、そして今……そのつけを払わなくてはならなくなった。だがこの三年、どんな男性ともキスをしなかったジュリアナには難しいことではなかった。吐息とともに両腕を彼の首に巻きつけて、自然に体を押しつけた。息もできないほどのときが流れた。やがて大理石の床に足音が響き、セグズベリが戻ってきたのがわかると、マーティンは彼女を離した。彼の情熱的な瞳に、ジュリアナは息をのんだ。

「危険だ」マーティンは言った。かすかに笑いかけられて、ジュリアナの体がかっと燃え上がった。

「結局きみは正しかった、レディ・ジュリアナ」マーティンは彼女の手を取り、甲にキスした。「おやすみ」

ジュリアナは彼が去っていくのを見つめたまま玄関ホールに立ち尽くした。セグズベリがドアに鍵《かぎ》をかける。壁にかかった金めっきの鏡に自分の姿が映っていた。髪は乱れ、緑色の瞳は情熱にけぶり、マーティンのキスを受けた唇はふくらんでいる。ここまでするつもりはなかった。自分を与えすぎたという気がする。誰ともあまり親密になりたくないのに。

ジュリアナは急に疲れを覚え、酔いで頭がぼうっとした。だがある思いが吹き出し、どんどん強くなっていった。マーティン・ダヴェンコートに心惹《ひ》かれるなどということがあるだろうか。あんな道義心で凝り固まっているような男性のどこがいいのだろう？　信じられない。ばかげてるわ。問題にもならない。

とはいえ、確実なことがひとつあった。マーティンのキスは紳士的ではなかった。彼をつまらない男性だなんて、とんでもない思い違いだ。

セグズベリが心配そうに見ている。「大丈夫ですか、奥様？　何かお持ちしましょうか？」

「ええ、ありがとう、セグズベリ」ジュリアナはゆっくりと言った。「ポートワインを寝室に持ってきてちょうだい。あれが何より効くの。飲みすぎたときはひどくならないうちに治してくれるのよ」

4

マーティンは、付き添い人《シャペロン》のミセス・レーンがキティとクララをダンスフロアのそばの、人目につくところにある椅子に座らせるのを見守った。眉が少し曇る。なぜ妹たちがふさぎ込んでいるのか、どうしてもわからない。このシーズンでももっとも評判のいい仮装舞踏会に参加しているというのに。淡いピンクのドレスを着たキティは眠り姫に扮《ふん》しているのだろうが、どう見ても不幸のかたまりのようだ。薄いクリーム色の紗《しゃ》のドレスを身につけているクララは妖精《ようせい》にしてはふっくらしすぎている。フードのついたマントを羽織って仮面をつけただけのマーティンは、舞踏会場でもっとも幸せそうに見えていいはずの妹たちが、なぜ歯を抜かれたような顔をしているのかといぶかった。

　マーティンは大勢の客人のあいだを縫って食堂に向かった。キティとクララに噂《うわさ》になるような振る舞いをさせないためには、自分もレディ・セルウッドの舞踏会に出たほうがいいと思ったのだ。そのほうが妹たちもおとなしくするだろう。だが退屈な夜になるのは間違いない。客人の大半が社交界デビューのレディとその求婚者だ。レディ・セルウッドには適齢期の娘がふたりいて、ひとりだけでもこのシーズンで結婚を決めようと思っているらしい。マーティンは、子供っぽくて気のきかない娘たちと踊る気にはなれなかった。長く海外に行っていたせいでロンドンでの知人は少ない。

　海外から戻ったとき、姉のアラミンタがマーティンのために二、三度晩餐《ばんさん》会を催そうと申し出てくれたのだが、気乗りしなかった。それより気心の知れた友人たちと様々な分野の興味深い話題について気楽に話し合えるこぢんまりした食事会のほうがいい。客間で中身のない会話をするのはきらいだった。とはいえ、その種の会話も完璧《かんぺき》にこなせる自信はある。この何年か、外交上の任務についていたおかげで、誰とでもどんな話題でも話せるようになった。だが、弟や妹たちはべつだ。腹違いの弟妹《きょうだい》と心を開いて話すことの難しさを思って、彼は眉を寄せた。ウィーン会議では見事に役割を果たしたというのに。

マーティンは制服を着た召使いからシャンパンのグラスを受け取り、部屋を見回した。少し離れたところでアダム・アシュウィックと妻のアニス、そしてジョスとエイミーのタラント夫妻が話をしている。アダムが片手を上げてマーティンに挨拶《あいさつ》した。彼も笑顔を返し、仲間に入るつもりで歩きだそうとした。そのとき、レディ・ジュリアナ・マイフリートらしき人物が目に入った。

マーティンの視線の先をよぎったレディは、銀色の紗の服を着て、月と星を飾ったかぶり物で赤い髪を覆っている。銀色の仮面の奥で瞳が輝き、透きとおったマントが肩からなびいていた。この世のものとは思えないほどの美しさが人目を引いた。

マーティンは、本能的にジュリアナだとわかり、不安になった。それほど頻繁に会っているわけではないのになぜ彼女のことが見分けられるのかわからない。だぶん、キスをしたせいに違いない。あのときはそれがどんな危険をはらんでいるかわからなかった。今は後悔している。あれ以来またジュリアナとキスをしたくてたまらない。

彼は思わずうめきそうになった。なんということだ。理性ある人間とも思えない。しかもわたしは真《ま》面目《じめ》で敬愛できる女性を妻にしたいと望んでいるのに。あのキスのことは忘れよう。そして妻にしたい女性を探すことに専念しよう。

けれどもマーティンは、こちらに一瞥《いちべつ》もくれずに行ってしまったジュリアナを目で追わずにはいられなかった。彼女はとかくの噂のある未亡人にしては若く、無垢《むく》な美しさがあった。マーティンは眉を寄せた。ジュリアナ・マイフリートにはどこか謎《なぞ》めいたところがある。作られたイメージにまったくそぐわないところが。あの夜、キスをしたときの彼女はためらいがちだった。積極的ではなく、ほとんど内気といっていいほどだったし、娼婦《しょうふ》のような感じはどこにもなかった。

マーティンはミセス・エマ・レンが主催したパーティで、ジュリアナが披露した衝撃的な余興を思い出した。あれほど恥知らずな行為とは裏腹に、彼女にはとても繊細なところが見える。本能的に守ってやりたいと思うほどに。マーティンは顔をしかめた。正直に言えば、彼女に駆り立てられる感情はそれだけではない。抑えられないほど激しい欲望が、守りたいという気持ちに混じっていた。抵抗しなくては。だが、今にも逆のことをしてしまいそうだ。マーティンはそう思えてならなかった。

ジュリアナの遊びに巻き込まれている余裕はない。今はだめだ。いや、永久に。彼女が抱えている問題は複雑で難しい。人生にこれ以上、厄介事を増やしてはならない。キティとクララが仮装舞踏会に参加しているというより、人前で恥をさらしているときに。ケンブリッジから突然帰ってきた異母弟のブランドンが、昼夜を問わず妙な時間にいなくなっているときに。そしてデイジーが今なお悪夢に悩まされているときに。

ジュリアナの姿は見えなくなった。振り向いたマーティンはアラミンタがそばに来ているのに気がついた。彼は二、三日前に、花嫁を探しているとアラミンタにうっかり口を滑らせてしまった。それ以来、姉は花嫁探しに夢中になり、マーティンは困惑している。三日間で上流階級のレディたちを山のように紹介され、名前と顔が一致しないほどだ。今も花嫁候補が近寄ってきて、マーティンは憂鬱《ゆううつ》になった。彼女と知り合いになってもうれしくもなんともない。

アラミンタはかたわらの小柄な金髪の女性を前に押し出した。マーティンは眉をひそめ、それから姉の意味ありげなまなざしに気がついて愛想笑いを浮かべた。

「マーティン、ミセス・サリーナ・オルコットを紹介していい？」アラミンタは慎重にきいた。「サリーナ、弟のマーティン・ダヴェンコートよ」

マーティンはお辞儀をした。ミセス・オルコットもおずおずと挨拶を返し、恥ずかしそうに目を伏せた。頬がかすかに染まっている。とてもきれいで陶磁器の人形のように優美だ。それを見て取った瞬間、自分が彼女に何も感じていないのに気がつき、妙だと思った。花嫁になるかもしれない女性を前にしているというのに、関心も期待もまったくない。だが妻にするにはこのほうが望ましいのかもしれない。感情にとらわれる恋愛と違って、理性で判断できるから。一瞬ジュリアナ・マイフリートの面影がサリーナ・オルコットの顔に重なった。頬を薔薇《ばら》色に染め、唇にはまだ彼のキスの名残をとどめたあの夜の別れぎわのジュリアナの面影が。マーティンは咳《せき》払いした。

「ごきげんいかがですか、ミセス・オルコット？」

サリーナ・オルコットは彼を見てまばたきした。彼を好ましく思ったらしく、口もとにかすかな笑みが浮かんだ。思ったとおり控えめだ。ミセス・オルコットが激しい感情に突き動かされる人間とはとても思えない。妹たちと一緒に住むことを考えれば、このほうが気が楽かもしれない。

アラミンタがわざとらしく咳払いした。マーティンははっとして、姉の鋭い視線に気がついた。

「ああ、そうだ、ミセス・オルコット、よろしかったら踊っていただけませんか？」

サリーナ・オルコットは自分のダンスカードを調べた。ぎっしりと予約が書き込まれている。

「ずっと先のフランス舞曲コティヨンのときに入れさせていただきます、ミスター・ダヴェンコート」

美しい笑顔で彼女は言った。「楽しみですわ」

マーティンはまたお辞儀をした。今度は少しばかりぎこちない。こんなに押しつけがましいと思ったことはない。それも、理由がわからないのだ。初対面の彼女が自分のためにダンスカードに書き込まれた予約を変えるとは思いも寄らなかった。

アラミンタとサリーナは去っていき、マーティンはまた舞踏会場を見回した。キティがしょんぼりとミセス・レーンのそばに座っているのが見える。クララは踊っていたが、大変なことになっていた。人より少なくとも五小節は音楽から遅れていて、ほかの組の人を大混乱させている。相手の若いエアコール伯爵は、クララの投げやりな態度に腹を立てているようだ。マーティンはため息をついた。エアコールは結婚相手として理想的だ。だが、今にもあくびをしそうなクララに結婚を申し込むはずがない。ジュリアナはどこに行ったかと思いつつ、彼女のことを考えないようにしようと思いなおした。心をかき乱されてはならない。

「それで？」不意に横に来たアラミンタが期待をこめてきいた。「彼女のこと、どう思った？」

マーティンはまばたきした。ジュリアナのことを言われたかと思ったのだが、実はサリーナ・オルコットのことだと気づいた。

「誰のこと？　ああ、ミセス・オルコットか。そう、わたしが望む条件をすべて満たしていると思う。物静かで賢そうだ」

アラミンタは不満そうだ。「ずいぶんそっけなくてえらそうな言い方ね。もっとうれしそうな顔をしたらどうなの。彼女、きれいだと思わない？」

「ああ、きれいだ」

「そう、でも乗り気ではないのね。もうあなたのために骨を折るのはごめんだわ」

「いやいや。ミセス・オルコットはあらゆる面で完璧だ」

アラミンタは眉をひそめた。「たった二分間ばかりでどうしてそんなことが言えるのかしら。それでは彼女はちっとも喜ばないわ。馬を買うのとはわけが違うのよ、マーティン」

「わかっているさ」マーティンの目がきらっと光った。「馬を買うときには、たっぷり時間をかけて選ぶからね」

アラミンタは舌打ちした。「馬を買うときと同じつもりでいるのなら言うけれど、サリーナの血筋は非の打ちどころがないのよ。タラント侯爵の姪《めい》で、ジョスリン・タラントやレディ・ジュリアナのいとこですもの」

マーティンは衝撃を受けた。ジュリアナのいとこに求婚するかと思うと、ぞっとする。裏切りのように思えたのだ。「推薦するにしては最悪だな」

「ばかなことを言わないで」アラミンタはいきり立った。「タラント伯爵ほど魅力的でハンサムな男性はいないわ。それにとても健全よ。なんといってもあなたの友だちじゃないの」

「ああ、だが彼がなんと言おうと、タラント一族には手に負えない激しいところがある」

「レディ・ジュリアナはそうかもしれないけれど。それにジョスも若いころは確かに遊び人だったわ。でもそれは遺伝ではないと思うの。サリーナ・オルコットのお父様はちゃんとした方だし、今のタラント侯爵の妹であるお母様もとても真面目で立派な方よ。サリーナ自身も平穏な子供時代を過ごし、立派な結婚をしたの。未亡人になってからはひっそりと静かに暮らしているわ」

マーティンは顔をしかめた。サリーナ・オルコットの文句のつけようのない経歴を聞いて、なぜいらいらするのかわからない。だが、彼はひどくいらだっていた。

「それを聞くと、いやになるほど退屈な女性に思えてくるな」

アラミンタは顔をしかめた。「まあ、今日はどうしてそう反対ばかりするの、マーティン。あなたは何を求めているの？　穏やかな良識、それとも魅力的なわがまま。同時にその両方を持っている女性なんているはずがないでしょう」

彼女はぷんぷんして行ってしまった。マーティンはため息をつき、本当に自分は何を求めているのかと考えた。確かにサリーナ・オルコットは従順な妻になる資質をすべて備えている。急にそれでは不足だと気がついたとすれば、わたしのほうが悪い。

レディ・ジュリアナ・マイフリートは、派手な道化師の衣装を身につけた男とコティヨンを踊っている。マーティンは柱の陰から身を乗り出してふたりを見つめた。レディ・セルウッドはコリングを招待するほどあせっているのかと驚く。しかし、爵位と財産を併せ持つジャスパー・コリングが、娘の結婚相手を探している母親たちにとってはどんなに魅力的なのかはよくわかる。

ということは、わたしも社交界デビューのレディたちを惹《ひ》きつけているはずだ。マーティンはあたりを見回し、何人かの若いレディが近づいてこようとしているのがわかった。みんな扇子の陰からこちらを透かし見て、くすくすと笑っている。彼はなんとか顔をしかめずにすんだ。若いレディたちに向かって軽く頭を下げると、うまくレディたちの横をすり抜けて飲み物を取りに行った。

「またお会いできてうれしいです、レディ・ジュリアナ」ジュリアナがカードルームを出ると、ブランドン・ダヴェンコートが輝くような笑顔で近づいてきた。「ワインをお持ちしましょうか？　それとも踊りますか？」

ジュリアナはほほえんだ。「ええ、踊りましょう」

ジュリアナはめったに踊らない。マーティンが部屋の向こうからむっつりした顔で見つめている。彼女はブランドンに魅力的な笑顔を向け、彼の腕を取ってマーティンがもっといやな顔をするようにしむけた。一週間前に〈クラウンズ〉から送ってもらった夜以来、彼に会っていなかった。それが何より彼の気持ちを表していると、ジュリアナは冷静に考えた。玄関ホールで交わしたキスはこのうえなく甘美ではあったが、単なる気の迷いであって、ふたりとも忘れたいと思っているのだと。忘れなくてはならないと気づくのに、ずいぶん時間がかかったのが彼女には残念だった。

「運がよかったんですね、レディ・ジュリアナ」ブランドンは彼女をダンスフロアに導いた。「断られるだろうと思っていました」兄の顔を幼くしたような笑顔を見せた。「みんながあなたは踊らない、けっして踊らないのだと言っています」

「みんなって？」

「ほかの男たちです。きっとねたまれるな」

ジュリアナは笑った。こんな率直なお世辞に抵抗するのは難しく、心が癒《いや》されるのを感じた。「そうね。わたしは人の意表をつくのが好きなのよ」

「ぼくはついていたんですね」再び笑顔を見せて、彼女をワルツに引き込んだ。「あなたがぼくの家族と親しいおかげで……」

ジュリアナは顔をしかめた。「そんなことはないわ。あなたのお兄様はわたしが好きではないのよ、ブランドン」

「ああ、マーティンは最近、何もかも気に入らないんです」彼は眉を寄せた。「今日、ひどく叱《しか》られました。ぼくには勉強がどんなに大切か、それなのに最終学年になってケンブリッジ大学をやめ、学業を放棄したと責められました。ぼくに失望したんだろうと思います」

ジュリアナは彼を見上げた。彼はまだ眉を寄せていたが、彼女の視線に気づくと重い気分を振り払ったようにほほえみかけた。

「失礼しました。舞踏会には重苦しい話ですね」

「かまわないのよ」ジュリアナは答えた。結局、魅力的な若者との会話が苦しいはずがない。彼女は軽く眉をひそめた。「あなたが学業を放棄してしまったなんて知らなかったわ」

ブランドンはうなずいた。「早まったようです。退学になったのではないのに」彼は顔をしかめた。「マーティンがぼくに失望した理由のひとつがそれだと思います。兄は若いころ、すごい勉強家だったから」

ジュリアナはほほえんだ。マーティンがあごひげを生やした年寄りのような言い方だ。柱の陰に立ち、気難しそうに腕を組んでいるマーティンのほうを見た。ジュリアナは彼にまばゆいほどの笑顔を向け、それからさっと向きを変えた。

「はじめて会ったとき、お兄様がすごく勉強家だったことを覚えているわ。たしか彼は十五歳だった。いつも数式を解いたり詩や哲学の本を読んだりしていたのよ。お兄様が勉強していると、わたしは眠くなってしまったものだわ」

ブランドンは彼女を大きく旋回させた。「哲学？　へえ、眠れないときにはそれを思い出そう。図書室にはマーティンの本がたくさんあるはずだから」

「きっと今のマーティンは哲学者になる暇がないの

よ。六人の弟や妹に責任があって。というより五人ね。あなたは自立できるようになったのだから。マーティンは好きな本どころか、新聞を読む暇もなさそうね」

ブランドンがまた眉をひそめた。「ぼくたちは、兄にとっては厄介者だと思う」眉間《みけん》のしわがますます深くなった。「大学を卒業しないで帰ってきてしまったぼくはなんの助けにもならない。でも」言葉を切った。

「経済的な問題なの？」ジュリアナは同情をこめてきいた。普通、青年が学業を途中でやめるにはふたつの理由があると思って言っただけだ。

ブランドンはさっと目を上げ、弁解するように微笑した。「いいえ、金の問題ではないです。べつの理由です」

「ああ。恋愛問題ね」ジュリアナはほほえんだ。どんなことかわかるような気がした。まともな女性なら、ブランドンに魅力を感じないはずがない。舞踏会場を見回しただけでもわかる。社交界デビューのレディたちがそろってジュリアナをにらんでいた。この舞踏会でもっとも好ましい花婿候補を彼女が鼻先で奪ってしまったといわんばかりだ。

「ええ。とんでもない騒ぎを引き起こしてしまったんです」ブランドンは率直に言った。いかにもしょんぼりしているので、ジュリアナは思わずほほえんでしまった。

「まあ。お兄様はそのことを知っているの？」

ブランドンは言いわけがましく言った。「まだです。なかなかいい機会がなくて」

「いい機会なんてあるはずないわ」ジュリアナはため息をついた。「わたしの言うことを聞いて。言いにくい告白のことなら、助言できるわ。話してしまうのがいちばんよ。特にそれが恥ずかしいことや大金が必要なことだったら」

「そんなことじゃない」さっと顔を紅潮させてブランドンは言った。「正直に言います、レディ・ジュリアナ。ぼくはある若いレディを……ぼくは彼女をすばらしいと思っている。でも彼女の両親が結婚に反対で、そのうえマーティンも間違いなく……」

　ふたりはまた向きを変えた。ジュリアナはもう一度マーティンをちらりと見た。彼は相変わらずこちらを見ている。青い目はたじろがず、考え深げだ。ジュリアナは背筋がぞくっとした。

「わかったわ」彼女は言った。「あなたは心から彼女を愛しているのね、ブランドン？」

　ブランドンは少年のように赤くなった。「ええ、そうです」そして熱心にきいた。「結婚を考えるのに、ぼくは若すぎると思いますか？」

「いいえ。最初の結婚のとき、わたしは今のあなたより若かったし、夫だって二、三歳しか上ではなかったわ。わたしたちはとても幸せだった。エドウィンが生きていてくれたら、わたしはこの世で一番の幸せ者だと思ったはずよ」彼女はそう言って輝くような笑顔を見せた。「大切なのは正しい選択をしたんだという確信が持てるかどうかよ」

　音楽が速くなってダンスが終わりに近づいた。最後に華やかに舞ったあと、ブランドンはジュリアナを離した。そして生き生きした笑顔を見せた。

「いやあ、すばらしかった」彼は真面目な顔になって言った。「ありがとうございます、レディ・ジュリアナ。助言してくださったことも。お話しできて楽しかったです。女性と話をしているようじゃなかった」驚いている様子だ。「男性と話しているみたいだった」

　ジュリアナは大笑いした。「男性のようだと言われたのははじめてだわ、ブランドン。お世辞と思っていいのかしら」

　ブランドンは再び赤くなった。「失礼しました。

ほめたつもりだったんです。でも、そうは聞こえなかったんですね」

「ほめられたのならうれしいわ」ジュリアナはほほえみながら言った。慣例どおり彼の腕に手をかけて向きを変えて歩きだす。すぐにマーティン・ダヴェンコートと鉢合わせした。彼はふたりを待っていたのだ。しかも面白くなさそうな顔をしている。

ジュリアナは頬が熱くなった。体がこんなふうに反応するほど人を意識したことは一度もなかった。はじめて社交界デビューしたころでさえ。遊び慣れた人間の仮面がいっきにはがれ落ちたような気がする。

マーティンは弟の快活な顔を、皮肉な微笑を浮かべて見つめた。彼はジュリアナに視線を移すと、その顔はいっそう皮肉っぽくなった。ジュリアナは体がほてり動揺した。だが必死で抑えて彼をまっすぐ見返した。

「ブランドン、踊ったばかりだからレディ・ジュリアナはワインがほしいだろう。食堂に行って取ってきてくれるか？ わたしにも一杯頼む」

ブランドンは申しわけなさそうにジュリアナを見た。兄には逆らわないだろうと彼女は思う。マーティン・ダヴェンコートに従わない者はいない。とりわけ不幸にも彼の弟として生まれたブランドンが逆らえるはずがない。

「失礼、レディ・ジュリアナ」ブランドンは言った。

「すぐ戻ります」

「急がなくていい」マーティンはそう言いながら、ジュリアナに腕を差し出した。「レディ・ジュリアナに話すことがたくさんあるから」

ジュリアナは恐る恐るマーティンの腕に手をかけた。魅力的で率直なブランドンならなんとでもできる。だが、マーティンはまったく違う。彼女はひどく神経質になっていた。自分で面白がって始めた遊びがまるでべつのものになりつつある。しかも自分のほうが分が悪いと感じていた。

「話すことがたくさんあるなんてうれしいわ」彼女は気軽な口調で言った。「わたしたちには話すことなど何もないと思っていたから」

マーティンは微笑した。「どうしてそう思うんだ？」

「だって、先週からお互いに避けようとしていたのではない？　どうしても会わなくてはならないこともないという証拠だわ」

マーティンはゆっくりうなずいた。「確かに離れていたほうがいいと思った」

ふたりの目が合った。緊張の糸がぴんと張り、今にも切れそうになる。

「慎重なのね」ジュリアナは目をそらした。「それはわかっていたけれど。この前のことであなたが自己嫌悪に陥っていないように願いたいわ。それは、わたしだっていやだから」

マーティンの目はまだ微笑している。ジュリアナは蝋燭《ろうそく》のともった玄関ホールでの場面を思い出さずにいられなかった。

「自分にいやけがさしていないのは確かだ」彼はやさしく言った。「きみを驚かせたかもしれないが」

「ええ、本当に驚いたわ」どれほど心をかき乱されたか言うつもりはない。「あなたには計り知れないところがあるわ、ミスター・ダヴェンコート。だからこそ、深みにはまらないようにしないと危険なのよ」

「ということは、わたしはきみの思い込みに逆らっているというわけか」マーティンの口もとが皮肉にゆがんだ。

またふたりの目が合った。ジュリアナは、今度はそらすことができなかった。かすかに体が震える。まるで火薬にマッチの火を近づけ、爆発するのを待っているような気分だ。マーティンの目が、不安をあおるように彼女の体をさまよった。ちょうどエマ・レンの屋敷の玄関ホールでのときのように。髪から目、そして口もとへと……。唇を見つめる彼の目が光った。危険を感じる。ジュリアナは苦しげに息を吸った。

「こんなに人がたくさんいる舞踏会場で……」

「それなら外に出よう」

彼の厚かましさにジュリアナは息をのんだ。自分はこういうことには慣れた、悪名高い女性と思われているが、ばかげている。彼女はどうしていいかわからなかった。

ジュリアナの腕にぶつかった人が詫《わ》びを言った。それで呪縛《じゅばく》が解けた。マーティンから少し体を離す。

「あなたの言うとおりかもしれないわ」できるだけ軽い口調で言った。「あなたは人を驚かせてばかりいるのね。今夜だってあなたに会うとは思わなかったわ。弟さんや妹さんを見張るつもりだったの？」

マーティンは話題をもとに戻そうとはせず、意味ありげに眉を上げた。それでもジュリアナは安心できなかった。

彼は苦笑した。「子供が主役の舞踏会の話のようだ」

「あら、そうなんじゃない、あなたには」ジュリアナはからかうように横目で彼を見た。もう安全だという気がする。危険な淵《ふち》を逃れた。「あなたの若い日はもう過ぎたのよ。世話してやらなくてはならない弟や妹がいたら、若いままではいられないわ」

マーティンは顔をしかめた。「わたしは老いぼれてなどいない」

「そうね、でも同じことよ。だってあなたには自分の時間がほとんどないんでしょう。子供を厳しく育てるのはとても大変なことだと聞いているわ。この先あなたは、時間をすっかり奪われる議会の仕事などする余裕はない、とみんな思っているのよ」

マーティンは笑った。「それなら結婚して家庭人になるしかないな」

ジュリアナはなぜか気持ちが沈んだ。それでも笑みを浮かべていた。

「その準備が進んでいるのも知っているわ」彼女は言った。「わたしのいとこのミセス・オルコットなら理想的な奥様になるわよ」

マーティンは驚いたようだ。「早まらないでくれ、レディ・ジュリアナ。わたしは今夜ミセス・オルコットに会ったばかりだ」

「どうして時間を無駄にしたの？　彼女ならあなたにうってつけなのに」

マーティンは眉を上げた。「いとこはきみのようではないのか？」

「全然違うわ。正反対よ。あなたとは共通点がたくさんあるだろうと思うの。それに」ジュリアナは魅惑的に微笑した。「あなたの奥さんという立場は女性には魅力的だわ。七人の家族がもうでき上がっているんですもの。サリーナは自分で子供を生む必要はないし。これ以上にいいことがある？」

マーティンは当惑の表情を浮かべた。「わたしは自分の家庭を作りたいと思っている」

「それなら努力しないと」ジュリアナは腕にかけていた銀のハンドバッグから小さな平たい酒瓶を取り出した。「ひと口いかが？」

マーティンは笑った。「ブランデーか？」

「いいえ、ポートワインよ。上等のワインなの。若いレディのデビューの舞踏会に出るときにはこれが欠かせないのよ」

「ありがとう。だが、わたしはブランデーのほうがいい」マーティンはほほえんだ。「それくらいならなぜここに来た？　わたしがいるので驚いたと言うが、それを言うならきみが来たことのほうが不思議だ。この舞踏会はまったくきみの好みではないはずなのに」

「そのとおりよ。退屈だわ」ジュリアナはこれ見よがしにワインをひと口飲んだ。胃が熱くなると、身震いを感じなくなった。近くにいた年配の女性がいかにも非難するようにこちらを見ている。「気まぐれで来たのよ」ジュリアナは瓶の蓋《ふた》を閉めてバッグにしまった。「前にレディ・セルウッドがわたしのことを、あのとんでもない女はうちの催しにはけっして招待しないと言っているのを聞いたの。だからいやみも含めて彼女の舞踏会に彩りを添えてやろうと思ったのよ」ジュリアナはまばゆいばかりの笑顔を見せた。「仮装舞踏会だから、レディ・セルウッドはすぐにはわたしとわからず、とても温かく迎えてくれたわ。エスコート役には特にジャスパー・コリングを選んだのよ。彼女がジャスパーを女たらしだと思っているから」

「確かに彼はそうだ」

「ええ。だけど痛快だと思わない？　レディ・セルウッドはもうわたしたちをたたき出すことはできないのよ。もっと噂になるのが落ちですもの。わたしたちが誰か、もう彼女も客たちも知っているのに。今このときもジャスパーはミス・セルウッドと踊っているわ」

ジュリアナはマーティンに見つめられ、自分も彼を見つめた。なんとも言えない表情が彼の目に宿っている。彼を男性として意識する気持ちとはべつに、ジュリアナは心が騒いだ。彼が哀れむようにわたしを見ている。しかも失望したらしい。ジュリアナはひねくれて受け取り、怒りでいっぱいになった。なんでわたしを哀れんだりするの？　彼女は反抗的にマーティンを見返した。

「あなたとわたしは、面白いと思うことが違うのがわかったわ、ミスター・ダヴェンコート。これ以上、我慢してわたしと一緒にいてくれなくていいのよ。特別わたしに言いたいことがないのなら」

「ひとつだけある」マーティンはゆっくり言った。彼の視線はブランドンに向けられていて、ジュリアナを見ない。ブランドンは待ち受けていた美しい若いレディに話しかけられている。

ジュリアナは疑わしそうに眉を寄せた。「弟さんのことね？」

マーティンは彼女がとまどうほどじっと見つめた。

「そのとおりだ」彼は面白がっているようだ。「どうしてわかるんだ？」

「あなたが考えることって、ガラスみたいに透けて見えるわ」ジュリアナは彼を見つめた。「弟さんに近づかないでほしいのでしょう」

「そうだ。ブランドンは若くて感じやすくて……」

「そのどちらでもないと思うわ。あの年齢の若者にしては大人よ」

「彼は二十二歳だ」マーティンの声がいらついている。「まだ若い。きみの相手ではない」

ジュリアナは笑った。ブランドンはほかの女性への恋を打ち明けたというのに、マーティンは彼女が純情な若者を誘惑したと思い込んでいる。「若い人はすぐ恋に落ちるものよ。あなただってそうだったでしょう。もしかしたら自分の若いころを忘れているんじゃない？　三十歳の男性ではなく、老人のようなことを言うんですもの」

マーティンが大きく息を吸うのが聞こえた。「ブランドンを刺激しないでくれるとありがたい、レディ・ジュリアナ」彼は穏やかに言った。「わたしが言いたいのはそれだけだ」

「わかったわ」ジュリアナはマーティンにさっと笑顔を見せた。「わかりやすい人ね。がっかりしたわ。予想どおりのことを言うなんて」

マーティンはちょっと腕を広げた。「意外ではなかっただろう?」

「ええ、もちろんよ」意外ではないが、ジュリアナはかなりがっかりした。「偽善には今さら驚かないわ。でも、あなたとブランドンはべつでしょう? どんなに身内に甘くても、あなた自身は若くて感じやすいとは言えないもの」

「もちろんだ」マーティンは険しい目で彼女を見た。「きみも同じだろう、レディ・ジュリアナ。つまりわたしたちは互いをよくわかっている」

ジュリアナは傷ついて顔をそむけた。マーティンが自分をもっとよく思ってくれているものと期待していた。同時に自分に腹が立った。結局、マーティンはわたしを、楽しみのために男性を追いかける女だと思っているのだ。そう思ったからといって彼を責められない。そしてなぜか、彼に惹かれる気持ちを抑えなくてはならないと思った。

「ごめんなさい。サー・ジャスパー・コリングがこちらに来るわ。コティヨンを踊ろうと誘うつもりよ。さようなら」

マーティンは彼女の腕をつかんだ。「もうちょっとだけ。きみはブランドンを刺激しないことに同意していない」

ジュリアナは軽蔑《けいべつ》のまなざしで彼を見た。「ええ、同意していないわ。弟さんはとても感じがよくて一緒にいると楽しいの。あなたが同じ性質でないのは残念ね。それにブランドンは若くても自分のことは自分で決められるのよ。失礼するわ、ミスター・ダヴェンコート」

マーティンの目に怒りがよぎった。彼はジュリアナの腕を離した。彼女はその場を離れ、心からほっとした。マーティン・ダヴェンコートを意のままにできなくなるところまで来てしまったという思いで頭がいっぱいだ。恋人か敵か、どちらにしても、彼は手ごわい相手だ。

ジュリアナは途中でブランドンに会った。彼はグラスをふたつ持って、息を切らしている。兄に急がなくてもいいと言われても、やはり気がせいたのだろう。ジュリアナはマーティンの目を意識して足を止め、手を差し出した。

「踊ってくれてありがとう、ブランドン」触れそうになるほど頭を寄せて彼女は言った。なれなれしいとマーティンは思うことだろう。ジュリアナは声をひそめた。「お兄様に本当のことを言ったほうがいいわ。あなたが何をしたにしても、お兄様は助けてくれるはずよ」

輝くような彼女の笑顔に、ブランドンは弱々しく笑顔を返した。彼は疲れているようだ。「折を見て言います、レディ・ジュリアナ」彼女の手首に軽く触れた。「ありがとうございました」

ブランドンがマーティンに近寄り、ワインのグラスを手渡すのをジュリアナは見守った。マーティンは礼を言って受け取ったが、冷ややかな視線はジュリアナの顔から離さなかった。彼の表情からは何も読み取れないが、まだ怒っているに違いない。彼女は身震いした。ゆっくりと部屋を横切ってサー・ジャスパー・コリングと会う。だが、振り向かなくてもマーティンの視線が感じられ、心が騒いだ。

コリングが彼女のシルクの袖《そで》を引っ張って、注意を引いた。湿っぽい息が耳にかかる。

「ジュリアナ。ちょっとした提案があるんだ。きみはきっと面白がると思う……」

振り返ってもう一度マーティンを見てから、ジュリアナはコリングに魅惑的にほほえみかけた。

「それなら楽しませてもらおうかしら」

5

夜十時のハイド・パークはかなり寒い。月光の差すぶなの木陰で待ちながら、ジュリアナは今までもっともばかげたことをしようとしている、と考えていた。これを知ったら父やジョス、いやマーティン・ダヴェンコートでさえきっと、首を横に振って失望感をあらわにするに違いない。これまではそれを考えるとよけい悪いほうに駆り立てられた。でも今は、非難されて当然だという気がする。彼女が考えなおす気になったのははじめてのことだった。

最初はすばらしいいたずらに思えた。先週のレディ・セルウッドが主催した舞踏会のとき、彼女とジャスパー・コリング、そしてミセス・エマ・レンはカードルームで計画を練った。ハイド・パークでアンドルー・ブルックスの馬車を待ち伏せして襲う計画だ。ジュリアナは前から追いはぎに扮《ふん》してみたかったので、面白そうだと思った。だが急に気が変わった。それでもあとへ引けない。寒さに歯が鳴り、乗馬ブーツの爪先は凍えているが、今さらやめられない。このまま帰ったら、ふたりの友人に面目が立たない。

「この帽子、みっともないわ」彼女は馬上で体を動かした。気が立っているせいで声が震えている。それをコリングに知られてはならない。「膝丈のズボンにもうんざりだわ。もっとわたしに似合いそうな衣装はなかったの、ジャスパー？　万が一つかまったら、わたしの最大の罪は追いはぎではなくてひどい服を着ていた罪になるでしょうね」

ジャスパー・コリングは笑った。「つかまるもんか。きみはひどい格好をさらしたりしないさ。だいいち、ほんの冗談じゃないか。ブルックスと花嫁に、一生忘れられない挨拶《あいさつ》をするつもりだ」

ジュリアナは震えた。満月の光が冷たく、明るい夜だ。彼女は仮装用の黒いマントを羽織り、赤い髪を縛って隠している。コリングは御者の、三角帽を彼女にかぶらせ、銀のピストルを持たせた。彼女は撃ち方もわからない。十五分ばかり前には何もかもとても面白く思われた。だが今、突然このいたずらがフリート監獄を意味するのに気づいた。つかまったら監獄送りになるのは確実だ。

コリングが腕にさわった。彼が興奮しているのを感じ取ると、ジュリアナは興奮と不安が入り混じって落ち着かない気分になった。「来たぞ！」

月光を浴びた四頭立ての四輪馬車が黒い影になってやってくる。ジュリアナは息をのんだ。

「わたしは」そう言いかけたが、コリングはもう飛び出していた。驚いた栗毛《くりげ》の馬は前脚を上げて彼を振り落としそうになってから馬車道に駆けていった。一瞬ためらったものの、ジュリアナもあとに続いた。

それがねらった馬車でないのに気づいたが、すでに遅かった。コリングが御者台のほうに一発撃ったので、御者はもう少しで転がり落ちるところだった。彼はすくみ上がって馬の首に顔を伏せた。声が震えている。

「誰だ？　何がほしい？」

ジュリアナはコリングが息を切らして大笑いしているのを見た。

「金を出さないと殺すぞ！」

コリングが馬車のドアを開けたのと、ジュリアナが彼の腕を押さえたのは同時だった。

「何をする気？　ブルックスの馬車じゃないのに」

「どんな違いがある？」コリングは無鉄砲に言った。

「どうせただのいたずらだ」

馬車のふくらんだ座席の隅に、老婦人がおじけづいて縮こまっていた。恐怖に目を見開き、唇を哀れなほど震わせている。ダイヤモンドのネックレスをはずそうとするが、手が震えてはずせない。ジュリアナは唇をかんだ。今までにない感情に襲われて気持ちがなえた。彼女はコリングの腕を、今度はもっと強くつかんだ。

「だめよ！　その人に何もしないで」

「百ギニーか、それとも名誉を取るかだ」コリングは笑いを抑えようとして言った。

どう見ても七十歳を超している老婦人は、殺されるかもしれないと思って今にも卒倒しそうだった。

「財布を取って。でも、助けて！　わたしはこんな年寄りで、弱っていて……」声が途切れた。

「なんてこと！」ジュリアナは気分が悪くなった。コリングから離れ、馬の向きを変えた。「その人に手を出さないで！　やめて！　わたしは帰る――」

耳もとを銃弾がかすめた。コリングが悪態をついた。もう笑っていない。それ以上何も言わず、馬に鞭《むち》をくれて今来た道を走り去った。ジュリアナは馬車のドアのそばに取り残された。地面に落ちた老婦人の財布が彼女の馬の蹄《ひづめ》にかけられそうになっている。

ジュリアナはあたりを見回した。もう一台の四輪馬車が近づいてきていて、御者も乗客もこちらに向けて発砲している。彼女はひらりと馬から降り、財布を拾い上げた。馬車の中に顔を突っ込み、財布を老婦人の手に押しつけた。

「どうぞ。すみませんでした。冗談のつもりで」

また鞍《くら》によじのぼると屋敷を目指して馬に拍車をかけた。コリングがぶなの木立の陰から出てきて横に並んだ。ジュリアナは速度をゆるめない。コリングは待ってくれと怒鳴りながら追いかけ、ジュリアナはいったいどうしたんだともどかしく考えた。彼女は返事をしなかった。二、三度、コリングに気づかれないように頬を伝う涙をぬぐった。明かりのともった町なかに来ると、普通の速度に変え、面白い思いをさせてくれてありがとうとコリングに言った。

　コリングはまだ興奮している。「発砲してきたな。まったくうまく逃げおおせたものだ。あれが誰かわかるかい、ジュリアナ？　よりにもよってダヴェンコートだ。ダヴェンコートがわれわれを撃ったんだ」

　嫌悪感でいっぱいだったジュリアナは、今度は不安でたまらなくなった。「マーティン・ダヴェンコートなの？　本当に？　あなただと知られなかったでしょうね、ジャスパー？」

「わからない」コリングは陽気に言った。「とにかく、どんな罪も立証できない。何ひとつ盗んではいないし、誰も傷つけていないのだから」

　だがジュリアナは、老婦人のおびえきったすみれ色の瞳を思い浮かべた。傷つけたも同然ではないか。

　手綱を握った彼女の手に、コリングが手を重ねた。「夜はまだ長い。着替えてレディ・ババコームの夜会に行かないか？　それとも」意味ありげに声を落とした。「一緒に犯罪人になったのを祝ってもいいな。ふたりきりで」

　ジュリアナは彼の手から手を抜き取った。「そうは思わないわ、ジャスパー。今夜は面白かった……でも、もう終わりよ」

「ふたりだけのちょっとした秘密ができた。そうだろう？」コリングは好色な目で彼女を見た。「いつかはきみをものにする。見ていろよ」

　ジュリアナはいやになった。コリングの口調には脅迫めいたところがある。彼の力に屈するなど考えたくもない。それに、エマ・レンは？　エマもブルックスの馬車を待ち伏せする計画を知っている。とびきりの冗談と思っていたようだが、今夜ハイド・パークで何があったかを聞けば、あれこれ考え合わせて、ことのなりゆきを知るだろう。ジュリアナの心は沈んだ。

ポートマン・スクエアでコリングと別れ、ひとりで屋敷に入った。玄関ホールにはたくさんの蝋燭《ろうそく》がともっている。特に理由はないがジュリアナの好みだ。こうしておけばそれほどがらんとした感じがしない。それでも、静けさはどうしようもなかった。これではとてもひとりで屋敷にいられない。

召使い部屋のドアが開き、ジュリアナの小間使いのハティが出てきた。女主人が膝丈のズボンをはいているのを見て小さく声をあげた。

「おやまあ、なんでまたそんな格好を？　まさか男の服を着てロンドンの町なかを馬で走り回ったのではないでしょうね」

ジュリアナは急に陽気な気分になった。「そうなの、ハティ。さあ、手伝って。三十分で男の子からレディに変わらなくてはならないの。それと、ジェファーズに馬車を回してもらってちょうだい。レデイ・ババコームの夜会に行くのよ」

膝丈のズボンと麻のシャツを脱いだときはじめて、ジュリアナは亡夫から贈られた三日月形の飾りのついた銀のネックレスがなくなっているのに気がついた。シャツに引っかかっているのでは、と必死に捜したが無駄だった。床にも、たたんだマントにもない。なくしてしまったのだ。

「聞いている？」エマ・レンはカードを配り終わり、椅子に座りなおした。それからまた噂《うわさ》話に戻る。「二時間ほど前に、ライアン伯爵夫人の馬車がハイド・パークで襲われたんですって。追いはぎよ、ジュー。ハイド・パークですって。そんな野蛮なことは何年も前になくなったと思っていたのにねえ」

ジュリアナは手が震えないようにしてカードを一枚捨て、べつの一枚を取った。四人でホイストをしていて、彼女の組み相手は年配のレディ・ベスタブルだった。ただでさえ精神的に不安定なところがあるレディ・ベスタブルは、帰り道で強盗に遭うかもしれないと思っただけでひどく震え、手の内をろくろく見ようともしない。こんな様子では彼女はきっと負けてしまう、とジュリアナは思った。

ジュリアナも勝負に集中できなかった。エマに勘づかれているのではないかという心配と、ライアン伯爵夫人の顔が目に浮かぶ。老いた、しわの寄った、おびえた顔が……。

〝財布を取って。でも、助けて！　わたしはこんな年寄りで、弱っていて……〟

ジュリアナは身震いを抑えた。あの生々しい記憶を忘れようとした。気にしていない、と自分に言い聞かせて。だが、それは自分の気持ちをごまかしているのだとわかると気分が悪くなった。はじめて自分のしたことを痛感してぞっとした。

エマの視線を感じ取る。快活で悪意のある目だ。ジュリアナは無理に口もとに笑みを浮かべた。

「誰かけがをしたの？」何げなくきいた。

「けがはしていないわ」興奮して目を輝かせて答えたのは、一緒にカードテーブルを囲んでいるレディ・ニーズデンだ。「悪党たちはべつの馬車が近づいてきたので逃げたのよ」

「なんて運がいいのかしら」ジュリアナは穏やかに答えた。視線はカードから離さない。

「普通の追いはぎではなくて、手荒いことに慣れていない若者だったという噂よ」レディ・ベスタブルが震えながら言った。「ミスター・ダヴェンコートが駆けつけなかったら、お気の毒なレディ・ライアンは何もかも奪われたうえ、命を落としていたでしょう。お金と時間があり余っていて、道徳心のかけらもないどこかの若い放蕩《ほうとう》者の遊びのために」

ジュリアナはこれ以上、笑顔ではいられなかった。

「ひどすぎるわ、レディ・ベスタブル。もしかしたら、ただの冗談のつもりだったのでは……」

「冗談ですって！」レディ・ベスタブルは卒中の発作を起こしそうだ。「わたしが言いたいのはそれよ、レディ・ジュリアナ。冗談のつもりで老婦人を死ぬほどおびえさせる人間は精神病院がお似合いよ」

数分間、みんな黙って勝負を続けた。ジュリアナは勝った。だが勝利はむなしく感じられ、胸の内の嫌悪感のほうがはるかに強かった。早く屋敷に帰りたい。はじめて静まり返った屋敷が恋しく思われた。

「今やミスター・ダヴェンコートは大変な英雄だわ」レディ・ニーズデンが小声で言い、舞踏室に続くドアのほうをあごで示した。「行ってお祝いを言わなくては」

レディ・ニーズデンはレディ・ベスタブルを誘ってテーブルを離れていった。

エマ・レンが身を乗り出した。「あなたは今夜、ハイド・パークの近くに行く予定だと言っていたでしょう。ほら、ジャスパー・コリングと一緒にいたずらをするって……」

ジュリアナはまっすぐに相手を見た。エマに意地の悪い質問をされたくない。ごまかすにはこう言うしかなかった。

「確かにジャスパーとわたしは今夜、一緒に楽しいときを過ごしたわ。ただ、最初に考えていた形ではなかったけれど」うまく意味深な言い方ができた。「わたしたち夢中で、ハイド・パークに行くどころではなかったわ」

エマはくすくす笑い、目を丸くした。「それだわ！　さっきジャスパーに会ったらちょっと疲れた顔をしていると思ったのよ。おめでとうと言わなくてはね、ジュー」彼女は身を乗り出してささやいた。「彼はとても上手だと聞いているわ」

ジュリアナは肩をすくめ、目をそらした。「それほどでもないわ」

エマは喜んで身をくねらせた。「まあ、聞かせてよ。酔ったときのマシンガムはひどかったらしいわね。一度ハリエット・テンプルトンの上にのったまま眠ってしまったそうじゃない。でもお金をくれたから文句は言わず、余分に取り立ててやったんですって」

ジュリアナはエマに勝手にしゃべらせておいた。もっと若くて感じやすかったときには耐えられなかったこんな話にも、今はほとんど慣れてしまった。彼女は結局エマ・レンやメアリー・ニーズデンに気に入られ、気楽な姉妹のようなつきあいに加わったのだ。放蕩者の評判を自分で広めるようなことさえした。今さら上品ぶってはいられない。

ジュリアナの目の隅にマーティン・ダヴェンコートが映った。ほめたたえるレディたちに囲まれている。なぜか彼女はいらいらした。これまでも彼を避けるようにしていたが、これで絶対に会ってはならなくなった。彼がレディ・ライアンに近づいて話を聞いていたら、襲撃者に女性がいたとわかってしまうだろう。彼には自分をあの事件と結びつける理由はないとは思っても、ジュリアナは恐ろしさに背筋が寒くなった。

マーティンが顔を上げ、視線が一瞬彼女と合った。ジュリアナは思わず手をのどに当てた。いつもなら銀の鎖があるはずだ。今夜はべつのネックレスをしてきた。重たいエメラルドが指に触れると、また強い警戒心がわいてきた。マーティンの視線が彼女の目からのどに移る。ジュリアナはネックレスに当てていた手を引いた。そして急いで視線をはずした。

「もうひと勝負する？」ジュリアナは言った。

マーティン・ダヴェンコートはやっとおべっか使いから解放された。みんな彼にぺこぺこしては祝いを言い、強い酒を探しに食堂に入っていく。キティやクララは、彼が何人もの死にものぐるいの追いはぎと戦ったと聞いてすっかり感心し、その話ばかりしている。だがマーティンは注目を浴びるのにうんざりしていた。まして追いはぎのひとりが何者か知っていては。

今日はずっといやな気分だった。午後にダヴェンコートの地所から帰ったばかりだ。領地では、手癖の悪い小間使いが屋敷に伝わる銀食器を盗んだという不愉快な出来事があった。その娘を解雇したとたん、アラミンタからキティがカードゲームで負けて数百ギニーもの金をなくし、屋敷は大騒ぎだという知らせが来た。帰ってみると、悪夢のような混乱ぶりで、ミセス・レーンはあからさまに意地悪くキティとクララを責めていた。キティは反抗的で、クララはさめざめと泣いている。つられてすぐにキティも泣きだし、大声で泣く妖精《ようせい》バンシーのような声を張りあげた。騒々しさにマーティンは頭が割れそうだった。とうとうキティとクララを寝室に追いやり、ほかの子供たちは子供部屋に行かせた。ミセス・レーンはやめさせられるはめになった。解雇された彼女の怒りがすさまじかったので、腹いせに妹たちのことでひどい噂を広めるのではないか。マーティンはいまだにそう思っている。

先ほどまで彼は自分の書斎に座り、キティをなんとかしなくてはと考えていた。キティだけでなくブランドン、クララ、マリア、デイジー、そしてバートラムも。アラミンタの助けを借りるだけでは不十分だ。アラミンタだってまだ幼い子供のいる家庭がある。有能な家庭教師や付き添い人《シャペロン》、あるいは乳母を雇わなければならない。それにしても、どうしても結婚しなくては。実際的で切り盛り上手で、家庭内のことをうまく処理し、子供たちを厳しく導いてくれるような女性と。彼はつかの間、ベッドに煮たりんごが入っていたり、舞踏室に鼠《ねずみ》が繁殖していたりすることのないきちんと片づいた屋敷を夢見た。それから急に現実に戻った。

今、マーティンはキティとクララを自分でエスコートしてレディ・ババコームの夜会に来ている。アラミンタが、サリーナ・オルコットが来ていると告げ、サリーナが理想的な妻だと力説した。身持ちの堅い未亡人なら妹たちのためにもいいかもしれない。

彼の目がカードルームの戸口の向こうにいるレディ・ジュリアナ・マイフリートに留まった。赤褐色の髪に小さなエメラルドがきらめき、そろいのネックレスがほっそりしたのどもとに光っている。彼女が尊大な遠い存在に見えた。マーティンは苦笑いした。よりにもよってもっとも不適当な未亡人を……。それでもふたりのあいだに、互いに強く惹《ひ》かれるものがあるのは否定できない。最初は遊びのつもりだった。ジュリアナがしかけたものの、彼が男としての欲望を持ったために形勢が逆転した。だが事態は厄介なことになってきた。彼女と会うのは楽しい。彼女が好きだ。いや、今夜のハイド・パークでのことがあるまでは好きだった。

ジュリアナのしたことを思うと胸が悪くなる。彼がライアン伯爵夫人の馬車のところに行ってみると、気の毒なレディはまだ座席の隅にうずくまっていた。財布を握りしめ、こう繰り返していた。「お願い、わたしを傷つけないで……」彼女が無事だとわかるまで、たっぷり十分はかかった。御者も女主人と同年齢の老人で、恐ろしい体験に完全に打ちのめされていた。レディ・ライアンがこうつぶやいたとき、マーティンは聞き違いだと思った。「彼女はわたしを殺すつもりだった」馬車の踏み段を下りたとき、草の中でランプの明かりにきらりと光るものがあった。かがんで見ると、三日月形の飾りがついた精緻《せいち》な細工の銀の鎖だった。前にどこで見たことがある。

彼はすぐに思い出した。ジュリアナ・マイフリートの首を飾っていたネックレスだ。三日月形の飾りがのどのくぼみにおさまっていた姿がまざまざと思い出された。

その銀のネックレスは今、彼のポケットにある。振り返ってジュリアナの落ち着き払った顔を一瞥《いちべつ》して、マーティンはなぜか激しい怒りに駆られた。彼女がハイド・パークの出来事にかかわっているのなら、これほど無責任で罪深いあきれた行為はない。しかもすべて自分の楽しみのためなのは間違いない。彼自身、ジュリアナが退屈しのぎに仕組んだいたずらの場面に居合わせたことがある。だがブルックスの結婚式のことで誤解してからは、数々の噂は全部が真実だろうかと疑いはじめていた。悪ぶって見せているだけだという彼女の言葉を、本心からだと思いたいのだと今わかった。彼女は見かけよりずっといい人間だと思いたかったのだ。だがそうではなく、見かけ以上にひどい人間だった。

マーティンはポケットに入れた手を固く握った。彼は欲望を抱いただけではなくジュリアナが好きだった。なぜだかわからない。だが今は彼女に腹が立つ。だまされていた自分にも。

ジュリアナがホイストのテーブルから立ち上がり、ゆっくりと舞踏室に歩いていく。そつのない笑顔で、知人たちの挨拶を受けている。知人のほとんどが男性のようだ。みんな彼女とはだいぶ親しいらしい。マーティンはまたわけのわからない怒りに駆られた。結局レディ・ジュリアナ・マイフリートは、残酷ないたずらが好きで賭事《かけごと》に取りつかれた不道徳な人間だ。自分とはかかわりがない人間のはずだとマーティンは思い込もうとした。だがそうではないのだ。

彼は三歩でジュリアナのそばに行った。

「踊ってもらえるかな、レディ・ジュリアナ？」

急に声をかけられて、彼女はぎくりとしたようだ。

驚いただけではないらしい。見開かれた緑色の瞳に、一瞬おびえのような色がよぎった。だが彼女はすぐにその色を消し、ていねいに答えた。

「ありがとう、ミスター・ダヴェンコート。でも、わたしはめったに踊らないの。疲れるから」

「馬で走り回るほど疲れないはずだ」彼女の横にぴたりとつき、にこりともせずにマーティンは言った。「乗馬をするだろう、レディ・ジュリアナ？」

「うまくないのよ」彼女の笑顔はこわばっている。「お稽古《けいこ》はなんでも大きらいだったのを後悔しているわ」

　彼女は少し足を速めた。マーティンが追う。

「ロンドンでは馬を持っていないのか？」

　ジュリアナは皮肉な笑みをもらした。「貸し馬屋の心配をしてくれるの？　それだったら友人にいい馬屋を教えてもらえるわ」

「きみの行動が気になるだけだ。ハイド・パークにはたびたび行くのか？」

　今度こそ彼女はぎくりとした。マーティンは激しい満足感を覚えた。だが、彼女の声は落ち着いていた。

「ときどき馬車で散歩するわ。どうしてそんなことをきくの？」

「きみがどんなことをして過ごすのか知りたいんだ。たとえば、今夜は？」

　ジュリアナはまたほほえみ、考え込むように輝く緑色の瞳を伏せた。淡いクリーム色の肌に、まつげが黒々と影を落とす。そして、彼を見て笑いだした。

「今晩のわたしの行動が知りたかったら、サー・ジャスパー・コリングにきかなくてはだめよ。だけど彼は紳士だから話さないと思うわ。それともあなたのほうが紳士的にこれ以上きかないか……」

　マーティンの口もとがゆがんだ。ジュリアナは手ごわい相手だと思いつつ、無意識のうちに動揺を見せてしまった。手がのどのあたりをさまよっているのだ。灰色がかった赤いドレスの襟ぐりに沿ってエメラルドのネックレスが光っていた。

「銀の鎖をなくしたようだね」マーティンは穏やかに言った。

「鎖?」なんの動揺も見せない声の響きに、彼はだまされそうになった。だが、心の底から信じられない。知らず知らず軽蔑《けいべつ》しているのが声ににじんだ。

「覚えているだろう? 三日月形の飾りのついた銀のネックレスだ。銀の皿の上にのって登場したときにもつけていただろう? 結婚式のときにも? ご主人からの贈り物だったのだろう」

ジュリアナは口もとを引きしめてあごを上げ、彼の目を見返した。「死んだ夫からの贈り物よ。なくなってしまったわ」

「いや、なくなってはいない。わたしがここに持っている。見つけた瞬間にきみのものとわかった。珍しいものなのだろう?」

マーティンはネックレスをポケットから取り出した。ジュリアナの顔色がさっと変わり、誰かに見られていないかどうか探るようにすばやく舞踏室を見回した。彼女の息づかいが速くなっている。

「今夜、ここで落としたに違いないわ」

「そう言うと思った。だがありえない。いいかい、レディ・ジュリアナ、わたしはこれをライアン伯爵夫人の馬車の近くの草むらで見つけた。もう話は聞いているだろう?」彼は片方の眉を上げた。「今夜、伯爵夫人がハイド・パークで追いはぎに襲われたことを」

ジュリアナは手を軽く振った。「聞いているわ。まったく、そのことばかり話題になっているもの。だけどあなたの英雄的な行為をわたしも賞賛すると思っているなら、大きな間違いよ。ひけらかしたいでしょうけれど」

マーティンは笑った。「ハイド・パークできみを撃っていたら、もっと真面目《まじめ》に聞いてくれたか？」

ジュリアナはさっと彼の目を見た。すさまじい目だ。「あてずっぽうを言っているだけなんじゃない？　ネックレスを返してちょうだい。あとはその話を心から楽しんで聞いてくれる人にあなたをお任せするわ」

「いや、だめだ」ジュリアナが差し出した手からネックレスをさっと離した。もう一方の手で彼女の手首をつかみ、人目につかない片隅の、鉢植えの棕櫚《しゅろ》の陰に引っ張っていった。ジュリアナは足を踏ん張った。人目につかないところまで行くと、本気で抵抗した。マーティンは彼女の両肘をつかんで押さえつけた。

「放して！　大声をあげて騒ぎを起こすわよ」

とても落ち着いた声だ。本気だとマーティンは思った。大勢の人がいる舞踏室で騒ぎを起こしても、レディ・ジュリアナにはどうということもない。ほかの悪行に比べたら子供だましだ。

「どうぞ」彼は楽しそうに言った。「騒ぎを起こしたければ起こすがいい。きみを治安官に引き渡したら比べ物にならないほどの噂になるぞ」

疑わしげな色が彼女の目にちらついた。「あなたは長いあいだこの国を離れていたわ、ミスター・ダヴェンコート。上流階級には、仲間を裏切るようなひどい人間はいないのよ」

「へえ、そうか？　それならきみの兄上か父上がきみのあの悪行を知りたがるとでも？　きみはあの人たちの気持ちを尊重しないのか？　何を言われても悲しまないのか？　どこまで身を落とす気なんだ、レディ・ジュリアナ？」

マーティンは彼女を乱暴に揺さぶった。ジュリアナのふてぶてしい態度に、腹が立ってたまらなかった。エメラルドの髪飾りが彼女の髪から抜けて、かすかな音をたててタイルの床に落ちた。ふたりともにらみ合ったままで、下を見ようともしない。マーティンはジュリアナから手を離して一歩下がった。全身で彼女を拒絶している。

「裸になって娼《しょう》婦《ふ》のようなまねをするのも、今夜の振る舞いに比べたらなんのことはない。あの老婦人に何をしたかわかっているのか？　彼女の恐怖と苦痛がわからないのか？　気にしていないのか、それとも人を気づかう気持ちをとっくになくしてしまったのか？」彼は嫌悪に満ちた顔で銀の鎖をぐいと突き出した。「さあ、持っていくんだ。だが、またこんなことをしたら……」

　ジュリアナは行ってしまった。怒りがいくらか薄れたマーティンの目に、人込みを縫っていく彼女の姿が映った。下を向き、急ぎ足で彼から離れていった。彼女が持っていかなかった鎖は、マーティンの手にあった。

ある感情がマーティンの心に押し寄せた。下を向いて、肩を落とした彼女の姿はとても弱々しく見える。彼は恥ずかしくなった。そして、自分が正しいのにそう感じたことにまた腹が立った。ジュリアナ・マイフリートが哀れだった。

　彼の視線を意識したのか、ジュリアナは背筋をしゃんと伸ばし、足を止めて男性客たちと話しはじめた。いたずらっぽい笑みを浮かべ、平然としている。肩越しにちらりとマーティンのほうを見たかと思うと、近くにいた男友だちの腕に手をかけてさっさと出ていってしまった。マーティンは彼女の堂々とした態度に感心しつつ、憂鬱《ゆううつ》になった。わたしの言葉に彼女は何も感じないのだろうか。

　脚がひどく震えている。どうやって舞踏室から歩いてきたのかジュリアナにはわからなかった。通り過ぎる人々の顔はまったく目に入らず、エドワード・アシュウィックに三度も話しかけられてやっと彼の存在に気づいたほどだ。といっても、誰の目にも彼女は動揺しているようには見えなかった。馬車までエスコートしてほしいと言われたエドワードは、喜んで彼女に腕を差し出した。彼女がこんなに早く帰ることにがっかりした顔をしただけだった。歩きながら彼はどうでもいいようなことをしゃべり続けている。返事を期待していないのがジュリアナにはありがたかった。彼女の耳にはマーティン・ダヴェンコートの激しい声しか聞こえていなかった。

〝あの老婦人に何をしたかわかっているのか？ 彼女の恐怖と苦痛がわからないのか？ 気にしていないのか、それとも人を気づかう気持ちをとっくになくしてしまったのか？〟

そしてこだまのように返ってくるライアン伯爵夫人の声。〝財布を取って。でも、助けて！ わたしはこんな年寄りで、弱っていて……〟

「大丈夫かい、ジュリアナ？」不意にエドワードがきいた。「ひどく顔が青い」

ジュリアナはその言葉に救われた。「疲れたの。ごめんなさいね、エディ。わたし少し休まなくては。女性用の客間に行くわ」

「わかった」エドワードはすぐに言った。「きみが本当に大丈夫なら……」

「大丈夫よ。ありがとう」

「明日の朝、様子を見に行くよ」

「そうしてちょうだい」

明るいところにいたせいで頭が痛くなってきた。大理石の廊下は冷え冷えとしていて、人けはなかった。彼女は手近のドアにもたれ、額に手を当てた。ひどく疲れ、惨めでたまらなかった。

涙があふれて頬を伝う。泣いていないふりをしようとしても涙は止まらない。こっそり廊下をうかがった。誰の姿も見えない。彼女は声を出して泣いた。

涙が止めどなく流れてどうしようもなかった。

〝それならきみの兄上か父上がきみのあの悪行を知りたがるとでも？　きみはあの人たちの気持ちを尊重しないのか？〟

　マーティン・ダヴェンコートは鈍感で退屈な人間だと思っていた。だが彼の目に怒りと情熱を見たとき、わたしは間違っていたと思った。あんな男性の心に愛をかきたてるのはどんな感じだろう、怒りや嘲笑《ちょうしょう》の代わりに？　たった一週間前、彼はわたしを抱きしめた。わたしは彼の愛と情熱のすべてを欲した。今となっては得ることはなくなってしまった。

　ジュリアナはまたしゃくりあげ、むせび泣いた。止めようとしてもどうしても止まらない。両手で顔を覆って抑えようとした。こんなに泣くなんてとてもきまりが悪い。それになぜ泣けるのかわからない。今までけっして泣かなかったのに。だが、こんな惨めな思いをしたのははじめてだった。

　誰かがやさしく彼女の腕に手をかけた。「レディ・ジュリアナ？」

　一瞬、頭が混乱していたジュリアナは、会いたかった兄のジョスが来てくれたと思った。八歳の子供に返って、兄が男の子らしく無造作に抱きしめてくれるものと。ジョスは照れ屋でぶっきらぼうだが、抱きしめられるとジュリアナは気分がよくなるのだ。

　そのとき相手の声に気がついた。マーティン・ダヴェンコートの声だ。ジュリアナは刺《とげ》が刺ったように身を引いた。涙が伝う顔を隠せないのはつらい。

　ふたりはしばらく見つめ合った。マーティンの顔はむっつりしていて厳しい。だが目はやさしく、ジュリアナは彼の腕に飛び込んで愛を乞《こ》い、一生守ると言ってほしいと思った。あの夏の日、アシュビー・タラントでの彼の言葉を思い出していた。わずか十五歳のときでさえ、彼は本物の道義心と誠実さを示してくれた。ジュリアナは今、それがほしくてたまらなかった。

　自分の気持ちが怖くなる。

「すまなかった、もし……」マーティンが言いかけた。だがジュリアナは反抗的に彼を見返し、その言葉を引き取って言った。

「もしあなたが言ったことで、わたしが打ちのめされていると思っているなら大きな間違いよ」

　彼女は背筋をまっすぐに伸ばして廊下を歩いていった。振り向かなかったが、彼が見守っていることはわかっていた。

6

「話がある。いいかな、ジュリアナ？」

　ジョスリン・タラントの鋭い声がざわめいているカードルームに響いた。ジュリアナはしかたなく立ち上がった。そしてカードゲームのテーブルを囲む仲間に断ってから、兄に腕を取られて静かな片隅に行った。ジョスが何を話したいのかわかっていた。この五日間ほど彼女は賭事《かけごと》に明け暮れている。負けた金額の大きさはロンドン中の噂《うわさ》になるほどだ。そのうちジョスに問いつめられるだろうとは思っていた。自分でもなぜこうなったかよくわからないし、今どれほど困っているかは打ち明けたくない。マーティン・ダヴェンコートとは二、三度出会い、冷ややかで堅苦しい態度をとった。だが、彼のことはこの惨めさの一部でしかない。本当に惨めなのは、ライアン伯爵夫人の顔が出てくる悪夢につきまとわれていることと、そしてすべてが悪いほうへ向かっているのに自分ではどうすることもできない苦しさのためだ。

「元気そうね、ジョス」召使いが差し出す盆からワインのグラスを取って兄に手渡した。「結婚生活がよほど性に合うようね。エイミーは元気なんでしょう」

彼女が話をそらそうとしているのに気づいたジョスが微笑した。「うまいな、ジュリアナ。しかしわたしはごまかされない。おまえはエイミーの健康など気にかけていないだろう。わたしは世間話ではなく、借金の話をしに来たんだ」

ジュリアナは顔をしかめた。思っていたとおりだ。

「いきなりきついことを言わなくてもいいのに、ジョス」彼女は悲しげな口調で言った。「それにわたしがエイミーの健康を気にかけていないなんてひどいわ。もちろん気にしているわよ」

兄はため息をついた。「エイミーはとても元気だ。われわれはひと月ばかりアシュビー・タラントに行く予定だ。一緒に来ないか、ジュリアナ？　向こうに行けば、来てよかったと思うはずだ」

ジュリアナは身震いした。エイミーと彼女にやさしいジョスと一緒に田舎に行くと思っただけでむかむかする。仲間もいない、賭博《とばく》も買い物もできないとなっては問題外だ。頭がおかしくなるだろう。

「ご夫婦のお邪魔はしたくないのよ」彼女は気軽に言った。「あなたたちはいまだにとても情熱的だから、誰だって一緒にいられやしないわ。だいいち、わたしが田舎が好きではないのは知っているでしょう。田舎に引っ込む必要はないのよ。楽しいことはみんな町にあるのに」

「そうだな」ちょっと不機嫌にジョスは答えた。何もかも見通すような兄の目にジュリアナはひるんだ。兄はハイド・パークの出来事を聞いているだろうか。だが、彼が心配しているのは賭事だけだと気づいていくらかほっとした。「今度はいくらだ、ジュー？」

ジュリアナはワインを飲み、本当のことを言おうかどうしようかと迷った。ジョスからいくらか金を借りたほうが得だという気もする。しかし兄は失望するだろう。前にも何度も借りているのだ。

「一万五千ギニーだけよ」ちょうど半分の金額を言った。

ジョスは疑わしそうに眉を上げた。「残りは？」

ジュリアナはすねたように肩をすくめた。「あと少しよ」彼に愛らしく笑いかけた。「二、三千ギニー貸してくれない、ジョス？」

ジョスはさっとグラスを下げた。「貸してやれそうにない、ジュリアナ。今度はだめだ」

ジュリアナは聞き違えたかと思って、眉をひそめた。「どうしてだめなの？　お兄様だって勝負に負けてお金をなくしたことがあったでしょう。ああ、エイミーが気を悪くするからね」

「違う」兄はきつい口調で言った。「わたしは勝負に負けたことなどない。ただ、金をずっと用立てていたせいで、おまえが破滅していくのを見ていられないだけだ。何度も何度もおまえはわたしに無心してきた。わたしでなければ父上に」

ジュリアナはショックで頭が混乱した。「でも貸してくれなくては、お兄様かお父様が。家族の名誉のためよ」

ジョスは皮肉な表情を浮かべた。「家族の名誉などどれほど考えている、ジュー？」

「だけどわたし」ジュリアナはワインの残りを飲み干した。胃が熱くなると力がわいたような気がしてきた。「エイミーのさしがねね。エイミーなんか大きらい」

「エイミーは関係ない」ジョスは穏やかに言った。頬がかすかにゆがんでいる。「おまえのためだ、ジュー。自分でなんとかしなくてはいけない」

「よくそんなことが言えるわね！」ジュリアナはグラスを大理石の床にたたきつけたいほど腹が立った。「自分だって、誰よりも賭事にのめり込んでいたくせに。善良な女性の愛に救われたのだと言いたいの？　このごろのお兄様ったら、吐き気がするほど善人ぶっているわ」

「そう思いたければ思えばいい」ジョスの口もとに微笑がよぎった。「おまえも一度は幸せな結婚をした。結婚はいいものだと思わないか？」

ジュリアナはのどがつまった。「いいえ、思わないわ」無理して言った。「確かに若くて夢見がちだったころのわたしには合っていたかもしれない。でも、今のわたしは楽しむことが必要なの。決まりきった退屈な毎日ではなくてね。再婚させようとしても無駄よ」

「残念だな。きっとそれこそがおまえに必要なことだろうに。田舎に来る気はないのか？　そうか」彼は肩をすくめ、妹に背を向けた。「また勝てるように祈るしかないな、それもすぐに。でなければフリート監獄にいるおまえに面会に行かなくてはならなくなる」そこで言葉を切った。「父上は具合が悪い」唐突につけ加えた。「おまえがまた何かしでかして父上を悩まさないように祈る。父上は弱ってしまって、おまえの芝居がかった無心にもはや対処できない。経済的なことに関してはすべてミスター・イーヴィンゴーがわたしに連絡してきている」

ジュリアナは怖くなった。「ジョス、待って！　お父様が病気のうえ、お兄様が助けてくれなかったら……」

「そうか？」ジョスは言った。彼が決心したことも、それがどんなに苦しんだすえのことかもジュリアナにはわかった。兄と妹はいつも仲がよかった。お互いに支え合って寂しい子供時代を過ごしたのだ。兄を罵《ののし》りたい。わたしを見捨てた彼を非難したい。でも、ジョスはわたしを助けようといる、彼も同じくらいつらい思いをしているのだというべつの声がした。責めたくても責められない。ジュリアナは深深とため息をついた。

「お兄様にこんなことを言われるとは思わなかったわ」

ジョスは顔をしかめた。「ジュリアナ」

「わかっているのよ」手を伸ばして彼の腕に触れた。「わたしにいちばんいいと思ってくれているのね。愛してくれていることもわかっているわ」今度は大きくため息をついた。「でもわたしにはお金がないの。どうすれば楽しめるの？」無意識のうちに哀願する口調になっているのがわかり、自分でいやになった。「買い物に行かなくてはならないし、遊ぶためのお金もいるわ。それに……ああ」いらだって声をあげた。「わたしが毎日同じ服装で舞踏会やパーティに出かける女だと思う？」

「何か考えつくはずだ」兄はなめらかに言った。「もちろん屋敷の維持費は払わなくてはなるまい。だが一緒にアシュビー・タラントに来ることに同意するなら、勝負の負債はわたしが払おう」

一瞬、ジュリアナは喜んで同意しそうになった。借金を完済してもらって、ゼロから出なおせたらうれしい。そのとき、田舎に閉じ込められる生活がどんなものかと想像した。甘やかしてくれる崇拝者がいないところで、ジョスが妻を甘やかすのを見たら嫉妬《しっと》で気持ちが沈むだろう。それに、冷ややかにさげすむ父に悩まされなくてはならないのだ。

「ありがとう。でもいいわ」せめて自尊心を守ろうとして言う。「自分でなんとかしなくてはいけないから」

ジョスはかぶりを振った。「必要ならわたしを頼りにすればいいのはわかっているだろう」

「頼ってもなんにもならないわ」ジュリアナは不機嫌に言った。「お金を貸してくれないのなら」

つかの間、ふたりはにらみ合った。それからジュリアナはかすかな声をあげてジョスの腕に身を投げかけた。カードに興じる人々が見ているけれど、かまわない。しばらく兄の胸に顔を押し当てたままでいた。

「ああ、ジョス……」

兄も抱き返した。「頼む、ジュー。お願いだから考えてみてくれ。わたしたちみんなのために」

ジュリアナは彼を離した。そしてうなずいた。

「やってみるわ。さあ行って。わたしが本当に腹を立てないうちに」彼女は涙ぐんだ目でほほえみかけた。「お兄様がいてくれることはわかっているわ。わたしをフリート監獄で朽ち果てさせないことも」

「ああ、じゃあまた」ジョスはジュリアナの頬にキスした。「おやすみ、ジュー」

テーブルに戻ると、二十歳ばかりの青白い娘がミセス・エマ・レンとメアリー・ニーズデンの仲間に加わっていた。やぼったいが高価なドレスを着て、カードを握りしめている。いかにも神経が高ぶっている娘は、黒い目でジュリアナを見た。

「ジュリアナ、こちらはキティ・ダヴェンポートよ」エマが気楽に言った。少しも疑っていない純真な人間を罠《わな》にかけるときに使う、安心させるような口調だ。「キティはロンドンに来たばかりなの。キティ、こちらはレディ・ジュリアナ・マイフリートよ」

ジュリアナは飛び上がった。エマはダヴェンコートと言ったのだろうか？　だが、すぐにダヴェンポート家なら知っていると思った。途方もなく金持ちで、頭の悪い一族だ。気の毒なこの娘は刺激を求める若い既婚女性か、わがままな令嬢に違いない。

「ごきげんいかがですか？」娘は素直に言った。

「あなたはどうですか？」ジュリアナは礼儀正しく言った。エマがウインクした。この若い娘は割当金を使い果たそうとしているということだ。

　ジュリアナはひそかに肩をすくめた。ジョスに借金を断られた今、運命がいくらかの金を得る機会を与えてくれたように思える。ジュリアナはちらりとキティを見て、娘から金を巻き上げることにした。

　あっという間に片がついた。三十分としないうちにキティは一万二千ギニーも負け、真っ青になっていた。エマ・レンはカードを混ぜながらあくびをした。

「今夜はついていたわね、ジュー。わたしの借りが一万ギニー、それにキティの分が一万二千。また調子が上向いてきたのね」

　勝負が終わってからキティは黙り込んでいた。少しして口ごもりながら言いだした。「すみません。貸しておいていただけませんか？　支払えないんです、次にお金が支給されるまでは」彼女の声は震えていた。

　ジュリアナは彼女を見た。どんな若い娘でも四半期ごとに一万二千ギニーもの割当金がもらえるとは思えない。エマ・レンは笑いをこらえている。

「踏み倒さないのは確かなの？」エマは容赦なく言った。「支払えるだけの金額を賭《か》けなければいけなかったのよ、お嬢さん」

　哀れなキティは失神しそうだ。「必ず払います」哀願するようにジュリアナを見た。「借用証を書かせていただけますか？」

　ジュリアナはため息をついた。「そうしたいのなら」彼女は冷たく言った。これで金が手に入るまで何カ月待たなくてはならなくなった。それも手に入ればの話だ。それを元手にもっと増やそうと考えていたのに、残念なことだ。

エマが立ち上がって、ペンとインクを召使いに持ってこさせた。キティは書きはじめた。

「ねえ」エマはジュリアナに大げさに笑いかけた。「ちょっと時間がかかりそうね」

キティが書いているあいだ、ジュリアナはカードテーブルを指先でたたいていた。数分して、下を向いたキティの頭と病的に赤い頬を見た。何をこんなに長々と書いているのだろう？

そのとき、キティの右手のそばに大粒の涙が落ちた。キティは涙を指でこすり、紙を汚してしまった。彼女は嗚咽《おえつ》をこらえた。

「まあ！」ジュリアナは気が抜けた。

キティははっとして、すまなそうにジュリアナを見た。「すみません。よかったら紙をもう一枚いただけますか？」

ジュリアナは深々と息を吸った。蝋燭《ろうそく》の明かりがキティの頬の涙を照らし出す。いかにもきまり悪そうに困り果てた顔をしたキティは十二歳ぐらいの少女に見えた。ジュリアナは思わず手を伸ばして書きかけの借用証を取り、ふたつに引き裂いた。

「書きなおさなくていいわ。貸しはなしにするから」ジュリアナは言った。

キティは息をのんだ。「でも……」

「払えないのでしょう？」ジュリアナはきいた。

キティは目をそらした。「ええ。でも兄に言って……」

「言ってはいけないわ」ジュリアナは心を決めた。胸の底の古い記憶がよみがえる。二十歳にもならないわたしは八万ポンドも負けて、危うく家を没落させるところだった。それをジョスが助けてくれたのだ。今、キティを助けてあげたら……。彼女は身を乗り出した。

「お兄様に言ってはだめよ、キティ。そんな必要はないわ。ただ」テーブル越しにキティの手に触れた。「お金が払えないのなら賭事はやめなさい。いいえ、賭事などどんなときでもしてはだめよ。蝋燭一本の値打ちもないのだから」

思いがけず親切な言葉をかけられて、キティはわっと泣きだした。激しい嗚咽に、ジュリアナは何も言わなければよかったと思った。数分たって泣き声が静まった。みんなが好奇の目でこちらを見ている。ジュリアナは立って、キティの腕を取った。

「ミス・ダヴェンポート、場所を変えましょう」

キティを連れて廊下を通り、人けのない居間に入ると、ジュリアナはブランデーを一、二センチばかりグラスについで彼女に手渡した。

「お飲みなさい」

「ブランデーはきらいです」はじめてしっかりした態度でキティが言った。

「気分がよくなるわ」ジュリアナは穏やかに言った。「ところでハンカチは持っている？」

キティは首を横に振った。ジュリアナはため息をついてハンドバッグからハンカチを取り出し、キティに渡した。少ししてキティは座りなおし、ブランデーをひと口飲んだ。咳《せ》き込んで深呼吸する。

「よかった。さあ、話してちょうだい、キティ。どうして賭事をするの？」ジュリアナはそう問いかけて笑ってしまった。「まったく、わたしがこんなことを言うとはねえ。でも若い娘がしていいことではないの、わかるでしょう」

キティはブランデーに口をつけ、当惑した顔になった。「とんでもないことだとわかっています、レディ・ジュリアナ」キティは深く息を吸い込んだ。「本当のことを言うと、わたしはどんどん負けたいんです。最悪の事態になれば、兄が家に送り返してくれるでしょう。田舎で静かに暮らすためには、不名誉なことをするしかないんです」

　ジュリアナはキティを見つめた。こんな話を聞かされるとは思いも寄らなかった。「面目を失って家に送り返されたいの？」信じられないというように言った。「あまりいい考えではないわね、キティ」

「わかっています」キティはうなだれた。「それしか思いつかなかったんです。だって、ほかにどうすれば若い娘が面目を失えます？」

「そうね、悪い男性と逃げれば」ジュリアナは言いかけてやめた。「いいえ、それもだめだわ。忘れて。それで今夜、多額の借金を作ろうと……」

「そうです」キティは悲痛な目をした。「この二、三週間でかなりの大金を失いました。今勝負をすれば、とどめになるとわかっていたんです。でも負けてしまってから、恐ろしくて気分が悪くなり、いくら失ったかまったく見当もつきませんでした」いっそううなだれた。「とんでもなくばかなことをしてしまったと気づいて」

「そうね」ジュリアナは考え込みながら言った。「そもそもどうして田舎に送り返されたいの、キティ？」

　キティの唇が震えた。「ロンドンがきらいだからです。騒音も人々もごみごみした通りも大きらい。わかり合える結婚相手が見つかるかもしれないと思っていました。だけど会った人はみんな退屈で、道楽者で、自分の話ばかりして。田舎が好きな人に出会えていたら違ったでしょうけれど」

　ジュリアナは少しでも慰めになるような言葉を探した。「猟や魚釣りが好きな男性は多い……」

　キティは絶望的に首を振った。「ええ。でもわたしは、自然を壊すより守ろうとする男性と結婚したいんです」

「それはかなり変わった考えね。そんな変わり者に出会えないとしても不思議はないわ」ジュリアナは考え深そうにキティを見た。「あなたに合いそうな人がいるかどうかはなんとも言えないわ、キティ。いなかったらべつのことを考えなくてはね。破産して不名誉な形で田舎に帰ろうとするよりはうまくいきそうなことを」マントルピースの上の時計をちらりと見た。「付き添い人《シャペロン》に気づかれないうちに戻ったほうがいいわ。大声で捜すにきまっているから」

「今はシャペロンはいません」キティが言った。「監督をしてくれることになっているレディ・ハーペンデンは、その気がないんです。妹のクララがあの方の娘さんよりきれいだから」

「そう、わかったわ。とにかく、急いで戻ったほうがいいわよ」

雨に濡《ぬ》れたパンジーのような色のキティの目が、感謝の涙でまた濡れた。

「ご親切にありがとうございました、レディ・ジュリアナ」

「もう泣いてはだめよ」ジュリアナは急いで言った。

「ええ。これからけっして賭事はしません」キティはきっぱりと言った。「なんて親切でいい方なんでしょう、レディ・ジュリアナ。本当にありがとうございました」

キティが行ってしまうと、ジュリアナは自分でブランデーをたっぷりとついでひと息に飲んだ。親切でいい方だと言われた衝撃から立ちなおる必要がある。自分のしたことが信じられない。借金を帳消しにして、若いレディに助言を与え、秘密を打ち明けるに足る人間として振る舞い……。わたしは頭がおかしくなったに違いない。ジュリアナはため息をついてまたブランデーをついだ。昔の自分の愚かな行動が脳裏によみがえる。賭博で大負けし、一家を破滅させるほどの借金を作ってしまった十七歳のときのことが。

ジュリアナは頭を振って記憶を追い払った。キティを救えてよかった。もっとも助言はしたものの、彼女とは二度と会うことはなさそうだ。ダヴェンポートの家族がまたわたしと会うのを許すはずがない。そのほうがいい。これ以上親密になるのはよくない。

次の朝、マーティン・ダヴェンコートは地獄の番犬どもに追いかけられてでもいるかのようにあわててジュリアナ・マイフリートの屋敷に駆けつけた。レディ・ジュリアナはまだ寝ていると執事に言われてはっとしたが、彼は待つことに決めた。三十分ほどしてから、ジュリアナはひとりではないのではないか、こんなに朝早く、訪問するのは迷惑だったかもしれないと気づいた。ジュリアナの恋人と顔を合わせたり、もっと悪いことに恋人と朝食をともにするはめになるのはごめんだ。マーティンが珍しく不安な思いでいらいらと室内を歩き回るうちに、一時間が過ぎた。帰ろうとしたとき、ジュリアナが図書室に入ってきた。

「おはよう、ミスター・ダヴェンコート」

マーティンは立ち上がった。「おはよう、レディ・ジュリアナ。こんなに早くお訪ねして申しわけない」

ジュリアナはまぶしいほどの笑みを浮かべた。マーティンはどきりとした。「かまわないわ」彼女は穏やかに言った。「どうせひとりだから。あなたが来たので驚いただけよ。それともまたわたしを怒鳴りつけるためにやってきたの？ このあいだ怒っただけでは足りないの？」

マーティンはかぶりを振った。こんなに長く待たされたのに、何を言えばいいのか考えがまとまっていない。これほど衝動的に行動するのは、自分としては珍しい。彼は率直に話をすることにした。

「わたしが来たのは、来たかったから……。つまり、きみと話したいことがあって」

　混乱した彼の言葉に、ジュリアナは眉を上げた。

「わかったわ。コーヒーはいかが？　わたしはまだ朝食をとっていないの」

「もちろん」マーティンは気を楽にして落ち着こうとした。「いただきたい。きみとコーヒーを飲めるとはうれしいな」

　ジュリアナはうなずいた。マーティンはにやりとしそうなのをこらえた。今日のジュリアナはしっかりと自分を守っている。上流階級の人間特有の物慣れた態度を装っていて、突き崩せそうにない。レディ・ババコームの夜会のとき、泣いているのを見ていなければ、彼女にはやさしい気持ちなどどこにもないと思ってしまっただろう。キティが前夜の出来事の真相を打ち明けなかったら、ジュリアナにそんな寛大な心があるとは思ってもみなかっただろう。それにしても、彼女にはそれ以上のものがあることもわかっていた。

　下男がコーヒーポットとカップののった銀の盆を持ってくるあいだ、マーティンはジュリアナをじっと見ていた。ジュリアナは彼の視線に気づいている。しかし彼女が、実は精いっぱい落ち着いているように見せかけていることはマーティンにはわからない。彼女はこちらを見なかった。だがマーティンは、自分が彼女を意識するのと同じくらい、ジュリアナも強く彼を意識しているのはわかっていた。

　コーヒーのいい香りがした。マーティンは急に空腹に気がついた。朝食をとる暇などなかったのだ。ジュリアナは手際よくコーヒーをついだ。マーティンにカップを渡し、いぶかしげに眉を上げた。

「それで、お話って何かしら？」

「キティのことだ。妹のキティ・ダヴェンコート。ゆうべ、勝負できみに一万二千ギニー負けたと言っている」

ジュリアナはさっと彼を見た。感情はほとんど見せない。静かにコーヒーのカップを下げた。

「あなたの妹さんだとは思わなかったわ。キティ・ダヴェンポートと紹介されたので」

マーティンは眉を上げた。「わたしの妹だと知っていたら話は違ったのか？」

ジュリアナの目が面白そうにまたたいた。「借金を帳消しにはしなかったんじゃないかしら」

からかっているのだろうかとマーティンは思った。咳《せき》払いして言う。「ああ。妹はきみが借金を帳消しにしてくれたと言っていた。わたしはなぜそうしてくれたのかと思った」

ジュリアナは獲物を前にした猫のような目で彼を見つめた。「そもそもミス・ダヴェンコートがあんなところで何をしていたのかと思うわ」

マーティンは守備側に立たされたのを悟った。負けずにまっすぐに相手を見返す。

「まずこちらがききたい」彼は冷静に言った。「どうしてキティの借金を帳消しにしてくれた？」

問いつめられてジュリアナがいらだっているのが感じられる。といっても顔にはまったく出さない。彼女は手を振った。

「そうしたかったからよ。ゆうべは寛大になれたの」

マーティンは彼女をまじまじと見た。「気まぐれで一万二千ギニーもふいにするのか？」

ジュリアナは今度こそいらついた顔になった。

「それだけではないけれど、まあそんなところね。そうしたかったから免除してあげたの」

マーティンは身を乗り出した。ジュリアナは何か隠している。だが真実を話すとは思えない。

「妹が哀れになったからではないのか？ 若くて、窮地に立たされているのを見てかわいそうに思ったからでは？」

ジュリアナはかすかにほほえんだ。「違うわ。カードルームに同情はないのよ、ミスター・ダヴェンコート。遊ぶか支払うかしかないの」

カードの魔力のとりこになった上流階級の若者たちのことを思うと怒りがわいたが、マーティンはそれを抑えた。「きみがそのおきてに従っているのはわかる」彼はやさしく言った。「今、多額の借金があって払いきれずにいると聞いている」

ジュリアナはきつい目で彼を見た。「あなたに関係ないわ」

「そうだろうな。だが妹のことは関係がある。そしてわたしは妹に、賭博好きの人物の影響を受けてほしくない」

ジュリアナは軽蔑《けいべつ》のまなざしを向けた。「それなら妹さんをカードテーブルに近づけないようにすることね。あなたはわたしの質問に答えてないわ。彼女はあんなところに何をしに来たの？」

マーティンはため息をついた。ジュリアナに話す必要はないとは思いながら、語りはじめた。「妹たちは最近シャペロンを失った。ゆうべ、監督してもらえるはずだったレディ・ハーペンデンが気づかないうちに、キティはカードルームに入り込んだらしい。それを知ったレディ・ハーペンデンはとても取り乱して騒ぎ立てた。それでキティはわたしにすべてを白状しなくてはならなくなった」言葉を切った。「きみは、わたしには話さないようにと言ったそうだね、レディ・ジュリアナ？」

彼女は肩をすくめた。「わたしが彼女の借金を帳消しにしたからどうだというの？」ため息をついた。「残念なことに若いレディというものは、自分の罪を告白したい衝動に駆られるらしいわね」

マーティンは彼女を見つめた。「大人のレディは？」

「秘密はけっしてもらしてはいけないと経験で知っ

ているわ」ジュリアナは軽く言い、眉をひそめた。「妹さんには悩みがあるわ。ゆうべわたしに打ち明けたの。彼女の話を聞いてあげてね」

「そうしよう」マーティンは短く言った。またひどくいらいらする。なぜキティは実の兄よりジュリアナのほうが話しやすいと思ったのだろう？　最初はブランドン、そして今度は妹までが……。

「これ以上キティのことを心配してくれなくていい、レディ・ジュリアナ」彼は厳しい声で言った。「わたしがなんとかするから」

「わかったわ」ジュリアナは考え深げに彼を見た。「コーヒーのお代わりはいかが？」

マーティンは立ち上がった。「いや、結構だ。ありがとう。キティに親切にしてくれて。それとも寛大にしたい衝動に駆られてと言うべきかな？」

ジュリアナも立った。彼女は背が高い。少し上を向くだけでマーティンと目線が合う。

「どちらでもお好きなように」

「この先、妹とカードルームで出会ったら……」

「ご心配なく。今度は容赦なく巻き上げるわ」マーティンを探るように見た。「キティをカードルームから遠ざけることね。賭事にのめり込んでほしくないのでしょう」

マーティンは深いため息をついた。気が滅入《めい》っていた。「もう手遅れかもしれない」

「そんなことはないわ。賭事をしたくてしているのではないんですもの。目的があってのことだわ。それに、もうしないと、わたしに約束したから。彼女の話を聞いてあげてね。これはさっき言ったわね。それにあなたは、わたしのお節介がおきらいだったわ」

ジュリアナは足早に壁ぎわに近寄り、ベルを鳴らす紐《ひも》を引こうとした。その手をマーティンが押さえた。ジュリアナの行動には気まぐれ以上のものがある。彼はその謎《なぞ》をわからないままにしておくつもりはなかった。

「もう少し、レディ・ジュリアナ。賭事から抜け出す方法を知っているかい？」

ジュリアナは動きを止めた。目に怒りの色がよぎる。彼女はあごを上げた。その目は冷ややかだ。

「キティのことではなくて、わたしのことを言っているの？」

マーティンは探るように彼女を見た。「そう思いたければどうぞ。やめる気はあるのか？」

ジュリアナは短く笑った。「もちろんないわ。カードは楽しいもの」

「向こう見ずないたずらを好むのも？」マーティンはポケットを探った。「まだきみのネックレスを持っていた」

「ありがとう」ジュリアナが差し出した手にマーティンは銀の鎖をのせた。

「ゆうべはあんなことを言って悪かった」彼はゆっくりと言った。

ジュリアナは少しも心を動かされたようではない。

「どうしてあやまるの？　真実だと思ったから言ったんでしょう」

「ちょっと言いすぎた」

ジュリアナは彼に背を向けた。「わたしなら大丈夫よ。これまでにもひどいことをさんざん言われてきたから。それに、あなたは正しかったわ。わたしがあれほどひどい失敗をしたのははじめてよ」

マーティンはその率直さに驚いて、ジュリアナを見つめた。完璧《かんぺき》に落ち着き払っていた。だが彼の心にはべつのジュリアナが浮かんだ。レディ・ババコームの夜会のとき、涙に濡れた蒼白《そうはく》な顔で惨めな思いを隠そうとしていた彼女の顔が。あの顔を思い出すと胸が痛む。

「レディ・ライアンに大きな花籠《かご》を贈って、あやまってきた人物がいたと聞いた」彼は言った。

ジュリアナの表情は硬いままだ。「そのことを申しわけなく思ったからでしょうね。もうお帰りになる時間だわ。出口はあちらよ。妹さんによろしく」

マーティンはためらった。「頼むからキティに近づかないでほしい」彼は言葉を選んで言った。「まずいことに、妹はきみにまた会うつもりでいる。わかってくれるだろう。彼女は若くて影響を受けやすい。特に悪い影響を受けてほしくないんだ」

「腹の立つ人ね」ジュリアナは冷たく言った。「わたしは気まぐれにキスをする相手であっても、妹さんと話をするにはふさわしくない人間だということね。それであなたが、わたしのことをどう思っているかよくわかったわ。でも、キティはあなたと話をしたがらないのではない？　あなたにもいろいろな面で欠けたところがあるのよ」

マーティンは険しい顔をしてジュリアナの腕をつかんだ。「〈クラウンズ〉から帰ったあの夜、わたしに欠けたところがあるとは思わなかったはずだ」

ジュリアナは笑い、嘲《あざけ》るように目を輝かせた。

「男の人の言いそうなことだわ。男としての欲望が欠けているなんて言っていないのに。わかっているはずよ。その点では合格だわ」

これ以上追及してはいけない。マーティンはよくわかっていた。しかし自分を抑えられない。いつものようにジュリアナは彼を怒らせた。彼女は馬の鞍《くら》の下に入り込んだとがった小石のようなものだ。どんなに抑えようとしてもいらだたずにはいられない。そのうえ、彼女は謎だ。取りつくろった態度の裏に何があるのか彼は知りたかった。

「豊富な男性経験に照らしての意見だろうな」彼は静かに言った。

ジュリアナの目をある表情がよぎった。だが肩をすくめて彼の言葉を受け流した。「前にも言ったように、過去の恋愛経験を話すつもりはないわ」

マーティンはかっとした。「言う気がなくてもわたしは知りたい」

「正確には何が知りたいの？」ジュリアナの声は氷のように冷たい。「わたしの愛人の名前とそのかかわりについて詳しくということ？　なぜ知りたいの？　まさか嫉妬しているんじゃないでしょう？」

　短い沈黙があった。

「そうだ」マーティンは言った。「そう、わたしは嫉妬している」

　ジュリアナの仮面の下から素顔がのぞいた。顔が紅潮し、信じられないというように目を見開く。彼女は急にか弱く見えた。「なんてことなの」彼女はの声はかすかに動揺している。「嘘《うそ》をつくと思ったのに」

　マーティンは彼女に近寄った。顔を近づける一瞬、ときが止まった。彼の唇の感触はやさしかったが、それが互いの心に火をつけた。マーティンはジュリアナを激しく抱き寄せ、改めてキスをした。もはややさしいものではない。ジュリアナは彼にすがりつき、抵抗できなくなって口を開いた。もう演技など必要ない。激しい欲望にマーティンは息もできないほどになった。舌と舌を絡ませて頭がくらくらするまでむさぼる。だがそのときジュリアナが顔を離し、彼を押しのけた。彼女が無理をしているのが感じられる。無視してまた抱き寄せたい気はあったが、マーティンは腕を下げた。

　ジュリアナは唇をかんだ。「だめよ」彼女はそう言って顔を上げ、まっすぐに彼の目を見た。「あなたは混乱しているわ。そして今はわたしも混乱している。わたしをよく思っていないことを忘れないで。もう帰らなくてはいけないわ」

　マーティンは手を差し伸べた。「ジュリアナ」

「それから」彼女はきっぱりとつけ加えた。「愛人にしたいという申し出には応じないわよ」

　愛人にしたい。マーティンは衝撃を受けた。考えたこともなかった。

　ジュリアナはベルの紐を引いた。ドアの外で待機していたようにセグズベリが現れた。気がつくとマーティンは屋敷の外階段の上にいた。ポートマン・スクエア七番地を出て何も目に入らないまま歩いていった。危うく貸し馬車にはねられるところだった。

　彼はジュリアナにキスするのを長いあいだ待っていた。この前キスをしたときからずっと。そしてそれが現実となった今、またキスをしたい。すぐにも。何度でも。彼はうめいた。時機が悪い。ほかのレディを紹介されているというのに。それも理想の妻になりそうな敬愛できるレディに。評判の悪いべつの未亡人にキスをしている場合ではない。

　愛人といえば、たとえ彼が妻と愛人を同時に持てる人間だったとしても、それを口にはできない。自分でよくわかっている。そんなことを言ったら彼女を侮辱することになる。

　彼女のためによくない。

　マーティンの頭はその考えでいっぱいだった。

　しかし、なぜ彼女のためによくない？　ジュリアナはたくさんの男とかかわっているという評判だ。あれほど評判が悪くては、結婚できないだろう。財産でもあればべつかもしれないが、多額の借金を抱え、ほとんど破産しているといっていい状態だ。上流社会でわずかに彼女を守っているのは、未亡人で侯爵の娘だという身分だけだ。

　不思議なことに、彼女の置かれた立場を考えてみても気が楽になるどころか腹が立ってきた。

　〝あなたは混乱しているわ。そして今はわたしも混乱している〟

　そのとおりだとマーティンは思った。わたしはひどく混乱し、どうしようもなく嫉妬している。彼女を腕に抱いたときには、彼女は自分のものだという気がした。あの夏の日、アシュビー・タラントでの幸福な時間が苦々しく思い出された。

　だが、そんなことで判断を鈍らせてはならない。ジュリアナは予測がつかないほど危険な存在だ。そしてキティに恐ろしい影響力を持っている。キティの借金を帳消しにしてくれた心づかいを思い出して、彼は顔をしかめた。あれは妹を賭博の深みにはめて、破滅させようとしている女性のすることではない。

　マーティンは思いまどった。ジュリアナがほしい。だが手に入れることはできない。だからといって、どうすればいいのかまったくわからなかった。

7

「若いレディがお会いしたいそうです、奥様」次の日の午後、ジュリアナが買い物から戻るとセグズベリが告げた。ポートマン・スクエア七番地を若いレディが訪れることはめったにないのに、執事はまったく無表情だ。「正確にはおふたりです。ミス・キティ・ダヴェンコートと、ミス・クララ・ダヴェンコートです。青の間にお通ししました。ひょっとして……」

「ひょっとして感じやすいふたりが、図書室の裸体の彫像にショックを受けるといけないと思ったのでしょう」ジュリアナが引き取って言った。「ありがとう、セグズベリ。感謝するわ」

帽子とコートを執事に渡し、ジュリアナは下男が馬車から降ろしている買い物包みの山を満足そうに見たあと、青の間に向かった。キティとクララのダヴェンコート姉妹の訪問の目的はわからないが、ここに来たことをマーティンは知らないに違いない。できるだけ早くふたりを帰そうと彼女は決めた。若いレディとのおしゃべりなど少しも面白くないし、それに自分を友だちだと思ってもらいたくなかった。彼女たちの兄に知られたら、妹たちと親しくするなとまたお説教されるにきまっている。何より悪いのはマーティンが正しいことだ。ポートマン・スクエアを訪問したら、ダヴェンコート姉妹の評判に傷がつく。

ジュリアナは鏡の前に立ち、髪を直してドレスを撫《な》でつけた。キティとクララが来たせいで、マーティンが再び訪ねてきたらそれこそ最悪だ。彼には会いたくない。会えば必ず彼がほしくなる。腕に抱かれるだけでは足りない。彼のすべてがほしい。あの道義心、高潔さ、守ってくれる力がほしい。ジュリアナは彼に愛してほしくてたまらない自分に腹が立った。しかも侮辱されていると感じるほどの相手に。

ジュリアナは鏡を見ながら顔をしかめた。マーティン・ダヴェンコートとは離れていよう。そして彼の子供のような妹たちとも。

ジュリアナが入っていくと、ダヴェンコート姉妹が立ち上がった。今日のキティは淡いピンクの服を着てきれいに見える。それでもクララの前では陰が薄かった。クララは健康的で生き生きとしていて、輝くばかりに美しい。クリーム色のきめの細かい肌、濃い青の大きな目、そしてその顔を形よく波打つ長い金髪が囲んでいた。

「レディ・ジュリアナ」クララがそう言ってまともに見つめるので、ジュリアナは笑いをこらえた。わたしのどんな噂《うわさ》を聞いているのかしら？　立派な年配の女性や付き添い人《シャペロン》たちは、わたしを子供を脅かす鬼に仕立てたのではない？　〝行儀よくしないとレディ・ジュリアナ・マイフリートのようになりますよ〟

「わたしたち」クララがようやく口を開いた。「おたずねしたいことがあって……」

「そう？　何をききたいの、クララ？」

クララは一瞬困った顔になり、それから微笑した。すばらしい笑顔で、昇る太陽のようだ。

「本当はお会いしたかったんです」クララは無邪気に言った。「キティにあなたのことをいろいろ聞いたので」

ジュリアナはキティを見た。キティは顔を赤くしている。

「それはわかるけど」ジュリアナはそっけなく言った。「わたしは見せ物ではないのよ。それにあなたたちがここに来ていることを、お兄様は知らないのでしょう。気づかれる前にお帰りなさい」

キティがクララの腕を引っ張った。「レディ・ジュリアナの言うとおりだわ、クララ。ご迷惑をおかけしては……」

ジュリアナはちょっと気の毒になった。キティは見るからにがっかりしている。ジュリアナはキティに助言したことを思い出した。助言するなんて、頭がどうかしていたに違いない。

やさしい外見からすると驚くが、クララは姉よりずっと気が強そうだ。強情そうな顔を姉に向けた。

「でも、わたしはレディ・ジュリアナに助けてくれるようにお願いしたいの。助けてくれるとあなたに約束してくださったのではないの？」

「わたしはおとぎばなしの親切な妖精《ようせい》ではないわ」ジュリアナは言った。だが、自然に声がやわらいだ。

彼女の態度が穏やかになったのを感じ取ったクララは勝ち誇ったような笑みを浮かべた。

「お願いです、レディ・ジュリアナ。助言してほしいんです。あなたにはとても親切にしてもらったとキティが言ったので」

ジュリアナはとまどった。キティが自分を面倒見のいい天使のような人間として話したとは予想もしていなかった。彼女はクララを見た。見返すクララの澄んだ青い目に強い光があった。ジュリアナはほほえんだ。ダヴェンコート一家ではマーティンがいちばん頑固だろうと思っていたが、それはクララに会う前のことだった。

ジュリアナはため息をついた。

「いいわ、少し時間をあげましょう。座ってお茶をどうぞ。そうしたらすっかり話してくれるわね？」

三十分後、ジュリアナは頭がくらくらしていた。マフィンをほおばり、お茶を何杯もお代わりする合間に、クララは自分と姉が抱えている問題をすべて話した。キティは静かに座っていて、まるっきり妹の影のようだ。それでもときどきうなずいたり、短い言葉をはさんだりした。

「わたしたち、結婚したくないわけではないんです、レディ・ジュリアナ」クララは目を大きく見開いた。「ただわたしたちの出会った紳士がみんな、しっくりしないだけで。キティは田舎が好きな人を、そしてわたしは……眠くならずにいられるだけの価値がある人を見つけられないんです」またひとつマフィンを口にほうり込んだ。「わたしはすぐに眠ってしまうというひどい癖があるんです。社交シーズンって本当に退屈だわ。それにこの時期はとても暑くて、眠くなるの。眠っては困る場所で眠ってしまうんですよ。舞踏室とか劇場とか……」

「ああ、劇場では誰だって眠ってしまうわ。ほら、長いこと話をしないでいると眠くなるでしょう。でも、紳士があなたと話そうとしているときには眠るのはよくないわね、クララ」

「でも、眠ってしまうんです」キティが言った。

クララはばつが悪そうに頬を染めた。「わたしに近寄ってくる男性はみんなとても退屈なんです。わたしに目を覚まさせておくことができないのよ」

ジュリアナはのどまで出かかった言葉をのみ込んだ。「そうね、男の人は退屈してしまうほど気がきかないかもしれないわ。でも、興味を持つ価値がある人も中にはいるのよ。それにあなたにはきっと崇拝者がたくさんいるのではない、クララ？　あなたはとてもきれいですもの」

クララは軽く肩をすくめた。「ええ、言い寄ってくる人はたくさんいます。キティとわたしは財産も十分あるし。だからみんなが寄ってきて、よけい厄介だわ。相手をしなくてはならない人がたくさんになって。エアコール伯爵が昨日の朝、わたしに結婚を申し込んだのです。だけど彼が話をしている途中で眠ってしまったの。そしてゆうべオペラを見に行って伯爵に会ったら、わたしたちをまったく無視したわ」

「あの人を責められないわ」キティはビスケットをかじりながら言った。「あなたはすごく無作法なことをしたんですもの」

「残念だけどキティの言うとおりね」ジュリアナは冷ややかに言った。「男の人は、自分ほど人を魅了する話し手はいないと思いたいものなのよ。特に自分のことを話すときには。でも」声をやわらげて続けた。「好ましい男性だったら、一緒にいる時間を楽しめるように起きていたいと思うはずよ」

クララはきまり悪そうにますます顔を赤くした。

「そうね。ああ、なんて難しいことなの」

ジュリアナは眉を上げた。「あなたもキティのように田舎でひとりで暮らしたいと思っているの？」

キティは笑いをかみ殺した。クララは身震いして言った。「とんでもない。田舎は恐ろしくつまらないところだわ。散歩に乗馬、それに球技しかすることがなくて……。いいえ、わたしはただ、家を切り盛りするなんて、そんな退屈なことをするのがいやなだけです。考えただけでもぞっとするわ」

ジュリアナは眉をひそめた。「それではキティは田舎を愛する求婚者を、そしてあなたは面白みがあって、家を切り盛りする召使いを何人も雇える紳士を求めているということね。難しい注文だわ。でも、考えてあげなくては。誰なら条件にぴったり合うかしら？」

「急いでいただけますか？」クララが期待をこめて言った。「ミセス・オルコットが、わたしを弟さんの相手にちょうどいいと思うとほのめかしたんです。あの人はやり手だから、いいように振り回されて、言いなりにされてしまいそうだわ」

「ああ、チャーリー・ウォルトンとは結婚できないわ。あんな退屈な人はいないんですもの。お姉さんにそっくりだわ」

クララはくすくす笑い、ますます陽気な顔になった。「ミセス・オルコットって恐ろしく退屈ですよね？ おまけにいつでもキティとわたしのあら捜しをするの。わたしは太っていて、とても怠け者で、服の趣味が悪い……」

「あなたはとてもきれいだし、お金持ちよ。彼女は嫉妬《しっと》しているにきまっているわ、クララ」

クララは目を丸くした。「そう思います？ あなたの言うとおりかもしれないわ。あの人、マーティンにはすごくやさしいのに、わたしには冷たいの」

いくらサリーナ・オルコットでもクララを結婚させて屋敷から追い出すようなことができるだろうか、とジュリアナは考えた。クララは怠け者かもしれないが、怠惰で通そうと決めているようなところがある。

「とても腹が立つわ」おとなしいキティがしっかりした口調で言った。「マーティンはミセス・オルコットがどんな人かわからないのよ。兄は彼女と結婚するかもしれないわ。どうして男の人ってこうなんでしょう、レディ・ジュリアナ？」

「まあね、しかたがないのよ」ジュリアナは言った。「目の前で起きていることに気がつかないの。あなたたちは心配事をお兄様に話せた？　打ち明けられたの？」

ふたりの娘はおびえた顔をした。「いいえ」キティが言った。「マーティンにはけっして話さないわ。とても忙しくてわたしたちをかまってくれる暇がないんですもの」

「すばらしい兄なのよ」クララが口をはさんだ。「わたしたち大好きなんです。でもちょっと怖いの」

ジュリアナの口もとがゆがんだ。「彼が怖い？　怖がる必要などないわ」

「ええ」キティは疑わしそうな顔だ。「ただ、兄はいつでも……」

「わたしたちを非難するの」クララが引き継いだ。「わたしたちは兄をすごく失望させているんです。ブランドンも。ブランドンは悩みがあるのだけれど、マーティンには言おうとしないのよ」

「わかっているわ」ジュリアナはため息をついた。「あなたたちみんなマーティンを近寄りがたい存在だと思っているのね。確かに怖く見えるけれど、彼はあなたたちのことをとても心配しているわ」彼女は笑った。「わたしにも兄がいるから、あなたたちの気持ちがわかるの」

キティの目がきらりと光った。「お兄様が怖いのですか、レディ・ジュリアナ？」

「とてもね」ジュリアナは言った。「いいえ、少しだけよ、キティ。でも兄にはよく思われたいの」本心だと自分で気づいた。

「お兄様って、ジョスリン・タラント卿《きょう》でしょう？」クララが夢見るように言った。「すごくハンサムな方ですね。それに、わたしが起きていられそうなお友だちがいるわ。お近づきになりたい！」

ジュリアナは気が重くなった。娘がジョスの遊び仲間を好きになったら、どんな親にとっても悪夢に違いない。マーティンが知ったらなんと言うだろう。

「兄のお友だちって、誰のことかしら、クララ？」

クララは頬を染めた。「フリート公爵です。すごくハンサムでしょう？」

「ええ、そうね」ジュリアナはそう答えて眉をひそめた。「セバスチャン・フリートはギャンブラーなの、クララ。遊び人だし、あなたにはまったくふさわしくない相手だわ。お兄様はけっして賛成しないわよ」

クララの目がまた強情そうに光った。「でも、フリート家はお金持ちだと聞いたわ。それならわたしが何もしなくても平気でしょう。あの方に紹介してくれませんか、レディ・ジュリアナ？」

「いいえ、だめよ」ジュリアナは答えた。「わたしだけでなくほかの誰だって紹介しないでしょう。セバスチャン・フリートは問題外よ」

クララはがっかりしたようだったが、いくらか元気を取り戻して言った。「それならレディ・タラントのお兄様はどうかしら？　サー・リチャード・ベインブリッジは？　彼もとても魅力的だわ」

「リチャードは軽率なろくでなしよ」ジュリアナは言った。「だいいち、お金がないの。あなたはわたしと同じくらい男性の趣味が悪いわね」

クララはくすくす笑った。「あの方たちがあなたの知り合いなのは不思議ですね」

「不思議でもなんでもないわ。あなたやキティに結婚相手を探すのにわたしほどふさわしくない人間はいないのよ。わたしが知っている男性は、まったくお勧めできない人ばかりよ」

「マーティンがいるわ」キティが指摘した。「兄は結婚相手として最適だし、とても真面目《まじめ》でしょう」

「あなたのお兄様は例外だわ。わたしの知り合いでたったひとり立派な人よ」

　そう言いながらもジュリアナは、彼はみんなが思うほど品行方正ではないとひそかに思った。確かに、彼のキスは紳士的ではない。

　キティはため息をついた。「マーティンがミセス・オルコットと結婚しないでくれればいいんだけど。あなたと結婚してくれたほうがずっと楽しそうだわ」

　ジュリアナはどきりとしたが、すぐに感情を抑えた。「ありがとう、キティ。でも、あなたのお兄様とわたしは合わないのよ。絶対に」

　クララは強いまなざしでジュリアナを見つめていた。眠そうなところはどこにもない。不意に、セバスチャン・フリートの独身生活も長くないとジュリアナは思った。ほしいものがあれば、クララはさっさと行動を起こして手に入れるだろう。

　ベルが鳴った。ジュリアナは憂鬱《ゆううつ》になった。ミセス・エマ・レンではありませんように。あるいは、もっと悪いことにジャスパー・コリングでも。

　娘たちはおびえた顔を見合わせた。

「もしかして」キティが言いだす。「マーティンに気づかれたのかもしれないわ」

「ああ、どうしよう」クララが泣き声をあげた。

　ドアが開いた。

「ミスター・ダヴェンコートがお見えです」セグズベリがいかめしく告げた。「お茶を新しくお持ちしましょうか？」

　ジュリアナは見て取った。クララの当惑した後ろめたそうな顔、キティの青ざめた顔、そしてマーティン・ダヴェンコートの不機嫌そうなしかめっ面を。

「そうしてちょうだい、セグズベリ。いれたてのお茶だけでいいわ」

クララとキティが神妙にジュリアナ・マイフリートの屋敷のソファに座っているのを見て、マーティンは心からほっとした。上流社会でもっとも悪名高い未亡人を訪ねるという妹たちの天真爛漫《てんしんらんまん》な愚かさが信じられない。言いだしたのはクララだろうと彼は思っていた。怠惰ではあっても彼女はばかではない。そして、何かしたいと思ったらいちずで、どんな障害もものともしない。彼女はジュリアナ・マイフリートと話したかったのだ。わたしとではない。わたしと話したいと思う者はいない。ブランドンもそうだし、キティとクララもジュリアナを選んだ。どうしてなのかさっぱりわからないが、腹立たしいことこのうえない。

マーティンは妹たちを見た。ふたりとも後ろめたそうな当惑した顔で、しょんぼりと座っている。マーティンの怒りは消えた。弟や妹に恐れられたくない。怖がられていると思うとひどくむなしくなる。

ジュリアナが立ち上がり、儀礼的なこわばった笑顔で近づいてきた。彼女が片手を差し出すと、マーティンは歯を食いしばってその手の上に頭を下げた。ジュリアナの香りが彼を包んだ。甘くかすかな百合《ゆり》のにおいだ。その香りに、柔らかな肌や乱れた赤い髪が思い出され、めまいがしてくる。だが今はレディ・ジュリアナ・マイフリートの美しい肢体の魅力や、自分自身のどこか矛盾した彼女への思いにまどわされているときではない。

「こんにちは、ミスター・ダヴェンコート」ジュリアナは言った。「一緒にお茶をいかが?」

マーティンはもう少しで断るところだった。だがクララの悲しげな顔を見て、表情をやわらげた。

「喜んで」彼はそう言ってソファの向かい側に座っ

た。兄に見つめられて、妹たちはいっそうしおれた。

「マーティン」ささやくほどの声でキティが言った。

「わたしたち……」

「キティとクララは親切にわたしを訪ねてくれたのよ」ジュリアナは穏やかにそう言って、マーティンのカップにお茶をついだ。「ミルクはどう？　それからお砂糖も？」

「砂糖はいらない。ありがとう」マーティンは事務的に言った。「おまえたちは、レディ・ジュリアナを訪問する必要はない。親切にしていただいた礼は、先日わたしが訪問して伝えた」

ジュリアナの口もとに皮肉な笑みが浮かんだ。それに気づいたマーティンはまたいらいらした。

クララが頬を染めた。「わたし、思ったの。もしかしたらレディ・ジュリアナは」途中でやめたのは、キティに足首を蹴《け》られたためだ。

「もしかしたら、なんだ？」マーティンがきいた。

「レディ・バドベリのパーティでキティが落としたハンドバッグを拾ったのではないかと思ったのよね？　残念ね、拾っていなくて」

マーティンはジュリアナを見た。嘘《うそ》だとわかってもかまわないと彼女は思っている。つんと上げたあごに、何か言いたければ言ってみなさいといわんばかりの気持ちが表れていた。

「キティとクララは今、シャペロンがいないそうね」ジュリアナは続けた。「これからはあなたが自分でその役を引き受けるつもりなの？　男性のシャペロンが大流行するでしょうね」

クララがくすくす笑った。

会話は続かなかった。娘たちもジュリアナも何も言いたくないらしい。ジュリアナはわたしを当惑させるためにわざと黙っているに違いない、とマーティンは思った。わたしが来たとき、みんなはいったいなんの話をしていたのだろう。ドアが開いたほんの一瞬に、クララの興奮した顔と、見たことがないほど生き生きしたキティの顔が見えた。彼が入っていくとすべて消えてしまった。マーティンはお茶を飲み干した。

「さて、帰ろう、キティ、クララ」彼はぎこちなく言った。

レーヴァーストック・ガーデンズまでの短い帰路のあいだに、マーティンは奔放な未亡人を訪ねることは軽率だと妹たちによく言い聞かせようとした。だが会話はちっともうまく進まなかった。

「おまえたちはなぜレディ・ジュリアナを訪ねなくてはならないと思ったんだ?」彼は穏やかにきいた。

キティは口を固く結び、クララが彼の視線を避けて言った。「キティに親切にしてもらったお礼を言いたかったの、マーティン。ああ、それからもちろんハンドバッグのこともききたかったし」

マーティンは嘘を無視した。「だが、わたしがもう礼を言いに行ったことは話しただろう。おまえたちまでが行くことはなかったんだ」

クララはふっくらした肩をすくめた。

「ふたりとも、二度とレディ・ジュリアナのところに行ってほしくない」

沈黙があった。キティは元気なくうなずいた。だがマーティンは、クララが爆発しそうになっているのを見て取った。彼は念を押した。

「わかったか、クララ?」

クララはさっと顔を上げた。「どうしてレディ・ジュリアナのところに行ってはいけないの?」

「レディ・ジュリアナはおまえたちが親しくするようなレディではない」マーティンは厳しく言った。

「なぜ?」

マーティンは少年時代に小さな妹たちにつきまとわれ、質問攻めにされたことを思い出した。彼はため息をついた。

「彼女が評判のいいレディではないからだ」

「どうして評判がよくないの？」

　マーティンはクララをにらみつけた。「クララ、おまえはもう物事のよしあしを判断できる年齢になっているだろう。レディ・ジュリアナはギャンブラーで、しかも……」

「しかも、何？」

「おまえたちに悪い影響を及ぼすからだ」マーティンは言いきった。

「わたしとキティが簡単に影響されると思っているの、マーティン？」無心な目だ。だがマーティンはだまされなかった。怒鳴りつけたいのを抑えて言う。「そうならないように祈る。とにかくおまえたちのためにはよくない」

「わたしたちがレディ・ジュリアナでなくて悪い紳士に会いに行ったら、もっとよくないでしょう」クララは楽しそうに言った。「レディ・ジュリアナは悪い男の人たちと知り合いだとアラミンタが言っていたわ」

　マーティンは会話の主導権を奪われたのを感じた。

「クララ」

　クララが彼を見た。「わたし、レディ・ジュリアナが好きよ」大きな青い目で探るように彼を見た。「キティだって好きなのよ。ブランドンも。お兄様も好きなんでしょう？　彼女をじっと見つめているのを目にしたことがあるもの」

　マーティンは髪をかき上げた。

「クララ、そういう問題ではないんだ。ブランドンとわたしは、彼女と大人のつきあいができるが、おまえたちはつきあわないほうがいい」

「そんなの不公平だわ」

　マーティンは歯を食いしばった。どう考えてもクララの言うことのほうが正しい。「とにかく、おまえもキティも、二度とレディ・ジュリアナに会ってはならない」

沈黙が流れた。

「どうしていけないの？」クララがきいた。

マーティンは顔をしかめた。「わたしが禁じるからだ」

クララの青い目が非難をこめて彼をにらみつけた。キティでさえとがめているようだ。自分も両親に質問して、そう答えられるのがいつもいやだったことをマーティンは思い出した。


「十分遅刻よ、ミスター・ダヴェンコート」ポートマン・スクエアに戻ると、ジュリアナが冷ややかに彼を迎えた。

「なんだって」マーティンは眉を上げた。予想もつかないことを言われて当惑した。

ジュリアナはわざとらしく時計を見た。指を折って数え上げる。「妹さんたちをレーヴァーストック・ガーデンズに送り届けるのに十分。馬車の向きを変えるのに五分。そしてここまで戻るのに十分。正味二十五分なのに、十分遅かったわ」

マーティンは暖炉に歩み寄った。「わたしが戻るとなぜわかった？」

ジュリアナは嘲《あざけ》るような視線を投げた。「まあ、ミスター・ダヴェンコート。礼儀上、妹さんたちがいる前では遠慮していたことを言うために戻ってくるくらいわかるわ」

マーティンはにやりとせずにいられなかった。彼女の冷静さには感心するしかない。彼女は完璧《かんぺき》に落ち着いて見える。だが三日月形の飾りがついた銀のネックレスの上ののどくぼみがぴくぴくと引きつっていた。マーティンの目はそこに吸い寄せられた。それから無理に目をそらした。

「どんなことか言ってくれないか？」彼は穏やかに

水を向けた。

ジュリアナは優美に肩をすくめた。「そのほうが手間が省けるのなら。あなたは前になんと言ったかしら？」肩をそびやかす。「妹さんに近づかないでほしいのでしょう。若くて感じやすいから、わたしの悪い影響を受けてほしくないと」

マーティンは探るようなまなざしで彼女を見た。

「ありがとう。わたしの言ったとおりに覚えていてくれて」

「覚えていますとも。キティとクララにもわたしに近づくなと言ったの？　わたしに会いに来たのは彼女たちなのよ。わたしが来るように言ったのではないわ」

「わかっている。妹たちは二度とここに来ることはないだろう」

ジュリアナは顔をそむけ、痛烈な皮肉を込めて言った。「クララとキティがお行儀よくお茶を飲んでいるのを見たときには、さぞほっとしたでしょうね。わたしにたぶらかされていないことがわかって」

「確かにほっとしたが、驚きはしなかった」同じように冷ややかな口調でマーティンは言った。「正直言ってわたしは妹たちに、この屋敷を訪ねるのを控えるほどの良識を持っていてほしかった」

ジュリアナは顔をしかめた。「穏やかではないわね。なんていやな言い方かしら。妹さんたちは一緒にいて楽しい相手だわ。叱《しか》られてばかりいても、いじけていないし」

マーティンはひどく腹が立った。「レディ・ジュリアナ、この先キティにもクララにも近づかないと約束してもらえるだろうか？」

「約束？」緑色の瞳が嘲るように輝いた。彼に歩み寄って、首をかしげ、つくづくと顔を見た。見つめられてマーティンは落ち着かなくなった。「約束したら、わたしを信用してくれるの？」

マーティンはもじもじした。「守ってくれるというなら信じたい。だが……」

「だが、何？」

「ハイド・パークの出来事があってから、きみが信用できる人かどうかわからなくなった。きみは後悔していると言ったが、しかし……」

「しかし？」

「またあんなことをする可能性はつねにある。きみは何をするか、まったくわからない」

「わたしの頭がおかしいと言いたいのね」ジュリアナは顔をしかめた。不意にマーティンは、彼女が自分の言葉に傷ついたと感じた。「単刀直入すぎるからといって、あなたを責められないわ。あなたは正直ね、残酷なほどに。誤解のないようにしましょう。わたしは妹さんたちに近づかないようにするわ。でも、もし彼女たちのほうから来たら、追い返すこともないわ。わたしはキティとクララが好きなの。そして彼女たちには話し相手が必要なのよ」

マーティンは険しい目をした。激しい挫折《ざせつ》感を味わい、同時に彼女の言葉が正しいことにひどく気落ちしていた。いくらキティやクララに言って聞かせても、事態はちっともよくならない。それでいて何かを失いつつあるという気持ちが強くなっている。

「だからといって、きみに話し相手になってほしいとは思わない」

ジュリアナは眉を上げた。「その役目にふさわしいのはあなたの結婚相手なの？」

「そうだ」

ジュリアナがさっと回って彼と向き合うと、灰色がかった赤のシルクのドレスがふわりとふくらんだ。

「もっとはっきり言ったらどう。ためらわずに」

マーティンは彼女をにらんだ。「わかっていると思っていた。わたしの新しい妻はいい影響力を持っているはずだ。きみは……」

「わたしは？」

マーティンはため息をついた。「きみが妹たちをわざとまどわすようなことをしないと信じている」

「ありがとう」エメラルドのように輝く目はまじろぎもせず彼を見つめている。彼は動けなかった。

「それでもあなたは、妹さんたちを信用してわたしに会わせようとは思わないのね」

マーティンはちょっと手を広げた。「他人がどう思うか考えてほしい。大事なのはわたしの考えではない。世間の目だ。キティとクララがきみと一緒にいるところを見られたら、ふたりの評判に傷がつくにきまっている」

ジュリアナはシルクの衣《きぬ》ずれの音をさせて彼に背を向けて離れた。マーティンは深く息を吸った。レディ・ババコームが主催した夜会で、彼女が廊下で泣いているのを見たときと同じ後悔に襲われた。彼女を腕に抱き、慰めたい気持ちでいっぱいだ。だが、それはできない。それはお互いにわかっていた。

「わたしはただキティとクララを守りたいだけだ」マーティンは静かに言った。

ジュリアナはうなずいた。「ええ、わかるわ」また顔を上げた彼女の目は冷ややかだった。「早く花嫁を決めるのがいちばんよ。妹さんたちには助言してくれる人が必要だわ」

「妹たちはきみに助言を頼もうとしたんだな？」言葉がひとりでにマーティンの口から出た。ジュリアナがひるんだような気がしたが、よくわからない。

「とにかくあなたには頼まなかったのね」冷たい口調だ。「賢明だと思うわ。女性の服の流行について何か知っている？ 散歩服にはどんな手袋が合い、イヴニングドレスにはどれが合うかわかる？ 結婚したくないと思っている若いレディにはどう言うの？ 結婚はしたいけれど、望ましくない男性を選んでしまったレディには？」

マーティンはぞっとした。「妹たちが恋をしているというのか？」

ジュリアナは静かにほほえんだ。「そんなことはないわ。でも、もしも彼女たちが恋をしたら、あなたは助言できる？」彼の目をじっと見た。「彼女たちはあなたには話したくない。そして話す相手としてわたしを選んだの。それでわかるでしょう。さようなら、ミスター・ダヴェンコート」

マーティンが帰ると、ジュリアナは寒けを覚えた。キティとクララがいたときには笑い声が響いていたこの屋敷は今、ひどく静かで、わびしく感じられる。

ジュリアナは小間使いに命じて火を焚《た》かせた。そして炉辺に座って暖まろうとした。この先キティとクララに会えなくても、どうということはないと自分に言い聞かせる。ダヴェンコート一族などどうでもいいと。だが不意にその言葉がむなしく思えた。ほんのわずかな時間で自分があの一家に惹《ひ》きつけられてしまったのかと思うと怖くなる。確かにわたしは彼女たちのことが気になるのだ。

ジュリアナは身震いした。自分がマーティンの弟や妹たちにとって欠かせない存在だと考えるなんてばかげている。いつの間にかそう思うようになっていたことに、マーティンに指摘されるまで気づかなかった。今やその気持ちはすっかり失われたけれど。彼になんと言われようと、本気だったのに。

ジュリアナはさっと立ち上がると、マントルピースの上の招待状を手にとって選びはじめた。このところ昔からの友人とのつきあいをおろそかにしている。エマ・レンが今夜、晩餐《ばんさん》会を催す。面白そうだ。

ジュリアナはまた腰を下ろし、招待状をばらまいた。エマの暑苦しい部屋でカードをしたくない。悪意のある噂話を聞きたくないし、ジャスパー・コリングたちのほのめかしを受け流したくもない。それよりレディ・イートンの舞踏室で、キティの相手になりそうな男性を物色したい。クララがフリート公爵と近づきにならないよう見守りたい。そしてブランドンがひそかに思いを寄せるレディを見てみたい。

でも……わたしはあの一家とはなんのかかわりもない。身内でもないのだ。マーティンにそのことを思い知らされた。

ジュリアナは立ち上がってベルを鳴らし、ハティを呼んだ。エマの晩餐会に出かけよう。家になんていられないわ。

8

イタリア人歌手のすばらしいアリアを聴きながら、どうしてこんなに憂鬱《ゆううつ》なのかとマーティンは思う。隣には薔薇《ばら》色の紗《しゃ》のドレスを着てとても優美に見えるクララがうっとりした顔で座っていた。その向こうには淡い黄色のドレスのほっそりしたキティが、そしていちばん端にブランドンがいる。ブランドンは落ち着かなく袖口《そでぐち》をもてあそんでいて、音楽に興味があるふりさえしようとしていない。マーティンの後方にレディ・ジュリアナ・マイフリートが座っている。姿は見えなくてもマーティンにはわかる。実際には三列ほど後ろなのだが、彼女の存在を意識せずにいられない。

ジュリアナと会ってから一週間が過ぎた。そのあいだ彼女のことが頭から離れなかった。訪ねていって、先日の尊大で無礼な態度を詫《わ》びようか？　ほとんどそうするつもりになっていた。ある舞踏会でジュリアナがエドワード・アシュウィックと腕を組んでいるのを目にするまでは。その光景を見て激しい怒りに駆られ、さらに今夜の彼女がまたアシュウィックにエスコートされているのを知ると、ますます彼女に近づく気になれなかった。

通路を隔てた席からサリーナ・オルコットが身を乗り出してマーティンの注意を引いた。ほほえんでうなずきかける彼女に、マーティンもいらだちを隠してほほえみ返した。アリアが終わり、幕間《まくあい》が告げられると、サリーナは小さく手招きした。マーティンは気が重くなったが、礼儀正しく彼女に近づいた。

サリーナは隣のあいた席をたたいた。マーティンは腰を下ろして社交辞令を言った。

「音楽を楽しんでいますか？」

「ええ、とても」サリーナは彼を見て目をしばたたいた。「すばらしいわ」

「思わないかな、高音が少し――」

「きつすぎる？　いいえ、そうは思わないわ。ラ・ペルラは見事よ」

「彼女の歌は非常に――」

「いいでしょう？　すばらしく芸の幅が広いと思いません？」

「この部屋は完璧《かんぺき》に向いている――」

「音楽会に？　ええ、本当にふさわしい部屋ね」

マーティンはかすかに眉をひそめた。サリーナは真剣なまなざしで彼を見ている。彼が次に言うことを読んで先回りしようとして額にしわを寄せていた。これには困惑させられる。まるで彼女はもう夫婦になったつもりで相手の心を読み、その言葉を引き取って話そうとしているように思えるのだ。

「ミセス・ダストンはいつもこのような――」

「趣味のいい催しをするでしょう？　ええ、そうなのよ」

　これは異常だ。なぜもっと前にこのことに気がつかなかったのだろう、とマーティンは思った。この先死ぬまで、言おうとしたことを最後まで言わせてもらえないのだろうか？　彼は立ち上がった。

「よかったら持ってこよう」

「レモネードを？　ええ。ありがとう」

「わたしは行って――」

「食堂にね。あなたのワインも一緒に持ってきて」

　マーティンは厳しい目で彼女を見た。「ありがとう。行ってくる」

　彼は急いで歩きだした。肩越しに見るとサリーナは笑顔ではにかみながら小さく手を振った。彼はひるんだ。ブランドンがジュリアナ・マイフリートと親しげに話しているのが目に入り、よけい気が重くなった。赤みを帯びた金色のドレスにそろいの金色の髪飾りをつけたジュリアナは、生き生きしていてとても優美だ。彼女はエドワード・アシュウィックに、キティのためにレモネードを取りに行かせた。キティは頬を薔薇色に染め、部屋を横切っていくエドワードを幸せそうに見つめている。マーティンはぴんときた。ジュリアナはふたりを近づけようとしているのではないか？　アシュウィックはいつも彼女に忠実な男友だちだ。そして彼女の取り巻きでまともなのは彼ひとりだ。

　マーティンはレモネードのグラスと一緒に自分のためにワインを取った。そのとき、薔薇色の服がちらりと目に入った。クララがカードルームの戸口に立って、紳士と楽しそうに話している。フリート公爵だ。楽しそうなクララを眺めるうち、フリート公爵が賭博《とばく》好きな遊び人で、妹にこれほどふさわしくない相手はいない、とマーティンは思った。彼は顔をゆがめた。クララを公爵に近づけてはならない。まして妹があんなにうれしそうな顔をするとはとんでもないことだ。

　彼がふたりを引き離すために足を踏み出そうとしたとき、ジュリアナが視界に入ってきた。ジュリアナがブランドンのそばを離れ、クララの注意を引いたのだ。ジュリアナに小さく手招きされて、クララはフリート公爵に行儀よく断りの挨拶《あいさつ》をして、ジュリアナのそばに行った。マーティンはジュリアナが何事か小声で言って首を横に振るのを見た。クララが強情な顔をすると、ジュリアナはまた首を横に振った。声はまったく聞こえないが、マーティンにはこの場面の状況がわかった。ジュリアナはクララに公爵に近づくなと警告し、強情な妹が言うことを聞いている。マーティンはつめていた息を吐き出した。驚きと賛嘆の入り混じった気持ちだった。

　彼の視線を感じ取ったようにジュリアナが顔を上げた。ふたりの目が合った。クララに何か言おうとしていたジュリアナが口ごもったのを見て取って、マーティンはすっかりうれしくなった。自分が彼女に影響を与えているのは確からしい。彼女がかすかに頬を染め、まばたきして視線をそらした。かと思うとまた、こちらを見る。マーティンは激しい欲望を感じ、当惑してよろけそうになった。

「マーティン？」

　彼はひと口ワインを飲んだ。ブランドンが不思議そうに見ていた。

「ミセス・オルコットに手をやいたのではないか？　渋い顔をしていた」

　マーティンはワインをいっきに飲み干した。「そんなに顔に出ていたか？」

　ブランドンは笑った。「うんざりしているようだった」

　マーティンはため息をついた。「もう手遅れだろうか？」

「申し込みを取り消すのに？」

マーティンは弟を不機嫌そうに見つめた。「おまえまでミセス・オルコットと同じ話し方をしないでくれ。彼女は誰にでもあんなふうに話すのか？」

「そうだと思うよ」

「どうしてわたしは気づかなかったのかな？」

ブランドンはまた笑いそうになるのを抑えた。

「彼女はきれいだから、夢中になっていたのではないか？」

マーティンは弟をにらんだ。ジュリアナのことしか考えられないときにサリーナはきれいだと言われるのは筋違いに思える。「ばかなことを言うな」

「ぼくが？」ブランドンはワインのグラスを取るとゆっくり戸口のほうに歩いていった。まだ微笑している。「ばかなのは兄さんのほうだ。ふさわしくない女性に求婚して、自分でどうすることもできなくなっている。レディ・ジュリアナは魅力的で親切で寛大だ。ミセス・オルコットにはないものばかりだ。でも、レディ・ジュリアナは兄さんを選ばないと思う。彼女は兄さんにはもったいない」

兄と弟は一瞬見つめ合った。マーティンが笑いだした。

「妻の選び方についてわたしに助言する気か？」

ブランドンは肩をすくめた。笑みは消えていた。

「兄さんは人に助言することはできても、人の助言を受け入れることはできないんだね？」

マーティンはひるんだ。「そうかもしれないな。わたしは危険をおかしたくないんだ」

ブランドンの目がかすかに笑う。「ぼくは賭事《かけごと》は一切やらない。でも、危険をおかしても手に入れる価値があるものが存在するということはわかる」

ブランドンはグラスを掲げておどけたように挨拶をすると出ていった。マーティンはグラスを持って新鮮な空気を吸いにテラスに出た。サリーナ・オルコットのレモネードはすっかり忘れていた。

　ジュリアナの言葉を思い出す。〝わたしのことをよく思っていないことを忘れないで〟そして響き合うようにブランドンの言葉がよみがえった。〝彼女は兄さんにはもったいない〟

　弟の言うとおりかもしれないと思う。わたしは考えが浅くて非難がましい。世間の厳しい目にとらわれて自分の気持ちを無視していた。それは少しも立派なことではない。

　そのときジュリアナの姿が目に入った。彼女はずっと向こうの手すりの陰の薄暗いところに立っていた。そこは古い石の手すりにすいかずらが巻きついて、哀愁を帯びた香りを漂わせている。ジュリアナの姿にもどこか哀愁があった。石の手すりにもたれて遠い闇《やみ》の中に視線を投げている。肩を落とし、弱弱しくて孤独に見えた。マーティンはみぞおちを蹴《け》られたような気がした。

　彼がかすかに動いたのに気づいたのか、ジュリアナはこちらを見た。大きく見開かれた目が冷ややかになった。

「こんばんは、ミスター・ダヴェンコート」

　マーティンはお辞儀をした。全身が緊張した。なんでもいいから彼女に話しかけたい。シルクのような赤褐色の髪の感触を楽しみたい。全身が震えるほどのキスをしたい。一歩前に踏み出す。さらに一歩。

　ジュリアナは動かなかった。闇の中で彼女はとてもはかなげに見える。つかの間マーティンは彼女を守りたいという強い衝動と闘った。同時に激しい欲望とも。これがすべて彼女の演技だとしたら、わたしは人生で最大の失敗をすることになるだろう。わたしは理性的に判断を下すようにと教え込まれてきて、何事にも慎重だ。しかし、彼女には危険をおかす価値がある。彼はそう思った。

とうとうジュリアナのそばまで来た。すいかずらのにおいに混じってジュリアナの百合《ゆり》の香水の甘い香りがかすかに感じられる。彼女の体温と息づかいさえ感じ取れた。マーティンは手を伸ばした。

するとジュリアナは身を引いた。息をのんだのがマーティンにはわかった。ジュリアナはさっと彼から離れ、金色のドレスをひるがえして去っていった。マーティンはこれほど寒々とした思いを味わったことはなかった。

開いた窓から楽団の旋律が流れてくる。足音がした。サリーナ・オルコットが彼を捜してテラスに向かってくる。そして静かに彼を呼んだ。

「マーティン、どこなの？」

彼は耐えられなくなりそうだった。考える間もなくサリーナから離れ、テラスのドアを通って音楽会の会場に戻った。

「ジョスがあなたをよこしたのね」ジュリアナは不機嫌に言った。義姉《あね》にお茶を渡す手が震えて、受け皿にこぼれた。「来てくれなくてよかったのよ。わたしはとても元気なのだから」

「確かに変わりないようね」エイミー・タラントは穏やかに言った。「通り道だったから寄ったのよ。それにおとといのレディ・ストックレーの夜会のとき、あなたが気分が悪そうに見えたのを思い出して。もしかしたら……」

「酔っていると思った？　それともお金をすっかりなくしたとでも？」ジュリアナはいらいらとスカートの上のケーキの屑《くず》をつまみ取った。いつも善良なエイミーにはひどくいらいらさせられる。それに彼女の言うとおりなのだ。確かにこの二週間は、これ以上ないほど惨めな状態だったし、今も気分が悪いままだ。

二週間のうちに何度かダヴェンコート家の姉妹に

会った。といっても偶然だ。ボンド・ストリートで会ったときには、クララは歓声をあげて駆け寄ってきた。キティは落ち着いてドレスに合うスカーフを一緒に選んでほしいと頼んできた。あちこちの舞踏会や劇場では二、三言葉を交わした。そして音楽会のときはおしゃべりした。ブランドンは恋愛の悩みをまだマーティンに打ち明けていないと告白した。クララは相変わらずフリート公爵を追いかけている。だが少なくともキティだけは望ましい求婚者ができた。マーティンのことは彼女にはどうしようもない。音楽会の夜にテラスで彼から離れるのは、かなりの努力を必要とした。だが、そうするしかないのはわかっていた。

ジュリアナはエイミーに向きなおった。「あなたとジョスは田舎に発《た》ったころだと思っていたわ」いらいらした声で言う。「どうしてまだいるの？」

「ジョスの仕事の都合で延期したの」エイミーの目に怒りの色がひらめく。「ジュリアナ、何か言いたいのなら……」

「いいえ、ありがとう」

エイミーは立ち上がろうとした。「なぜわざわざ訪ねてきたのかしら。まったく時間の無駄なのに」

ジュリアナはぐっとつまった。「ええ、そうよ。二度と来ないでちょうだい」

エイミーはジュリアナをまっすぐに見た。口をつけていないお茶のカップを下に置いて立った。「わかったわ。もう来ません。さようなら」

驚いたことに、ジュリアナはわっと泣きだした。自分で自分に腹が立って動揺した。

「なんてことなの。こんなふうになるのは今月これで二度目だわ。どうしてしまったのかしら？」彼女はまじまじと見ているエイミーを見上げた。

「あなたが泣くなんて思いもしなかったわ」

ジュリアナは義姉をにらんだ。「わたしだって泣くこともあるのよ。誰だってそうでしょう」

エイミーは微笑した。「そうね。でもあなたは泣かない人だと思っていたのよ。いつだって落ち着いているんですもの」

ばかばかしいと思いながら、ジュリアナはつられて微笑しているのに気がついた。涙はすぐに止まった。鼻をくすんくすんと鳴らす。

「ハンカチ持っている、エイミー？　わたしは持ち歩かないのよ。普段は必要ないから」

エイミーは黙ってハンカチを渡した。ジュリアナは義姉への気持ちがやわらぐのを感じた。押しつけがましい慰めや月並みな言葉を口にされたらもっと悪いことになったはずだ。エイミーは何も言わなかった。

ジュリアナは涙をぬぐい、ハンカチをエイミーに返した。エイミーは何か言いたそうな顔でハンカチをハンドバッグにしまった。

「それでは失礼するわ」

「いいえ」不意にジュリアナは言った。奇妙な動揺に襲われていた。エイミーを見つめ、哀願する口調にならないように言った。「お願い、座ってお茶を飲んでいって、エイミー」

「わかったわ」エイミーはそう言ってまた座った。つかの間、ふたりは黙って見つめ合っていた。「それで」エイミーはゆっくり言った。「どんな話があるの？」

ジュリアナはためらった。「わたし、恋をしたらしいの」気の毒になんて言おうものなら、このティーポットを投げつけてやるわ。ジュリアナは凶暴なことを考えた。

「そうなの」

「きっとあなたは」ジュリアナは鋭く言った。「わたしは恋などできないと思っているんでしょうね」

「そんなことはないわ」エイミーは上品にお茶をす

すった。「誰に恋をしているの？」

「そう……」ジュリアナは義姉の視線を避けた。

「ダヴェンコート一家にだと思うわ」

エイミーはお茶にむせた。カップを下に置き、ジュリアナを茶色の目でまじまじと見つめた。「まあ、ジュリアナ、どうしてそんなことになったの？」

ジュリアナは深く息を吸った。そしてエイミーにすべてを話した。キティが賭事をすること。ロンドンでは少しも楽しめずにいること。クララの眠り癖と望ましくない男性を好む傾向。そしてブランドンの秘密の恋……。エイミーはうなずいたり二、三言口をはさんだりしたが、ほとんど黙って聞いていた。

「マーティン・ダヴェンコートに、妹さんたちには近づかないでほしいと言われたの」ジュリアナは話を結んだ。エイミーの目を見返す。「ばかげていると思うわ、エイミー。わたしはひそかにあの姉妹に会うことを許されたら、と願っていたのだとわかったの。ところがミスター・ダヴェンコートにいきなり足もとをすくわれたのよ」彼女は首を振った。「どうしてそんなことになったのかわからないわ。それもこんなに早く」

「あなたは家族という幻想に恋をしたのよ」エイミーは言った。

「それで今わたしは気分が悪いの。本当に具合が悪いのよ。もう二度とあの人たちに会えないと思うと。自分がこんなに弱虫だとは思わなかったわ」ジュリアナは跳ねるように立ち上がり、部屋を行ったり来たりした。「今までこんなことはなかったのに」

エイミーは背もたれに寄りかかった。「ショックだったでしょうね」

「そうなの。こんな気分のままでいたくないわ。どうすれば直ると思う？」

エイミーはかぶりを振った。「わからないわ、ジュリアナ。わたしが答えられることではないし」

「時間が解決してくれる？　それともべつのことに興味を持つほうがいい？」ジュリアナは両腕を広げた。いったん話しはじめるとやめられなくなった。彼女にはこれまで打ち明け話のできる同性の相手がいなかった。ミセス・エマ・レンは一緒にいても真《ま》面目《じめ》な話をするほど心を開けない。ところが今は驚くほど気分がよかった。エイミーはとても話しやすい。「刺繍《ししゅう》でもすればいいかもしれないと思ったのよ」ジュリアナは悲しげに言った。

エイミーは笑いをかみ殺した。「ダヴェンコート家の人たちに対するのと同じくらい刺繍に熱中できると本気で思っているの？」

ジュリアナはため息をついた。エイミーの言うとおりだ。子供のころから針を持つのがきらいだった。

「それなら犬を飼うのは？　犬はかわいくて忠実だわ」

「それもいいわね」エイミーは義妹《いもうと》を探るような目でちらりと見た。「エマ・レンにジャスパー・コリング、そのほかのお友だちはどう？　あの人たちでは慰めにならないの？」

「慰めてほしいと思わないわ」ジュリアナはため息をついた。「恩知らずで、裏切りといっていいかもしれないけれど、あの人たちとは二度とつきあいたくないの」

「どうして？」

沈黙があった。「感心できる人たちではないんですもの」ジュリアナはゆっくり言った。「ついこのあいだまであの人たちとのつきあいを面白いと思っていたわ。今だってある程度はそうよ。でもわたしたち、いいことに時間を使わないで、気晴らしに遊んでいるだけみたい。今は、どういうわけかそれでは物足りないの」

エイミーはうなずいた。「あなたには人生の目標が必要ね。ダヴェンコート家の人たちに出会ってそれが見つかったと考えているのでしょう」

「そうだと思うわ」ジュリアナは潤んだ目で笑いかけた。「わたしにしてはずいぶん感傷的でしょう？」

「そうでもないわ。心の隙間《すきま》を埋めるべつの目標を見つけられるのではない？　煙突掃除の男の子や孤児院や田舎の貧しい人たちにする慈善のような」

ジュリアナは顔をしかめた。ちっとも魅力的な提案ではない。「ああ、わたしは絶対それほどの善人にはなれないわ。とても無理よ」

「そうね、もっとあなたに合った目標を見つけられるかもしれないわ。考えてみましょう」

エイミーはお茶のお代わりをもらおうとカップを差し出し、ケーキをひと切れ取った。

「ダヴェンコート一家と言ったけれど」ゆっくりと言う。「ミスター・ダヴェンコートその人はどうなの、ジュリアナ？」

ジュリアナは顔をそむけ、ポットにお茶がどれくらい残っているか見るふりをした。エイミーにここまで打ち明けてしまったことを後悔していた。義姉は驚くほど勘が鋭い。

「彼はどうなのって？」

「彼のことも好きなの？」

ジュリアナは眉を寄せた。「好きではないわ。彼は無礼で、わたしには批判的なんですもの。だいいち、いとこのサリーナ・オルコットなんかと結婚する気なのよ」

エイミーはうなずいた。「そう聞いているわ。なんて見る目がないのかしら。サリーナはあんなに退屈な人なのに」

「お似合いよ」ジュリアナは両のてのひらを合わせた。マーティンがサリーナと結婚すると思うと胸が痛む。「エイミー、本当のことを言うと、少しばかりミスター・ダヴェンコートに魅力を感じているの。」

彼は弟や妹にあれだけ悩まされていながら、とても心配しているわ。そしてわたしは……」

「何？」

「わたしもあんなふうに誰かに心配してもらいたいの。ジョスがあなたを愛しているように、誰かに愛されたいのよ」ジュリアナは昂然《こうぜん》と頭を振り上げた。「少女趣味かしらね？」

「少しも少女趣味ではないわ。それは当然のことよ」

「とにかく、そんな気持ちは今すぐ捨てなくては。ダンスの先生のミスター・ターピンに憧《あこが》れた気持ちとちょっと似ているように思うの。あんなすてきな人はいないと思って、夢中になっていたのよ」

エイミーは眉を上げた。「だってあなたはそのときまだ十四歳だったじゃないの」

ジュリアナはため息をついた。「基本的には同じよ。彼を崇拝していたけれど、典型的な女学生の憧れにすぎなかったわ」

「そしてマーティン・ダヴェンコートにもそれと同じ気持ちを持っていると思うのね？ 女学生のような憧れを？」

「そう……」

「彼にキスされた？」

ジュリアナは驚いた。「エイミー、どうしてそんなことをきくの？」

「そう、されたのね？ それなら自分がどう感じたかわかるはずだわ」

ジュリアナは唇をかんだ。「キスされたわ。サリーナと結婚するつもりなら彼はそんなことをしてはいけなかったのよ。まったく紳士的でないわ。男性には本当にがっかりさせられるわね、そうじゃない？」

「がっかりさせられることもよくあるけれど、いつもそうではないわ。話をそらさないで、ジュリアナ」エイミーは厳しい。「マーティン・ダヴェンコートのキスにがっかりさせられたの？」

ジュリアナは眉をひそめ、同時に微笑した。「そうでもないわ」

「どんなだった？」

ジュリアナはためらった。すっかり笑顔になっている。「ああ……熱くて甘くて、ぞくぞくして……すごく情熱的だったわ」エイミーが見つめている。

「どうしてそんなに見るの？」

エイミーは笑った。「あなたは彼に恋をしているのよ」

ジュリアナはまた飛び上がった。激しく動揺していた。自分がそうではないかと思っていることを他人に言われるといっそう本当らしく聞こえて、ますます怖くなる。

「いいえ、そんなことはありえないわ。まったく問題外よ」

エイミーの目がきらりと光った。「恋はそういうものよ」ため息をついた。「高潔な人には強烈に人を惹《ひ》きつけるものがあるの。そうじゃない？」

ジュリアナもため息をついた。「でも、これ以上進展することはないわ。わたしは二度と結婚する気はないの。そしてマーティンはわたしとは結婚できない。まったく合わないのよ」

エイミーは笑いだした。「ねえ、ジュリアナ、ことを面倒にしているのはあなただと思うわ。ぶつぶつ言うのをやめてなりゆきに任せなさい」時計をちらりと見た。「ごめんなさい、アニス・アシュウィックの午餐《ごさん》会に行く約束があるの」ちょっと躊躇《ちゅうちょ》してから続ける。「また来てもいい？」

「もちろんよ。ありがとう、エイミー」

エイミーが帰ってしまうことにこれほどがっかりしている自分が意外だ。わたしも午餐会に招待されていて一緒に行けたらとさえ思う。自宅で壁を見つめているしかない午後を思うと耐えられない。

ドアベルが鳴り、セグズベリがエマ・レンを案内してきた。エマは冷ややかに会釈したエイミーにちょっと驚いたらしいが、すぐにエイミーを無視した。

「かわいいジュリアナ」気取って語尾を引き伸ばす。「ボンド・ストリートに行くところなのよ。たっぷりお金を使って大いに買い物を楽しもうと思うの。一緒に来ない？」

ジュリアナはエイミーの視線に気がついた。義姉からかつての友人に目を移す。エマと一緒に過ごしたいというのではない。しかしひとりぼっちになるところだったのだ。彼女はうなずいた。

「一緒に行くわ、エマ。ごめんなさい、エイミー」

エイミーの表情は変わらない。だがジュリアナは後ろめたい気がして義姉に挑むような笑顔を向けた。

「人は楽しまなくてはならないのよ、エイミー。恋に失望しているとき、ほかに何がある？」

「ジュリアナが何を望んでいるのかわからないな」その日遅く、夫婦の寝室でジョスリン・タラントは妻のエイミーに言った。「自分でもわかっていないのではないかという気がする」

エイミーはジュリアナと会ったときのことをすっかり夫に話したのだ。彼女はヘアブラシをゆっくりと化粧机に置いて夫のほうを向いた。

「ほしいものがふたつあると思うわ。マーティン・ダヴェンコートと……人生の目標と」

ジョスは眉を上げた。「そのふたつは同じものではないのか？」

エイミーは厳しい目で夫を見た。「なんて傲慢《ごうまん》なことを言うの。女性の目標は男性を得ることばかりではないわ」

ジョスは笑った。「失礼。ジュリアナが結婚すれば人生に目標ができると言いたかっただけだ」

「でもそれだけでは十分ではないのよ」エイミーは

眉をひそめた。「ジュリアナは物事を仕切る力がある女性だわ。みんなが思っているような、楽しいことしかしたがらない怠け者とは違うのよ。マーティンの弟や妹たちを助けようとしているのを見てごらんなさい。彼女には目標が必要なの」

「政治に口出しする妻か」ジョスはゆっくり言った。

「どうしてそれがいけないことなの？　ジュリアナは魅力的で賢くてとても有能よ。すばらしい人になりそうだわ」

「彼女は政治に興味はない」

エイミーは肩をすくめた。「それはちっともかまわないのよ、ジョス。学ぶだけの頭があるわ」

「確かに。だが関心を持つだろうか？　ジューは飽きっぽいんだ。それに六人の子供の母親役をこなせると思うか？」

「姉役よ。あなたが思っているほど大変じゃないわ。あの子たちはもうみんなジュリアナが大好きなんですもの。どんなに彼女の屋敷に行きたがっているかわからないの？　だいいち、ブランドン・ダヴェンコートは自立する年齢だし、キティだってすぐにも結婚しそうよ」

ジョスは唖然《あぜん》として妻を見た。「キティが？　しかし彼女に崇拝者はいないと思っていたのに」

「ああ、ジュリアナがもうキティに、田舎を愛する求婚者を見つけてあげたのよ」エイミーはいたずらっぽく微笑した。「音楽会で、エドワード・アシュウィックがミス・ダヴェンコートにとても惹かれているようだったのを見なかった？」

「エドワード・アシュウィックだって？」

「あなたったら目の前で起きていることにちっとも気がつかないのね」エイミーは満足そうに言った。

「そうらしい。エドワードはジューの、このうえなく忠実な崇拝者だとばかり思っていた」

「そうだったのよ。習慣になってしまっていたほどに。そう思わない？　彼の前にキティを連れていったジュリアナは本当に賢いわ」

ジョスはまじまじと妻を見た。「ちっとも気がつかなかった」

「そうでしょうね」エイミーはほほえんだ。「ジュリアナがクララには誰を選ぶか興味深いわ。当然、セバスチャン・フリートはだめだと言い渡したのよ」

「ジャスパー・コリングがいるじゃないか」ジョスは皮肉たっぷりに言った。

エイミーは身震いした。「コリングだったらフリートのほうがまだましなくらいよ」

「しかしマーティン・ダヴェンコートはジュリアナに合うだろうか？」さほど皮肉っぽくもなくジョスは言った。

「マーティンはジュリアナがどんな人間かすっかり見抜いているのよ。彼の評価に恥じない人間になりたいとジュリアナは願っているの」

「なんだって」ジョスは驚いた。「ジュリアナは悪い評判どおりにするほうがよほど楽なのに」眉をひそめた。「ジュリアナはマーティンに特別な気持ちを持っているようではなかった」

「まあ、ばかね」エイミーは軽蔑《けいべつ》のまなざしで夫を見た。「マーティンは彼女をいつも見つめているのに？　さっきも言ったようにあなたは目の前で起きていることにちっとも気がつかないのね」

「確かに。しかしマーティンはわかっているだろうか？　そうとは思えないな。われわれのいとこのサリーナと婚約するほど堅物なのだから」

「そうね」エイミーは首をかしげて鏡に映るジョスを見つめた。「残念だわ。でもまだ正式な申し込みはしていないのよ」

ジョスは軽くほほえんだ。「味方がほしいのならうってつけの人間がいる。昨日、父上から手紙が来た。ベアトリクスおばがロンドンに向かっているそうだ」

エイミーの目が輝いた。「ベアトリクスおば様。うってつけだわ。おば様はサリーナがきらいだったわね？」

ジョスは顔をしかめた。「そうだ。サリーナを腰抜け娘と呼んでいる」

「まったくだわ」エイミーはうれしそうに言った。当惑したジョスの顔が目に入ると笑いだした。「内緒だけれど、ベアトリクスおば様とわたしでマーティンとジュリアナを必ず結び合わせる。そして必要とあれば、サリーナをなんとかしてみせるわ」

9

前の晩、阿片《あへん》チンキを飲んで寝たジュリアナはゆっくりと目覚めた。寝室は薄暗い。ボンド・ストリートの買い物に始まり、ミセス・エマ・レンの家の飲み会で終わった前日のことははっきり覚えていない。たしかジャスパー・コリングが燭台《しょくだい》を足がかりに客間の壁をよじのぼり、クリスタルのシャンデリアからぶら下がって左右に揺れたのでみんな大笑いした。しまいにコリングはテーブルの上の鹿《しか》肉料理の真ん中に落ちた。そのあとまた少し飲んでカードゲームのピケットをやった。そしてエマにもコリングにも負けた。

ジュリアナは寝返りを打ってうめいた。昨夜はまったく退屈で、面白がっているふりさえできなかった。宴会の席に幽霊のように座って、来なければよかったと思っていた。友人たちもなじみの場所も、ついに魅力を失ってしまった。ほかに行くところがないとはいえ、はじめて足を踏み入れた危険な場所にいるような気分だった。

まだ起きるには早い時間らしい。階下から家具をぶつけるどすんという音、がみがみ言い合う声が聞こえてきた。ジュリアナはナイトドレスの上に化粧着を羽織り、気がきかない召使いたちを叱《しか》ろうと、急いで階段のところに行った。

彼女は目に映った光景に驚いた。玄関ホールの真ん中にセグズベリが両手を腰に当てて立っている。なんの手出しもできず、困り果てているようだ。光沢のある黒い服を着た強そうな男がふたり、正面のドアを出たり入ったりして客間の家具を次々に運び出していた。ライティングデスクの角が削れているのを見たジュリアナは、階段を駆け下りた。

「いったい何をしているの？」

ぴたりと足を止めたふたりの執行官の手から椅子が音をたてて床に落ちた。執行官はジュリアナをつくづくと眺め、頬の赤い厚かましそうな顔の男がうれしそうに口笛を吹いた。

「おお、支払い方法を変えてはどうですかね？」

ジュリアナは気分が悪くなった。ジョスが言っていた借金のことがよみがえる。すっかり忘れていた。というより忘れたいと思っていたのだ。昨日はどれぐらいお金を使ったかしら？　ゆうべはどれぐらい負けた？　彼女は執行官をにらんだ。

「家具をどうするつもりなのかときいたのよ」

「借金のかたに持っていくんですよ」執行官は言った。また椅子を持ち上げて派手にぶつけながら正面のドアを通っていく。「屋敷をからにすれば、四万ポンドの値打ちはあるからね」

「お願い！」ジュリアナは追いすがった。外にはやじうまがずらりと並んで屋敷をのぞき込み、何事が起きたのかと話し合っている。化粧着を羽織っただけのジュリアナの姿に見とれる者もいた。彼女は怒りくるって年上の執行官に向きなおった。「どういうつもり？　屋敷をからにする前に、せめてわたしにきちんと言うべきだったのに」

執行官は頭をかいた。「ミスター・ニーダムがあなたの借用証を買い取ったんです。何もかも没収してこいと言われたんで。礼儀を守っている暇はなかったです。仕事をしなくちゃならないからね」

「申しわけありません、奥様」セグズベリは打ちひしがれた顔つきだ。「お起こしする間もなくこの人たちが家具を運びはじめて……」

「このばか者たちが、わたしの寝室の家具を運び出そうとしたら、すぐに起きたでしょうね」ジュリアナはかんかんになった。執行官たちのほうにくるりと向きなおる。男たちは四個めの家具を取りに戻りながら陽気に口笛を吹いていた。「お願いだから家具を客間のもとのところにきちんと戻して。わたしはダイヤモンドのセットを持っているわ。ミスター・ニーダムの要求を埋め合わせてもおつりが来るほどの価値があるものよ」

年上の執行官は疑わしそうな顔をした。若いほうが舌なめずりした。「ダイヤモンド……。ひと目見る価値はあるな」

「ああ、そうだな」年上の男はしぶしぶ言った。

「仕事はいつだってまた来てできるしな」

「わたしが生きているうちは二度とこの屋敷には入れないわ」ジュリアナはすごい剣幕で言った。男たちのあとから玄関ホールに入って群がるやじうまの目の前でドアをばたんと閉めた。「ダイヤモンドを取ってくるから、荷車に積んだ家具を戻すのよ。そしてドアを閉めて！」

彼女は階段を駆け上がり、寝室に飛び込んだ。下着の下を探ってビロードの箱を取り出した。中にダイヤモンドのネックレス、イヤリング、そしてブレスレットが入っていた。宝石類を銀行にあずけるべきだといつもジョスに言われていた。でも、そうしなくてよかった。彼女はこのダイヤモンドのセットがきらいだった。結婚したとき父から贈られたものだが、重いうえに流行遅れでつけられなかったのだ。これをどうしたか父親にきかれたらなんと言えばいいだろう。ジュリアナは顔をしかめた。かまわない。どうせもう手遅れだ。このことが知れたらわたしは笑い物になるだろう。それもみな、お金を貸してくれようとしなかったジョスのせいだ。

ジュリアナはアクセサリーを手にしたままベッドの端にぐったりと腰を下ろした。ジョスを責められないのはわかっている。もう金を用立てられないという警告を無視したのだから。こんな屈辱を受けるのも自分のせいだ。アクセサリーを箱に戻し、急いで階段を下りた。素足が冷たい。玄関のドアが開いていて、強い風が吹き込んでいる。客間から執行官たちが重い家具をもとに戻しながら、ぶつぶつ言っている声がする。ジュリアナは激怒した。

「ドアを閉めてと言ったのに！」部屋に駆け込みながらわめいた。「それから、家具に傷でもつけたらミスター・ニーダムを訴えて有り金残らず取り立てるわよ」

ジュリアナはぴたりと止まった。絨毯《じゅうたん》の真ん中に年配の女性が立っている。執行官が家具をもとの場所に戻しながら小声で悪態をついているのを、面白そうに眺めているのだ。女性は背が高く、やせていて、グレーのシルクのドレスに真珠のネックレスをつけて、とても姿勢がいい。ジュリアナが入っていくとこちらを向いた。琥珀《こはく》色の目が面白そうに輝いた。

「かわいいジュリアナ。おまえの声だとすぐにわかったわ」

「ベアトリクスおば様」

　ジュリアナは恐怖に駆られてレディ・ベアトリクス・タラントを見つめた。それからのおばの横に立っている人物に視線を移した。マーティン・ダヴェンコートがこちらをまっすぐ見ている。その瞳がかすかにきらりと光り、彼が面白がっているのがわかった。彼女は急に、自分が透ける薄い化粧着を羽織っただけで、素足で、髪は肩に乱れ落ちているのに気づいた。

「ここで何をしているの？」彼女は責めるように言った。「あなたを厄介払いできたと思っていたのに」

　レディ・ベアトリクスが眉を上げた。「わたしに言っているの？　それともミスター・ダヴェンコートに？」

「どっちでもいいわ。そう思うのなら」

「まあいいわ。わたしは旅行から帰ってきたところで、どこかに泊まらなくてはならないからあなたの屋敷に来たの」ベアトリクスはマーティンのほうを見た。「ミスター・ダヴェンコートはご親切にわたしをジョスの屋敷からここまで連れてきてくださったのよ」ジュリアナを見て眉をひそめる。「ひどい格好ね。紳士の前ではもちろん、執行官の前でもみっともないわ。着替えてきなさい。急いで」

　マーティンは笑いを抑えられない様子だ。ジュリアナは彼をにらみつけた。

「着替えてきます。では、ご自分でお茶の用意を頼んでくださいね、おば様。ミスター・ダヴェンコート、おばを連れてきてくださってありがとう。わたしが着替えて戻るころにはお帰りになっているでしょうね？」

　だが、それは思い違いだった。四、五十分ほどしてジュリアナが階下のサンルームに行ってみると、ベアトリクスとマーティンは並んでソファに座り、お茶とケーキを前にくつろいだ様子でいた。ジュリアナは腹が立ってきた。

近づくとレディ・ベアトリクスは顔を上げてにっこりした。

「わたしに住まいを提供してくれて親切ね、ジュリアナ」

「提供した覚えはないけれど」ジュリアナは不機嫌に言った。ティーポットを取り上げて自分でお茶をつぐ。レディ・ベアトリクスが年寄りらしくとぼけて見せてもだまされない。おばは針のように鋭い頭脳とそれ相当の毒舌の持ち主なのだ。

レディ・ベアトリクスはジュリアナの言葉を無視して、自分とマーティンにお茶をつぎなおした。

「ロンドンには短期間しかいないけれど、そのあいだここに泊まるわ。仲間がいれば楽しいからね」

「最近はいいホテルがたくさんあるのよ」ジュリアナは言った。「バートラムホテルにグランドホテル……」

「グランドホテルはひどく期待はずれですよ」マーティンが言った。「もっとも眠っているうちにベッドがなくなる心配はないでしょうが」

ジュリアナは彼をにらみつけた。あからさまにそっぽを向き、レディ・ベアトリクスのほうに身を乗り出してテーブルの上に両肘をついた。

「おば様、どうしてジョスとエイミーのところに行かないの？」

レディ・ベアトリクスは微笑した。「ああ、ふたりは泊まるようにと勧めてくれたのだけど、おまえのほうがもっとわたしを必要としていると思ったのよ」悲しげに首を振った。「先週バースで恐ろしい話を聞いたわ。蝋燭《ろうそく》をピストルで撃ってレディ・ビルトンの晩餐《ばんさん》会をめちゃくちゃにした男がおまえと結婚するというのよ」

「サー・ジャスパー・コリングです」マーティンが言った。

「その男よ。恐ろしく下品な一家だわ」レディ・ベアトリクスは身震いした。「ピストルのいたずらなんて時代遅れよ。わたしの娘時代にドーンセイ卿《きょう》がやったのが始まりですからね」

「わたしはサー・ジャスパーと結婚する気はないわ。だから安心して」ジュリアナがそっけなく言った。「ほかの誰とだって結婚する気はないけれど」マーティンをにらむ。「とりわけあなたとはね、ミスター・ダヴェンコート」

マーティンは微笑した。「どうしてとりわけわたしとなんだい？」

彼の温かいまなざしを見て取ると、ジュリアナは急に暑くなった。下男を手招きする。「ここはとても暑いわ、ミルトン。いちばん上の窓を開けて」

レディ・ベアトリクスは彼女にほほえみかけた。「コリングと結婚しないとわかってほっとしたわ。いかがわしい男には抵抗できない魅力があるものだから」マーティンに好意的な笑顔を向ける。「おまえがミスター・ダヴェンコートのような紳士を選んでくれたら……」

「ミスター・ダヴェンコートのような紳士がふたりといるとは思えないわ」ジュリアナは言った。

マーティンはいっそうにこやかな顔になった。ジュリアナはこのサンルームほど暑苦しい場所はロンドン中にないような気がした。

「おば様、ミスター・ダヴェンコートにはもう結婚相手がいるのよ」ジュリアナはつけ加えた。「この方に求婚されている幸せなレディは、おば様の姪《めい》のサリーナよ」

レディ・ベアトリクスはジュリアナとマーティンを交互に見た。「サリーナ・オルコットですって、あらまあ」

「この方の幸せを願ってあげて」ジュリアナは言った。

「わたしが願っても無駄よ」レディ・ベアトリクスは悲しげに言った。「もうひと切れケーキをいかが、ミスター・ダヴェンコート？」

「いいえ、結構です。もう帰らなくてはなりません」マーティンはゆっくりと立ち上がった。「またあなたをお訪ねしてもいいですか、レディ・ベアトリクス？」

「あの間抜けなサリーナを連れてこないのならね」レディ・ベアトリクスはくるみのケーキを食べながら言った。「でもいらしてくださいな、ミスター・ダヴェンコート、ぜひ。わたしはここに何週間かはおりますから」

「まあ、いいえ、そんなにいられては困るわ」ジュリアナはマーティンをサンルームの出口まで送りながら聞こえないように小声で言った。

「今朝はひどく機嫌が悪いんだね」玄関ホールを横切りながらマーティンが言った。「十一時前に起こされたせいか？　きみにはつらいことだったろう」

ジュリアナは彼をにらみつけた。「おばを連れてきて、わたしを悩ませてくれてありがとう」

「どういたしまして。いろいろな面で、きみとレディ・ベアトリクスはよく似ているな」

ジュリアナは眉を上げた。「本当に？」

「どちらも思ったままを言う。そしてどちらもばか者は容赦しない」

「確かにね」ジュリアナは軽くほほえんだ。サリーナ・オルコットのことを考えていた。

「だからきみたちはうまくやっていけると思う」マーティンは彼女にほほえみかけた。親しげで温かい笑顔に彼女は魅了された。抱きしめられたときの腕の力強さ、官能的なキスを思い出す。マーティンは彼女の手を取った。「レディ・ジュリアナ、今朝訪問できてよかった。話したいことがあるんだ」

「それはどうかしら」ジュリアナは堅苦しく言って手を引っ込めた。

「本当だ。わたしはあやまりたいとずっと思っていた」

ジュリアナはあとずさりした。「立派だわ。でも、そんな必要はないのよ」

マーティンは彼女のそばに来て、柱と大きな鉢植えの棕櫚《しゅろ》のあいだに彼女を追い込んでしまった。触れ合うほど近寄られ、ジュリアナは体がますますほてった。正面のドアのそばに下男が立ち、床を見つめているのが目の端に映った。ささやくほどの声で彼女は言った。

「いやだわ、ミスター・ダヴェンコート。召使いの前でこんなことをしないで」

「申しわけない」マーティンは気軽に言った。息がジュリアナのおくれ毛をそよがせるほど顔を寄せる。「だが、音楽会の夜にきみはわたしから逃げ出してしまった。だからほかにどうすればいい？」

「やめて！」ジュリアナは叫んだ。「もっと離れて」

「きみにあやまらなくてはならない。それからきみと話さなくてはならないことがある」

「ああ、そんなことを言ってはいけないわ」ジュリアナは追い込まれた隅から逃げ出して、かすかに震える手でドレスを撫《な》でつけた。「あなたが話さなくてはならない相手はわたしのいとこのミセス・オルコットでしょう」

マーティンはため息をついた。「彼女のことはちょっと忘れて……」

「そんなことができるわけないでしょう。男の人の言いそうなことね」ジュリアナは彼をにらんだ。「あなたは彼女と婚約したも同然なのよ。結婚もしないうちから忘れるだなんて」

「そういうつもりで言ったのではない。わたしはミセス・オルコットと婚約していない。じきに婚約など思いもつかない間柄になるだろう」

ジュリアナは眉を上げ、動揺といらだちを抑えた。

「それがわたしとどんな関係があるのかわからないわ」

マーティンは彼女の手首をつかんで引き寄せた。

ジュリアナは彼の胸を両手で押して離れようとした。しかし強く抱きしめられて逃れられない。「どんな関係があるのか言おう。わたしがほしいのはサリーナではなくてきみだ。申しわけない。わたしはなんでも決めつけて、きみには無礼なことばかり言ってきた」

ジュリアナは両手で耳を覆ったが、失敗だった。いっそう体が密着することになり、どぎまぎせずにいられない。そのうえ彼に話しかけようと顔を上げれば、顔がくっつきそうになる。

「わたしと彼女はいとこ同士なの。簡単に乗り換えないで」彼女は声高に言った。「移り気だということになるわ。そうでなくてもわたしは、あなたとまったく合わないのよ」

下男が真っ赤になった。マーティンは微笑して彼女にキスをした。唇に重ねられた彼の唇は熱く、甘く、強い。ジュリアナは驚きと喜びに頭がくらくらした。

「今にわかる」マーティンは言って彼女を離した。「あとでまた来る。そのときはきちんと話をしたい。さようなら」

彼は足早に出ていった。ジュリアナは棕櫚の葉をぼんやりと見つめていた。頭はぐるぐる回り、体にはまだ彼に触れられた余韻が残っている。やがて深深と息を吸い込むと、しっかりした歩調でサンルームに戻った。

部屋に入るとレディ・ベアトリクスが鋭い目でこ

ちらを見た。

「ずいぶん乱れた格好ね、ジュリアナ。ミスター・ダヴェンコートとはどんな関係なの？　あんな感じのいい人はいないと思わない？」

「あの人には我慢ならないわ」ジュリアナは歯がみして言った。「傲慢《ごうまん》で横暴で……大きらいよ！」

レディ・ベアトリクスはにっこりした。「いい兆候だわ。彼のお父様もまったく同じだったの。そしてとても説得力があったわ。ロンドン一の子だくさんだったのよ」

気を静めようとお茶を口いっぱいに含んだジュリアナはむせそうになった。「ベアトリクスおば様、どうしてそんなことがわかるの？」

「理屈で考えればわかるわ。九人もの子供がいて、ホノリアという女性が部屋のドアに鍵《かぎ》をかけて彼を締め出さなかったら、もっといたでしょうよ」

ジュリアナは座りなおした。「どこからそんなことを聞きつけたの？」彼女はきいた。「まるでお父様みたい。お父様はいつでも、なんだって知っているんですもの」

レディ・ベアトリクスはにっこりした。「憶測を積み重ねていくのよ。わたしの言う意味がわかるかしら。さて、昼食がすんだらどこに行く？　わたしはフリート・ストリートにあるミセス・サーモンの蝋人形館が見たくてたまらないの。生きているようだと聞いているわ」

「それならべつの人にお供を頼んでもらわなければね。社交界はまがいものの蝋人形だらけよ。わざわざ見に行くことはないわ」

レディ・ベアトリクスは腹を立てた様子はなかった。「それならロイヤルアカデミー劇場に行きましょう。おまえも行くわね、ジュリアナ。少しは教養を身につけてもいいころよ」

「もう遅いわ」ジュリアナは言った。「わたしの趣味は十二歳のときに固まってしまったのですもの」

「遅すぎはしないわ。それに、今夜は『ロミオとジュリエット』をやるのよ。おまえも気に入るわ」

ジュリアナはマーティンがあとでまた来ると言ったのを思い出した。出かけてしまえば逃げられると思うとほっとした。わたしが何げなしに始めた遊びが本物になり、マーティンは今わたしに迫ってきている。そう思うと彼女は不安になり、おじけづいた。さらに悪いことにわたしは恋してしまったのだ。二度と恋はしないと心に誓ったのに。これからどうすればいいのかまったくわからない。

十一時半にドアベルが鳴った。劇場から帰ってきてからまだ十分ほどしかたっていない。せきたてるような音だ。ほとんど間をおかずにもう一回。やすむ前のチョコレートを一緒に飲んでいたジュリアナとレディ・ベアトリクスは顔を見合わせた。

「おまえに大至急会いたい人がいるんだわ」レディ・ベアトリクスが言った。「いったい何事かしら?」

玄関ホールが騒がしくなった。命令口調の男の声が聞こえ、ひときわ高い赤ん坊の泣き声がする。空腹を訴えている泣き方だ。ジュリアナとレディ・ベアトリクスは廊下に飛び出した。

玄関の戸口を入ったところにブランドン・ダヴェンコートが若い女性に腕を回して立っている。彼女は青ざめ、おびえている。布にくるまれた赤ん坊は女性の腕の中で、甲高い声で泣き続けている。セグズベリは完璧《かんぺき》に鍛え上げられた執事らしくもなく、動揺しているようだ。彼とブランドンはジュリアナを見て、まったく同じ安堵《あんど》の色を浮かべた。

「レディ・ジュリアナ」ブランドンが言った。「いてくださってよかった。助けてほしいのです」

10

「あなたの妻ですって！」ジュリアナは叫んだ。

「まあ、ブランドン」

エミリー・ダヴェンコートは男の子と一緒にジュリアナの二番目に上等な客用寝室におさまった。レディ・ベアトリクスも寝室に引き取ったあと、ジュリアナはブランドンを階下に連れていった。ブランデーを飲みながらやっと彼の説明を聞くことができた。

ブランドンは乱れた金髪に片手を突っ込んだ。「そう、ぼくの妻です。とんでもないことをしたのはわかっていますが」

「そんな生やさしいことではないわ」

「ええ。しかし今となってはどうしようもありません。マーティンにはどうしても言えなかった。ぼくがケンブリッジ大学をやめたことだけでも怒っているのに、結婚したとは……。それで話すのを引き延ばしているうちによけい悪くなった。とうとうこれ以上エミリーと息子のヘンリーをあのじめじめした下宿に置いておけなくなって、あなたに助けてもらうほかなくなったんです」

ジュリアナはため息をついた。「あなたはお兄様のことがよくわかっていないわ。どんなことであれきっと味方になってくださるでしょうに」そう言ってグラスにブランデーをつぐ。ブランドンは礼を言ってソファに座った。目尻のしわのせいで二十二歳という年齢よりずっと老けて見える。肩を落とし、いかにも疲れて打ちのめされた様子だ。ジュリアナは彼の横に腰を下ろした。「しっかりするのよ、ブランドン」明るく言う。「少なくとも結婚できて、エミリーもヘンリーも元気なのだから」

ブランドンは顔を上げた。「あなたは……何もきかないのですね」驚いたように言う。

「どうしてきかなくちゃならないの？　エミリーが疲れ果てて空腹なのに、まず結婚証明書を見せなさいなんて言ってどうするの。あなたは彼女をわたしのところに連れてきた。それがすべてよ」

ブランドンはエミリーの手を強く握った。のどがつまるような思いがして、ジュリアナは驚いた。

「わたしに全部話したらどう？」涙が出てこないうちにと、彼女は急いで言った。

ブランドンはつばをのみ込み、座りなおした。

「どこから話しましょうか？」

「最初から話すのが普通でしょう」

ブランドンは弱々しくほほえんだ。「わかりました。始まりは昨年のことです。ケンブリッジである夜、友人たちと出かけました。みんなかなり酔っていたと思う」彼は人なつっこい笑みを浮かべた。「千鳥足で寮に戻る途中で彼女と出会ったんです。暗い道をひとりで急いで歩いていた。そして何人かの友人が」肩をすくめた。「彼女を何かと間違えたのです」

「でもあなたには、すぐ彼女がそんなたぐいの女性でないとわかったのね」

ブランドンはさっと笑顔を見せた。「もちろんです。ぼくはみんなに、彼女にかまうなと言い、家まで送りました。それがエミリーです。彼女が町の集会に出かけ、男にしつこくされたので、愚かにもたったひとりで歩いて帰ることにしたのだとあとで聞きました」

ジュリアナは眉をひそめた。「危険だわ。彼女はなぜ連れもなくひとりで歩いていたの？」

ブランドンはため息をついた。「エミリーは父親と継母《ままはは》と暮らしている、いや、暮らしていました。

父親はいい人間だと思う」彼が公正であろうとしているのがジュリアナにはわかった。「とても正直で曲がったことはけっしてしない、小売商人です。継母は陰気で病弱で、最初からエミリーにはなんの関心も持っていませんでした」

「かわいそうなエミリー。それであなたが彼女に求愛するようになったらどうなったの？」

彼はにやりとした。「エミリーの父親のブランケットは、本人の言葉を信じるなら、人に取り入って出世しようという気はまったくない、完全な中流階級の人間なのです。彼はぼくがエミリーに関心を見せると恐れをなしました。できるかぎり丁重に、娘に近づかないでくれとぼくに警告し、エミリーにも二度と会うなと言い渡した。ぼくが彼女を辱しめるために結婚しようと言っているんだと思っていたようです」

「あなたはそういうつもりだったの？」

ブランドンは怒りをあらわにした。「いや、けっして！　エミリーと結婚したいといつも思っていた。しかし彼女の父親はわかってくれなかった。彼は貴族に強い不信感を持っていて、爵位を持たないぼくのことも、なんのとりえもないろくでなしと決めつけているんです。それでぼくたちは駆け落ちした。エミリーはまだ十九歳です」

「結婚を認められない男女が結婚しに行くというグレトナグリーン村へは行かなかったの？」

「ええ。ケンブリッジに近い教区牧師が、何もきかないで快く結婚させてくれたんです」

エミリーは未成年で親の同意も得ていない。合法的な結婚といえるだろうか、とジュリアナは危ぶんだ。もちろん合法的ではない。騒ぎのもとだ。

「エミリーは友人を訪問すると嘘《うそ》をつき、怪しまれずに家から抜け出しました。それから何事もなかったかのようにその夜、帰宅した」ブランドンは顔をしかめてブランデーを飲んだ。「ばかなことをしたのはわかっています。でも、ほかに考えられなかったんです。ふたりで暮らせる部屋を借りる金はなかったし、短いあいだのつもりだった。ところが長引けば長引くほど、真実を言うのが難しくなってきた」

「それで会えるときだけ会っていたのね？」

ブランドンは恥ずかしそうな顔をした。「会えるときはいつでもあわただしく会いました。ときにはエミリーがぼくの部屋に来て」彼はジュリアナの表情を見て取って両手を広げた。「あなたにはどんなに非難されてもしかたがない」

「いいのよ」ジュリアナはそっけなく言った。「きっと何度も自分を責めたことでしょうから」

「もちろんです。言いわけはできません」ブランドンは頭を抱えた。

「それでエミリーは妊娠したのね、当然の結果として」

「ええ。案の定、プランケットは彼女をたたき出しました。エミリーがどんなに弁解しても耳を貸さず、結婚証明書には目もくれませんでした。二度と彼女の顔を見たくないと言ったんです」ブランドンの顔は憔悴《しょうすい》している。「彼女は困り果ててぼくのところに来た。そしてぼくは……ふたりで住むために収入以上の部屋を借りるしかなかった。それから赤ん坊が生まれ、エミリーは体調がすぐれなかった。ぼくはケンブリッジを去って、将校任命辞令を買ってくれとマーティンを説き伏せることに決めました」

「軍隊に入りたかったの？」

「それほどでもないんです。でも、そうすればエミリーとヘンリーを養うことができるし、一緒に連れていけるかもしれないから」彼は首を振った。「マーティンはぼくが学業を放棄したうえ、借金を作ったことで激怒した。将校任命辞令を買うことはきっぱり断られました。ぼくは軍隊に向いていないと言って」

「どうしてあっさり告白してしまわなかったの？」

「そのうちわかってしまうだろうとは思います。マーティンを失望させたくないのです。真相を知ったら兄がどんなにがっかりするかわかっているから」

「どうして？　エミリーを恥じているわけではないんでしょう？」

　ブランドンはさっと顔を上げた。「もちろんです。ただやり方がまずかったために悔やまれてならないんです」

　玄関のドアを強くたたく音がした。同時に家の中ではおなかをすかせた赤ん坊が怒って大声で泣きはじめた。

　ドアがさっと開いた。いつになく取り乱したセグズベリが入ってきた。

「ミスター・ダヴェンコートがお見えです。お通ししていいですか？」

　ジュリアナは執事を追い越してホールに急いだ。ヘンリーの泣き声は高い屋根に反響するようだ。マーティンは戸口を入ったところに立っていた。当惑といらだちが入り混じった顔をしている。ジュリアナを見るとさっと彼女のほうを向いた。

「レディ・ジュリアナ、こんな時間に騒がせて申しわけない。だがブランドンがどこにいるか教えてくれないか？　クラブには行っていない。ブランケットという男が屋敷に来て、とんでもないことを言いだした」ヘンリーがまた泣き叫んだ。マーティンは眉を寄せた。「いったいあれは？」

　ジュリアナは微笑した。「ちょうどいいところに来てくれたわ、ミスター・ダヴェンコート。ブランドン……」彼女はしり込みするブランドンを前に押し出した。「お兄様を客間に連れていって全部話したら？　必要ならサイドボードにブランデーがあるから」

そして輝くような笑顔でダヴェンコート兄弟を客間に押し込むと、ふたりの背後でドアを閉めた。

次の朝ブランドンはポートマン・スクエアを訪ね、妻子とともに一日過ごした。彼は妻子をレーヴァーストック・ガーデンズに連れていくつもりだったが、エミリーが少し風邪気味なので治るまでジュリアナの屋敷にいたほうがいいということになった。ジュリアナは少しもいやではなかった。エミリーは感じのいい娘だし、いちずにブランドンを愛している。ヘンリーは、泣き声を聞けばすぐわかるとおり食欲旺盛《おうせい》で無邪気な赤ん坊だ。ジュリアナとレディ・ベアトリクスは、ブランドンとエミリーの噂《うわさ》を聞きつけ、何かと口実を作って訪ねてくる客人たちをうまく追い払った。サリーナ・オルコットは真っ先に訪ねてきてブランドンの振る舞いを非難し、レディ・ベアトリクスに耳の痛いことを言われて追い返された。

ブランドンはマーティンからの手紙を持ってきた。ジュリアナはひとりになって手紙を開き、力強い筆跡の文面をたどった。マーティンはかなり急いで書いたようだ。ブランドンの打ち明け話をすっかり聞き、怒りくるっている弟の義理の父親をなだめ、そのうえほかの用事をすべてこなしているのだから無理もないと、ジュリアナは思った。

マーティンは堅苦しい言葉で、ジュリアナがエミリーとブランドンを援助してくれた礼を述べ、余分な住人が増えてもあまり迷惑にならなければいいがと書いてきた。ジュリアナは、また乳を求めているヘンリーの泣き声と、レディ・ベアトリクスが知りたがり屋の客人を追い返そうとして張りあげた声を聞き、いたずらっぽくほほえんだ。

手紙の最後に出かけられるようになりしだい、夜に訪問してお話ししたいというくだりがある。ジュリアナの胸は期待に高鳴った。

ジュリアナは夜まで室内をずっと歩き回っていた。気持ちを集中することができない。ブランドンは家に帰り、レディ・ベアトリクスは熱がいくらか高いエミリーにつきっきりだ。蒸し暑い夜で、テラスに通じる細長い窓を開けてもカーテンはほとんど動かない。しまいにジュリアナはテラスに出た。そして貯氷庫から氷を取ってきてエミリーの頭を冷やしてやろうとふと思った。サイドボードから蝋燭《ろうそく》を一本取って、闇《やみ》の中に入っていく。

貯氷庫は庭のはずれの高く盛り土をした斜面の中にあり、日よけになるよう木々に覆われている。父親が十五年ほど前に作らせたものだ。セントジェームズパークには公共のすばらしい貯氷庫がある。だが、小さくても便利な専用の貯氷庫があるのは贅沢《ぜいたく》だとジュリアナはいつも思っていた。蝋燭を下に置いて錠を開けた。ドアを開け、閉まらないよう慎重に小石をはさんだ。戸口のそばから氷を入れる桶《おけ》を取り、通路を進んでいった。階段を下りて氷が入った竪穴《たてあな》に近づく。重なった藁《わら》をかき回しながら、蒸し暑い外とはまるで違う涼しさを楽しんだ。そのとき風が吹き込んで蝋燭の炎がちらちら躍った。頭上でドアが閉まる音がした。

マーティンは十分ほど客間で待ったあと、思いきってテラスに出た。ジュリアナがそこにいるのではないだろうか。彼女に早く会いたくてたまらなかった。弟のことを話し合いたいだけではない。手すりにもたれていると庭を小さな明かりが動くのが見えたので、調べに行った。庭はかぐわしいにおいに満ち、月光に照らされて涼しく、気持ちがいい。貯氷庫はさらにひんやりしていた。通路を通って階段の上まで来ると、蝋燭の明かりに照らされてこちらを見上げるジュリアナの顔が見えた。彼女は実に魅惑的だ。少し乱れた巻き毛に蜘蛛《くも》の巣が絡まっている。茶褐色のあっさりしたドレスに豪華なクリーム色のショールを肩にかけていたが、その服のためかとても若々しい。

「そこで何をしている?」マーティンはきいた。

ジュリアナはいらだっているようだ。「こんばんは、ミスター・ダヴェンコート。何をしているかとはどういうこと? ここは貯氷庫よ」

「ああ、だがこんな夜になぜ氷が必要になった?」

ジュリアナは大きくため息をついた。「エミリーが熱を出したの。頭を冷やしてあげたいと思ったから」スカートをつまみ上げて階段の下まで来た。

「あなたこそ、ここで何をしているの?」

「きみを捜しに来た。しばらく待ったがきみが現れないのでテラスに出ると、明かりが見えて……」

「それで入ってきてドアを閉めたのね。あまり賢いやり方ではないわね。わたしたち、出られなくなってしまったわ」

マーティンは眉をひそめた。「わたしはドアを閉めたりしていない」

「ええ。入ってくるときに押さえの石を取ってしまったから自然に閉まったのよ。錠がかかる音がしたわ」

マーティンは大きなため息をついた。「そんなことがわかるわけがない。内側から開けられないなんてドアの造りに問題があるのだ」

ジュリアナはさっと彼を見た。

「これはドアの造りに問題があるとかないとかということではないでしょう」ジュリアナは階段のそばの壁から突き出た小さな棚に蝋燭を置いた。「でもわたしは、あなたとふたりでここに閉じ込められたことのほうがよほど困るわ。殴り合いの喧嘩《けんか》になったら、貯氷庫は狭すぎるもの」

マーティンは笑いをかみ殺した。あたりを見回す。確かに広いとはいえない。氷の竪穴はとても小さくて、三メートルほどの深さだ。煉瓦《れんが》で堅固に囲ってあり、丸屋根で覆われている。すでに冷気が体にしみてきた。

「かなり親密でいられる空間だ」

「まあ、わざとあなたを閉じ込めたのだとは思わないでね」ジュリアナは不機嫌に言った。「そう思われたらたまらないわ」

マーティンはゆっくりと微笑した。彼はふたりきりで閉じ込められたのがうれしいのだ。「この状況は望ましい……」

ジュリアナはさっと顔を上げた。「どういうこと?」

「きみに逃げられずに話ができるから。もっとも、きみの召使いたちがすぐ気がつくとは思うが」マーティンは彼女を見た。「きみの行き先を知っている者がいるに違いない」

ジュリアナはがっかりしてため息をついた。「残念だけど誰も知らないのよ。ベアトリクスおば様はエミリーのところにいるし、わたしは誰にもここに来ると言っていないの。召使いたちは、わたしがあなたと出かけたと思うでしょうね」

ジュリアナは階段を駆け上がった。そのまま入り口の通路を駆けていき、もどかしそうにドアの桟をがたがた揺すって叫んでいる。マーティンは腕を組んで含み笑いをもらした。彼女の声は不安そうだ。自分が何を言われるか、言われたら胸の思いを表に出してしまわないかと恐れているに違いない。彼女が自分に無関心ではないとマーティンにはわかっていた。彼女自身、それを認めている。だが、欲望がこれほどまでに高まったのはお互いにはじめてだ。一歩を踏み出すのによほど用心しなくては。彼女をおびえさせたくない。

ジュリアナが戻ってきた。蝋燭の揺れる炎に照らし出された彼を横目でちらっと見る。

「無駄だよ。夜のロンドンはわめき散らす連中が多くて騒がしい。誰も注意を払わないだろう」

彼女はマーティンを見た。「錠をこじ開けられるようなものは持っていないわよね？」

マーティンは笑った。「持っていない。普段持ち歩くようなものではないからね」

ジュリアナはため息をついた。「いいのよ。朝には誰か来るわ。いつも早朝に氷を取りに来るから」

その声がかすかに震えている。マーティンは彼女を見て、安心させようとして言った。

「入り口近くに座っていれば、明かりに気づいて誰か来てくれるかもしれない。それに、そのあたりならそんなに寒くない。今夜は蒸し暑いから」

ちょっと間をおいてジュリアナはうなずいた。蝋燭を手に、先に立って歩いていく。穴蔵を仕切るドアを閉めて、入り口のすぐそばの石段に腰を下ろした。奇妙な眺めだ。前には月光を浴びて影の多い庭が広がっている。梢《こずえ》を渡るそよ風の音が聞こえ、芝生の向こうの屋敷の明かりさえ見える。それなのに出られないのだ。頑丈な錠がかかった桟のあるドアが、ふたりが外に出るのを阻んでいる。

石段に腰かけたジュリアナが動いて蝋燭を目の前の框《かまち》に置いた。肩をいくらか落としている。少しして、マーティンは彼女の横にしゃがんだ。

「わたしとふたりで閉じ込められたことのほうがよほど困ると言ったね。誰となら閉じ込められてもいいと思う？」

「まあ」ジュリアナは顔を上げ、かすかにほほえんだ。「鍛冶屋《かじや》をべつにすればウェリントン公爵かしら。少なくとも面白い話ができそうですもの」

「わたしと話せばいい」マーティンが言った。「その気になればわたしだって面白い」

ジュリアナは彼をちらりと見た。「あなたも座ったほうがいいわ」

マーティンは石段に座った。狭い石段に並んで座ると太腿が触れ合い、少し身動きしただけで腕が彼女の胸をかすめた。しかしジュリアナは気にとめていないようだ。マーティンは深呼吸して会話に集中しようとした。

「どんな話がいい？」

「難しい話はやめましょう。そうすると話すことはなくなってしまうわね」ジュリアナはちょっと黙った。「わかったわ。あなたの仕事の話をしましょう」

マーティンは面白そうに彼女を見た。「その話がきみに面白いとは思えないな」

「話してみて」ジュリアナはあっさり言った。

「わかった。今、わたしは次の会期に下院議員に選出されるよう運動中だ。ヘンリー・グレー・ベネットは子供を煙突掃除に使う慣例を廃止する法案を通すため、支援要員としてわたしを名簿に入れている。あれは野蛮でひどい慣例だ」

「子供を使う必要はないと思うわ。機械で掃除できるようになったのだから」ジュリアナは身震いした。「あんな残酷なことはきらいよ」

マーティンは驚いた。「調べたのか？」

「もちろん調べてなんかいないわ」ジュリアナは面白そうだ。「でも知っているわ。わたし、掃除夫を屋敷からたたき出したことがあるのよ。煙突掃除の子供たちにあんまり苛酷《かこく》な要求をするから。そして子供たちが仕事を失って困らないようにお金をあげたわ」ジュリアナの声が途切れた。「どうしてそんな不思議そうにわたしを見るの？　とりたてて慈善を施したわけじゃないのよ」

まさしく慈善行為だと思ったが、マーティンは黙っていた。ジュリアナが無関心を装いながら何くれとなく慈善を施したことがどれほどあったのかと、ふと考えた。

「きみの兄上がよくそんな話をする」彼は慎重に言った。

「ええ、ジョスは最近、すっかり政治家になっているの。そしてアシュウィック夫妻はずっと社会改革に関心を持っているわ。あなたたちみんな、心情的には急進派なのね」

マーティンは微笑した。「それこそ〈クラウンズ〉でわたしがきみの兄上やアダム・アシュウィックと話していたことだ。われわれは上院に力を持てるようにあらゆる支援を必要としている」

「でもジョスは上院に議席はないわ」

「ああ、しかし彼には影響力がある。アシュウィックも。わたしはふたりの支援がどうしてもほしい。あの法案に反対しそうな強力な敵対者たちがいる。特にローダーデールだ」

ジュリアナは腹立たしそうに首を振った。「ああ、ローダーデール公爵ね。あの人は自分がすごく頭がいいとうぬぼれて、他人にきらわれていることに気がつかないのよ。一度、自分で煙突に上ってみればいいのに」

「それは愉快だ」マーティンは言った。ジュリアナの顔が生き生きと光り輝いている。「きみは政治に興味があるのか？」

「そうでもないわ。でも、あなたがずっと目標にしてきたことには興味があるのよ」ジュリアナはからかうように彼をちらっと見た。「驚いているのね？　わたしをばかだと思っていたんでしょう」

「いや、そう思ったことはない」マーティンは急いで訂正した。本心だ。「わたしはきみの知性を心から尊敬している。ただ、きみが政治に関心があるはずがないと思っていたんだ」

彼女の口もとがかすかにほころんだ。

「むしろ、驚かせたのはこちらだと思う」マーティンは言った。ふたりの目が合った。彼はジュリアナがつばをのみ込み、顔をそむけるのを見た。

「さあ、今度は外交の世界での経験について話してちょうだい」彼女は明るく言った。

マーティンは欲求不満を抑えつけた。ジュリアナが自分と距離を置くために話を続けさせようとしているのがわかる。だが、夜はまだ長い。少しずつ彼女をその気にさせられるかもしれない。そしてここでは確実に彼女は逃げない。

マーティンは話しながらも彼女から目を離さなかった。彼女の目に映る蝋燭の炎、そのほほえみと、表情豊かな顔から。マーティンが大陸に行ったときの経験談をしていたとき、ジュリアナはダヴェンコートの地所のことをきいた。話は十五分ほど続いた。彼が何か聞き出そうとしても、ジュリアナは話題を彼に向けてしまう。マーティンは微笑して、待つことにした。

とうとう話が途切れがちになった。ジュリアナは言った。「エミリーのお父様は今では結婚を認めているの？」

「わたしがなんとかなだめた」マーティンは苦笑した。「プランケットは正直な市民だ。悪い噂のたねになること、自分が暮らしている狭い世界の外のことを恐れている。ブランドンとエミリーの結婚には大反対だ。とはいえ」マーティンはため息をついた。

「とはいえ、ブランドンは国の有力な人物を兄に持っている。だから悪いことばかりではないとプランケットも思うようになったのでしょう」ジュリアナはいたずらっぽく言った。

マーティンは笑った。「そんなことはない。プランケットは政治家をまったく信用していない。われわれが自分の権力を強大にするため政治にたずさわっているだけだと思い込んでいるんだ」

「あきれた。どこからそんな考えが出てきたのかしら？」

マーティンは彼女を愉快そうに眺めた。「きみという人はまったく頼もしい。ところで彼はやっとあきらめがついたのか、遅まきながらあの結婚を承認してくれた。きみも喜んでくれるだろう？」

「もう合法的な結婚ではないと言われなくてすむのね」

「そうだ」

ジュリアナの緊張がゆるんだのがマーティンに伝わってきた。「まあ、よかった。エミリーがもう悪意ある噂や中傷に悩まされないですむのだと思うととてもうれしいわ」

マーティンは彼女の顔をつくづくと見た。「きみはいつもそういうことを気にするのか？」

「ええ、もちろんよ。エミリーのようないい娘さんが堕落した女というレッテルを張られるなんて。噂好きな人たちに聞かれたらそうなったはずよ。駆け落ちして私生児を産んだという悪い評判を立てられて苦しむのはエミリーなのよ。いつだって悪く言われるのは女性のほうだわ」

「前にもその話をしたことがあるが、きみはそういうことにとても強く反応する。しかしわたしには何が言いたいのかよくわからない」

ジュリアナは顔をそむけた。「それであなたはダヴェンコートの農場をブランドンに譲るの？　彼が家庭を持って馬の繁殖をしたいと思っているのは知っているわね。彼ならうまくやれると信じているわ」

「弟はきみに何もかも話しているらしいな」マーティンは面白く思った。弟とジュリアナの深い結びつきがもう癪《しゃく》にさわらない。「そう、農場はブランドンのものになるだろう。彼は優秀な飼育家となり、五年以内にダービーの優勝馬を育て上げてわたしの投資に応《こた》えてくれるさ」彼は真面目《まじめ》な顔になって続けた。「わたしはブランドンに、エミリーの風邪が治りしだい一緒にダヴェンコートに移るように言った。それまできみがふたりに屋敷を提供してくれれば非常にありがたい」

「ベアトリクスおば様がいるから、ちっとも難しいことはないと思うわ」

「わたしもそう思う」マーティンは下を向いている彼女の頭を見た。「だが、大事なのはきみが親切にも弟たちを引き受けてくれたということだ、レディ・ジュリアナ。本当に感謝している」

ジュリアナは肩をすくめた。「追い返すわけにもいかないでしょう」

「追い返す人間もいただろうと思う。わたしの感謝の気持ちを受け取ってほしい」

「非難しないのね？」ジュリアナにほほえみかけられて、マーティンは胸が締めつけられた。「それで状況が変わるわ。そういえばキティとクララはどうしている？」

「ふたりとも元気だ」マーティンの目が輝いた。「ミスター・アシュウィックはレーヴァーストック・ガーデンズのちょっとした常連客になりそうだ。もう二回、花を持ってやってきて、キティを馬車で散歩に連れ出した」

ジュリアナは彼を見上げた。「うれしいわ。キティとエドワードはうまくいくだろうと思ったのよ」

「まったくだ」マーティンは気がかりそうだ。「きみはかまわないのか？　ミスター・アシュウィックはずっときみの取り巻きのひとりだったのに」

ジュリアナは笑った。「ああ、エドワードは仲のいいお友だちよ。でもそれ以上の気持ちはないの。彼がキティと結婚したらうれしいわ。キティはとても内気だけれど、エドワードほど人の気持ちを明るくする男性はいないから、キティのためにもいいことだわ」

「そして彼が田舎に住めば、キティは大きらいな町に住まなくてよくなる」

ジュリアナは微笑した。「彼女はもうあなたに話した？」

「ああ、やっと話してくれた」マーティンは笑った。

「ダヴェンコートに帰る計画を全部」

「まあ。あなたは面白くないでしょう」

「そうでもない。気にかかるのはその望みが実現するはずがないと彼女が思い込んでいたことだ」マーティンは片手を髪に突っ込んだ。「弟や妹たちの気持ちをわたしが理解していたとは思えない。わからないのは妹たちの気持ちだけだと思っていた。だがブランドンの件で失敗してから、弟も妹も誰ひとりとして、わたしに本心を打ち明けたいと思わないのだという事実を思い知らされた」

ジュリアナはちょっと彼に身を寄せた。柔らかな体が押しつけられるのを感じて、マーティンはもじもじした。話は少しずつ自分たちのことに移りつつある。危険な話題に。

「これからはみんな、あなたを信頼すると思うわ」慰めるように彼女が言った。マーティンは心を動かされた。「前はあなたのことをあまりよく知らなかったのよ。でも今はあなたが鬼ではないことをわかって……」

「鬼！」マーティンは声をあげた。「クララがどうしてもフリートがいいと言い張ったときには確かに鬼になったかもしれない」

「彼女はフリートとは結婚しないわ」やさしく自信に満ちた声でジュリアナが言った。「音楽会でわたしが言い聞かせたから」

「それは見ていた。ありがとう、ジュリアナ」

「どういたしまして。だけどあなたは自分のために利用する気はなかったのね？　フリートが義理の弟になればあなたには有利だったのに」

マーティンは笑った。「魅力はあったが、それに引きずられはしなかった」

「そうだろうと思ったわ。あなたは高潔な人ですもの」

「ミセス・オルコットに関しては高潔ではなかったようだ」

ジュリアナはさっと彼を見た。「どういう意味？」

「気の早いことに彼女は、小売商人などと親戚《しんせき》になるのは耐えられそうにないときっぱり言った。そういう家族の一員になって身を落としてくれと頼んではいないとわたしが言ったら、怒って飛び出していってしまった」

ジュリアナは笑いをかみ殺した。「なんて紳士らしくないことをしたの、マーティン」

「確かに」マーティンは満足そうだ。

ジュリアナは肩をすくめた。「サリーナは世の荒波から守られた人生を送っているの。許してあげなくてはね」

「たいがいのことは許せる」厳しい口調でマーティンは言った。「だが高慢ちきなところはべつだ」

ジュリアナは彼を見た。「いつも思っていたけど、サリーナは、侯爵の姪《めい》という身分を鼻にかけているの」

「侯爵の姪という身分を鼻にかける？　それでわかった。侮辱された女大公みたいな態度だった」

「まあ。それと、ベアトリクスおば様が今朝サリーナをたきつけたのよ。サリーナはあなたに会いに行く前にわたしのところに来たから」

「それならわたしはレディ・ベアトリクスに感謝すべきだな。おかげで難しい立場から救われた。事態をここまで進ませる気は全然なかったのに、彼女に求婚しなくてはならないのかと思っておびえていたんだ」

「もっと用心すればよかったのよ」笑いをこらえるジュリアナの肩が震えた。目が陽気に輝いている。「お気の毒にと言わなくてはね。花嫁探しが振り出しに戻ったのだから」

「そうらしい。しかし今度こそあんなばかなまねはしたくない」マーティンは言葉を切った。「もしかしたら、そんなに遠くまで探しに行かなくていいかもしれない」

貯氷庫の中が急に静まり返った。ジュリアナはそわそわとスカートを撫《な》でて、マーティンを見なかった。彼女の顔がよく見えないのがマーティンはもどかしい。彼が身を乗り出したのと同時に、ジュリアナが顔を上げて彼を見た。

「どうしてわたしを見ているの？」彼女はとても落ち着いた声できいた。

マーティンは彼女を眺め回した。「失礼。シルクではなくてあっさりしたドレスを着ているきみを見るのは珍しいので」

ジュリアナは眉を寄せた。「あなたが気づくなんて不思議だわ。女性の服装など気にも留めないだろうと思っていたのに」

「きみのことなら気がつく」

ジュリアナは咳《せき》払いして顔をそむけた。話をはぐらかそうとほかの話題を探しているだろうとマーティンは察した。「舞踏会のドレスで貯氷庫に来たら具合が悪いでしょう？」

「なぜ最初から執事に取りに行かせなかった？」

「思いついたらすぐ行動してしまうからよ。召使いに言いつけるのは時間の無駄ですもの。ベルを鳴らしてセグズベリを呼んで言いつけているあいだに氷を取ってこられるはずだったわ」恨めしそうにマーティンを見た。「あなたに邪魔されなかったらね」

マーティンはため息をついた。「それを蒸し返してもいいことはないと思うがね」

ジュリアナは大きなため息をついた。「そうかしら？　おかげでどれくらいの時間ここにいると思っているの？」

「一時間半くらいかな。まだ夜は長い」

ドアの桟のあいだから風が吹き込んで蜘蛛の巣が揺れた。蝋燭の火が消えた。ジュリアナが鋭く息をのむ。暗くなると全身の感覚が鋭くなったようにマーティンは感じた。今までは会話と弟や妹たちの問題に神経を集中することで危険を避けてきた。今は彼女の息づかいが感じられる。動揺して速くなっている息づかいが。マーティンは彼女の手を探り当てた。少し間があって、ジュリアナがすがりついてきた。

「暗闇が怖いのか？」彼はやさしくきいた。

「いいえ。暗闇が怖いのではないの」ジュリアナの声はいつもと違う。不安そうで弱々しい声だ。「暗闇はきらいだけれど蝙蝠《こうもり》のほうがもっと怖いの。弱虫と思われたくないけれど、見えなくても蝙蝠が頭上を飛んでいるかと思うとぞっとするわ」

マーティンは笑って、彼女の手を握りしめた。

「きみが弱虫だったことは一度もないと思う」

「いいえ、そうではないわ。甘えたら父が許さないし、わたしはほとんどひとりで暮らしてきたから、弱気でいられなかっただけのことよ」

マーティンはこれまで、ジュリアナはひとりぼっちだと考えたことがなかった。もちろんクライヴ・マシンガムと駆け落ちする前、長いあいだ未亡人のままだったのは知っている。しかし、そのあいだも男性の出入りが絶えなかったのだろうと思っていた。というよりそう決めつけていた。しかし彼女の言い方からすると、ほとんどひとりで生きてきたようだ。ひと晩楽しむだけの相手も、恋人同士といっていい男性も存在しなかったのか？　マーティンの鼓動が乱れた。今はまだ何もしていないが、やはり彼女は自分のものだ。彼女がなんと言おうと、どんなに運命に抵抗しようと問題ではない。体が密着しているのを意識しながら、マーティンは彼女を自分のものにし、堂々と世間にそう宣言したい激しい衝動に駆られた。

　闇がふたりを包み込んだ。淡い月光の線が床に落ちる。ジュリアナの肌から、髪からかすかな百合《ゆり》の甘い香りが漂ってくる。マーティンは胸が締めつけられた。その香りは信じられないほど悩ましい。涼しげで淡く、それでいてやさしく……。百合の花束に顔を埋《うず》め、この香りを思いきり吸い込みたくなる。ジュリアナの素肌にも顔を押し当てたい。

　不意にマーティンが体を動かした。一瞬、腕が柔らかな胸にさわり、彼はやけどしたように飛び上がった。

「どうかしたの？」ジュリアナの声はいぶかしげだ。

マーティンは歯を食いしばった。

「わたしは……ああ、なんでもない。ありがとう」

「あなたも暗闇が怖いの？」

「いや、全然」

「恥ずかしがることはないわ。誰にでも弱点はあるものよ。わかるでしょう」

　マーティンはわかっている。自分の弱点が何かということを。

「寒いの？」ジュリアナは重ねてきく。気がかりなようだ。「貯氷庫ですもの、暖かくはないわね」

　マーティンは無理やり会話に集中しようとした。寒くはない。実際、彼の下腹部はひどく熱くなっていた。燃えるようだといってもいいほど。

「寒くはない。ありがとう。きみは？　よかったらわたしの上着を羽織るといい」

　そう言ったとたん、上着を脱ぐのはまずいと思った。いったん脱ぎはじめたら止まらなくなり、ジュリアナの服も脱がせてしまうかもしれない。

「わたしはちっとも寒くないわ。上着を貸してくれなくても大丈夫よ。厚手のショールをしているから」彼女は笑った。「今夜のわたしたちはなんて礼儀正しいのかしら。その気になればできるものね」

「それはそうだが」マーティンは言った。「気温が下がったときのために体温を維持しなくてはならない。きみの体に腕を回してもいいかい？」

また短い沈黙があった。「ええ、いいわよ」ジュリアナは言った。彼女が少し身動きしたのでマーティンは自由になった腕を彼女の肩に回した。ジュリアナはすぐにぴたりと体を寄せて、彼の肩に頭をもたせかけた。

「とても心地いいわ」彼女は言って、小さくあくびした。「ありがとう、マーティン」

ふたりはしばらく黙っていた。だがマーティンの心は荒れくるっていた。意識せずにはいられない、押しつけられた柔らかな体、頬に触れる髪、腹が立つほど気をそそる百合の香り、いかにも信頼しているようにこちらの胸を滑って腹部に置かれた手のぬくもりを。彼の唇から十センチと離れていないところにジュリアナの唇がある。あごをとらえて上を向かせれば……。

「きみに家族がいないのは残念だ」彼は思いつくままを口にした。「そうすればきみがいなくなったときに気づいてくれただろう」

ジュリアナが頭をもたげた。「残念だとは思わないわ」ちょっと眠そうな声だ。「どうして姿を消したとき見つけてもらうためだけに、我慢して退屈な人と毎日一緒にいなくてはならないの？」

マーティンは笑った。「そういえばそうだ」

「あなたはたくさんの身内と一緒に暮らしているわね。そう思うことがよくあるんじゃない？」

マーティンはためらった。「そんなことはない。わたしは家族と一緒にいるのが楽しい」

「あなたは男性で、なんでも自由にできるからよ」

今この瞬間は自由どころではないと、マーティンは恨めしく思った。もっとも自由に楽しみを追求するのを阻んでいるのは彼の自制心だけだ。彼は咳払いした。「ジュリアナ、キティとクララに近づかないでくれと言ったことをあやまりたい。どんなに傲《ごう》慢《まん》なことだったかよくわかった。申しわけない」

少し間をおいてからジュリアナが言った。「今はベアトリクスおば様がいるから、キティとクララに屋敷に来てもらってもいいわね」

「レディ・ベアトリクスは関係がない」マーティンがさえぎった。とても熱のこもった口調なのが自分でもわかる。「まったく関係なくはないが」

「もちろんあるわ。わたしがひとりでいたときにはあなたは妹さんたちが来るのを許そうとしなかった。ここが評判の悪い屋敷だと思っていたに違いないわ。ベアトリクスおば様がいると、いつでも評判のいい人たちが訪ねてくるのよ」彼女は怒ったような声だ。「おば様はわたしを立派なレディにしようとしているの。うるさいったらないわ」

マーティンは微笑した。「ジュリアナ、レディ・ベアトリクスとは関係ない。みんなわたしがばかだっただけだ。きみはキティとクララにとても親切にしてくれた。ブランドンにも。きみが知り合いでよかったと思ったのはそのためだ。残念ながらわたしは傲慢で愚かだった。世間体ばかり気にしていた。だからあやまりたいんだ」

ジュリアナが身動きするのが感じられる。微笑を含んだ声で彼女は言った。「わかったわ。でもあやまるのはやめてくれない。もううんざりよ」

マーティンは彼女の手を握りしめた。「しかしわたしには大事なことだ、ジュリアナ。自分の偏見に気づいたからあやまっているのだ。レディ・ベアトリクスのためでも、きみが急に立派な人間になったせいでも、ほかのどんな理由のためでもない」

ジュリアナの目が月光を浴びて輝いている。とても大きくて黒い目だ。「急にわたしをいい人間だと思えるはずがないわ。前はまるで逆だったのに」

「それは違う」マーティンは顔をしかめた。「言い方がまずかった。簡単なことだ。以前のわたしは偏見を持った愚かな人間だった。しかし今は……」

「今は？」

「何も気にならない。自分のほしいものはわかっている」

何かが暗闇から現れて、マーティンの顔をかすめた。彼は飛び上がった。ジュリアナは小さく悲鳴をあげて体をいっそう彼に押しつけた。

「あれは……蝙蝠？」息を切らして言う。

マーティンは彼女の体に回した腕に力をこめた。

「そうだと思う。怖いかい？」

「わたし……。ええ、少し」

マーティンは安心させようと、彼女の髪を軽く撫でた。髪はしなやかに彼の指に絡まる。手を離すのは難しい。ためらったあげく、そのままでいた。

「蝙蝠がきみを傷つけることはない。たとえまともに顔にぶつかっても害はない」

「そんなことを試したくないわ」ジュリアナは落ち着こうとしているがうまくいかないようだ。身を震わせたのがわかった。ちょっと間をおいて、マーティンはもう一方の腕も彼女の体に回してそっとこちらを向かせた。抵抗されるのではないかと思ったが、ジュリアナは体をあずけてきた。胸に押しつけられた胸の柔らかさに、彼は苦しいほど悩ましいものを感じた。彼女の息がかすかに頬に当たる。

一歩を踏み出すにはそれで十分だった。

ジュリアナは小さいころから狭い場所に閉じ込められるのが怖かった。五歳のとき、兄に地下室に閉じ込められてからずっとだ。今までそのことを忘れていた。しかしこうして真っ暗な狭い場所に閉じ込められ、おまけに宙を飛ぶ蝙蝠がいてはおびえずにはいられない。不安のあまり、マーティンがこの暗がりに一緒にいてくれてよかったとさえ思った。

互いに分別を持って接していることに、彼女は心からほっとしていた。マーティンには前日の続きに戻るつもりがないような気がして、もう安心だと思っていた。だが、彼の熱いまなざしを見て、そう簡単に逃れられそうにないのがわかった。胃が絞られるように固くなる。そのとき蝙蝠がぶつかってきた。彼女は本能的にマーティンの胸にすがりついた。そしてふたりはそのまま、ともに流れに身を任せた。マーティンのキスはとても軽く、じらすようだ。

ジュリアナは手を伸ばして彼のなめらかな上着に指を滑らせ、襟をつかんでしっかりと引き寄せた。

「お願い……」

懇願する声に応えるようにマーティンは唇を奪い、彼女の中の欲望の炎をかきたてた。

どんなに長いあいだこのキスを待っていただろう。ジュリアナはそう思い、くるおしいまでに彼のキスに応え、息ができないほどだった。

マーティンの唇が離れ、のどのくぼみに押し当てられる。彼の髪がジュリアナの首筋をくすぐった。彼女は何も考えられなくなり、マーティンの体に腕を回した。マーティンが強く抱きしめてきた。石段の上に座っているという姿勢がもどかしい。思いのままに抱き合えないのだ。ついにマーティンはジュリアナを抱えたまま敷石の床に横たわった。床の冷たさも硬さもジュリアナは気にならない。マーティンは彼女の背中に手をはわせ、自分の硬い体に押しつけた。

彼の舌先がそっと唇に触れたかと思うと、口の中に滑り込んできた。ジュリアナは小さくあえいだ。

マーティンの手が彼女の胸をはい、親指がシルクの薄い生地越しに胸の先端に触れた。彼の手のぬくもりを感じたとたん、ジュリアナは期待と欲望で腹部が激しく上下した。

マーティンが彼女のドレスを引き下げる。ジュリアナは彼の首に回していた腕をおろして押しとどめようとした。突然マーティンは思った。彼女は淫《みだ》らではない。それはとても大事なことに思われた。

「やめて……」

「なぜだめなんだ？」彼の吐息が彼女の耳たぶをくすぐった。「きみは誰に見られても気にしないのではなかったか？　ブルックスの結婚祝いのときや、賭博《とばく》場で……」

ジュリアナは唇をかんだ。「あれはべつよ」

マーティンがふたたび激しく唇を求めてきた。ジュリアナは息ができなくなり、とうとう最後のためらいも吹き飛んだ。彼の背中に手を滑らせる。上着が窮屈なほど筋肉が盛り上がっているのが感じ取れた。彼の体は温かくて強く、それでいてこのうえなくしなやかだ。男性の体がこんなふうだとはすっかり忘れていた。

マーティンが彼女ののどのくぼみにキスをする。彼女は爪先まで震えが走るのを感じた。彼はドレスから一方の肩をむき出しにして素肌をかんだ。ジュリアナは声をあげ、彼がさらに鎖骨を唇と舌でなぞっていくと弓なりにそった。ボディスを引き下げられても今度は抵抗しようとせず、温かい手が胸をはうのを感じて喜びにもだえた。マーティンは軽く、注意深く彼女の肌に歯を当てながら頭をしだいに下げていく。ジュリアナは大声をあげそうになった。体の奥で生まれた快感がふくれ上がり、耐えがたいほどだ。

ジュリアナは体を反転させ、壁に頭をぶつけそうになった。「マーティン、こんなところでは……」

マーティンもやっとわれに返った。彼女を抱きかかえて自分の脚の上にのせ、敷石の冷たい床が触れないようにしてやる。

やがてふたりは石段に並んで座った。ジュリアナはマーティンの肩に頭をもたせかけた。「あやまらないで、マーティン」警告するように言う。「申しわけないなんて言ったら、追い出してやるから」

マーティンは彼女の髪に唇を当てた。「あやまるつもりはないよ。だいいち、ちっとも悪いと思っていない。楽しかった」

ジュリアナは彼を横目で見た。「まあ」

「楽しくなかったとは言わないでくれ。プライドが傷つく。それに、うまくできなくてすまなかったとまたあやまらなくてはならなくなるから」

ジュリアナは笑うまいとした。眉を寄せて彼を見る。「わたしが楽しんだかどうかはどうでもいいのよ。ただ、わたしは今、立派な人間に戻りつつあるところなの。それをだいなしにされたくないわ」

マーティンは眉を上げた。「どうしてわたしがだいなしにしたりするんだ。キスをするのはいけないことなのかな？」

「もちろんよ。ひとり身の女性は、未亡人であっても評判を大事にしなくてはならないものよ。キスなんて論外だわ」ジュリアナは少し体を引いた。「だからわたしは三年も誰ともキスをしなかった。あなただけはべつだけど」

マーティンが衝撃を受けたのが感じられる。「三年も誰ともキスをしなかったって？」

「ほとんど三年よ。わたしの言うことを繰り返していると、とても間が抜けて聞こえるわ」

「ああ、しかし……三年もか？」

彼女はゆっくりほほえんだ。「あなたは以前はわたしに偏見を持っていた愚かな人間だったと言ったわね」

彼は片手を髪に突っ込んだ。「しかしそうするときみは、つまり、噂の愛人たちとは……」

ジュリアナは顔をしかめて彼を見た。「ずいぶん失礼よ、マーティン。紳士はレディにそんなことを言うものではないわ」

「ああ、だけどアンドルー・ブルックス、それにジャスパー・コリングは……」

「アンドルー・ブルックスは愛人ではなかったと言ったでしょう。コリングだってわたしの好みではないわ」

マーティンは彼女の体に回した腕に力をこめた。

「じらすのはやめてくれ、ジュリアナ。どういうことだ？」

ジュリアナは彼の目を見つめた。「それなら言ってあげるわ。わたしはこれまでにたったふたりの男性としかベッドをともにしていないし、そのふたりとは結婚したのよ。それなのにどうして世間の評判は正反対なのかと思うでしょう。それはわたしが、世間の批判を受け入れておとなしい未亡人になるつもりがなかったからよ。非難されたくないばかりにそんなことはできないわ」言葉を切り、手で口を覆った。「なんてことなの。こんなことをあなたに言ってしまうなんて」

マーティンは軽く笑った。「これできみの悪い評判はすっかりだいなしだな」

ジュリアナは彼をにらんだ。「今言ったことは忘れて」

「忘れられないし、忘れたくもない」

ジュリアナは彼の腕から逃れようともがいた。

「そうでしょう。男性というものは自分の恋人が無《む》垢《く》だと、あるいはどちらかというと男性経験が少ないと思いたがるものだから」

彼女は立ち上がった。できるかぎりマーティンから離れ、桟のあるドアに背中をもたせかけた。

「考えてみて、マーティン。女性が世間からつまはじきされるのは、奔放な男性関係のためだけではないのよ。ほかのことも忘れないで。乱ちき騒ぎに悪ふざけ、目に余る賭事《かけごと》。わたしはまったく好き勝手なことをしてきたわ」身をひるがえして石段のいちばん上に立ち、向きなおってマーティンをじっと見つめた。「ハイド・パークでのいたずらを発見したとき、あなたはなんと言ったか思い出して。あなたは何もわかっていないわ。わたしは十八歳にもならないとき、向こう見ずな賭事をして家族を破滅させるところだったのよ。ジョスが責任を持ってわたしを救ってくれたの。四年ほど前にわたしが以前の友だちを恨みと嫉妬《しっと》からゆすろうとしたときにも救ってくれたようにね。早まってわたしを貞淑だと思い込む前に、わたしがクライヴ・マシンガムと駆け落ちというとんでもないことをしたのを思い出したらどう？　わたしは彼に夢中だったのよ」一瞬、くしゃくしゃにゆがんだ顔を、彼女は両手で覆った。「わたしは、人が一生のうちにする何倍もの失敗をしたわ。そしてそれからは、悪名高い未亡人の役を演じることで愚かしさの上塗りをしてきたのよ。自分が後悔しているのを認め、すっかりおとなしくなってしまうのはプライドが許さなかったからよ」

マーティンは立ち上がった。だがジュリアナに近づきはしなかった。「きみがなぜわたしに、自分を悪く思わせたがるのかわからない」彼は静かに言った。

ジュリアナは顔を上げた。「なぜって、ときどきわたしは自分がきらいになるの。あなたにもわたしをきらいになってほしいからよ」

「そうはいかない」

ジュリアナの微笑は自嘲《じちょう》に満ちていた。「そうね。とても難しいことだわ。あなたは自分の考えに固執する人だから。あなたはわたしを好きだと思い込んでいる。それでわたしは困っているの。きらわれていたときのほうがずっと楽だったわ」

マーティンの唇にかすかな笑みが浮かんだ。少し彼女ににじり寄った。「きみをきらったことは一度もない、ジュリアナ」

彼女はほとんど嘲《あざけ》るような顔になった。「そうなの？　そう、わたしは心からあなたがきらいだったわ。わたしにはいい人すぎるから。それにあなたの期待に応えようと思ってしまうからよ」大きく片手を突き出す。「見て。わたしの屋敷は、独身のおばに押しかけられ、駆け落ちしてきた花嫁とその赤ん坊を住まわせて大にぎわいだわ。義務でもないのにあなたの妹さんたちや弟さんに助言をし……この次は孤児院でも開くことになるでしょうね」

マーティンはやさしくほほえんだ。「悪い面ばかり見てはいけない、ジュリアナ。わたしは頑固で偏見に満ちて愚かで……きみが言うように自分の考えに固執する人間だった。だが、きみがわたしを変えてくれた。物事に固執するのがいつでもいいことではないとわからせてくれたんだ。わたしには何も見えていなかった」

彼はジュリアナに近づいて抱きしめた。

「わたしには素直なきみを見せてほしい」彼は唇を寄せた。「わたしに見えるのはきみだけだ。そしてきみは……」

「なんなの？」

「美しい」

マーティンは彼女に唇を重ねた。目がくらみ、息ができなくなるほどキスは長く続いた。

そのとき外で声があがり、炎の明かりが見えた。マーティンはジュリアナを離した。レディ・ベアトリクスがドアの前に立った。角灯と大きな毛布を何枚も持ったセグズベリを連れている。執事が貯氷庫の鍵を開けた。ジュリアナはよろよろと外に出て、おばの腕に倒れるようにして抱かれた。マーティンは毛布を一枚受け取ってジュリアナをくるんだ。

「屋敷の中まで送らせてほしい」

ジュリアナは彼の手を逃れようともがいた。助け出された今となっては自分の気持ちがよくわからない。衝撃と当惑、そして舞い上がるようなすばらしい気持ちが心の内でせめぎ合っている。

「わたしは大丈夫よ」彼女の声がかすかに震えた。

「お願い……。わたしには考える時間が必要なの」

マーティンは一歩下がった。「わかった。わたしは明日ロンドンを出なくてはならないがすぐに戻る。戻ったらまた来る。おやすみ」

約束のように聞こえた。ジュリアナはそれには答えず、挨拶《あいさつ》だけを返した。マーティンはセグズベリと連れ立ってテラスに続く階段を上り、屋敷の戸口に向かった。

あとからジュリアナとレディ・ベアトリクスはゆっくり歩いていった。体が震えるのを押さえようと、ジュリアナは毛布をきつく体に巻きつけた。

「うまくいった、ジュリアナ？」レディ・ベアトリクスは言った。琥珀《こはく》色の瞳が輝いている。「必要と思われるあいだほうっておいたのよ。彼は愛してくれた？」

ジュリアナはおばをにらんだ。混乱を振り払おうとする。「娼館《しょうかん》のおかみのようなことを言うのね、ベアトリクスおば様」

レディ・ベアトリクスは笑った。「あの人はおまえに夢中よ。感謝して受け入れなさい」

ジュリアナは身震いした。そんな簡単なことではない。心の半分ではマーティンの愛に当惑し、あとの半分は強く恐れている。

「再婚はできないのよ、トリックスおば様」彼女の声がかすれた。「できないわ」

レディ・ベアトリクスは彼女の手を温かく握った。

「マイフリートのためなの？　彼をあまり強く愛していたから……」

「まだ彼を愛しているけれど、そのためではないわ」ジュリアナは言った。テラスの手すりにつかまって身を支える。「でも彼を失ったとき、わたしの心は張り裂けてしまった。もう一度あんなことがあったら」かぶりを振る。「耐えられないわ、トリックスおば様。もう二度と」

11

「付き添い人《シャペロン》ができたそうだな」翌日の夜、レディ・ナイトンの舞踏室でジュリアナと顔を合わせたジョスリン・タラントは面白そうに言った。「それもおまえの年で」

ジュリアナは兄をにらみつけた。「お兄様とエイミーがベアトリクスおば様を引き受けなかったせいだわ。追い返せばよかったとでも言うの？」

ジョスは笑った。「おまえならやりかねない」

ジュリアナは横を向いた。「そんなことはしないわ。わたしがお兄様たちより話し相手を必要としているなんてどういうこと？　こんなしらじらしい嘘《うそ》は聞いたこともないわ」

「それは本当だろう」ジョスは眉を上げた。「白状しなさい、人と一緒にいるのは楽しいと。一日中出かけているそうじゃないか」

「ええ、昨日は音楽会に行き、今日は美術館を回って退屈な思いをしたわ。まったく、立ったまま眠ってしまいそうなほどにね」

「ベアトリクスおばはいつまでいるつもりだ？」

「わからないわ。また旅に出る前にアシュビー・タラントに行くつもりでいるのよ。ほら、この二十年、おば様はほとんど海外にいたでしょう」

「大陸で戦争があったことは知らないのか？」

「あら、戦争で破壊された場所ならおば様は慣れたものよ。エジプトにインドシナ、日本にも行ったんですもの」

「それなら強情な姪《めい》ひとりぐらいものともしないのも不思議はないな」

「おば様は関心を向ける相手をクララ・ダヴェンコートに替えたほうがいいかもしれないわ」ジュリアナは笑いながら言った。「ほかの誰よりおば様が適任よ」

「クララが言うことを聞くのは、おまえだけだそうじゃないか」ジョスが言った。「フリートが引き下がるやいなや、クララはエイミーの兄のリチャードに関心を向けた。クララは彼に気があるらしい」

ジュリアナは口を押さえた。「あの小さな浮気娘ったら、彼のことは警告しておいたのに。根っからのギャンブラーだと」

「だが背が高くて金髪のハンサムだ。そして金持ちの花嫁を探している」

ジュリアナは部屋を見回し、エドワード・アシュウィックがキティ・ダヴェンコートと並んで座っているのを見て微笑した。ふたりの横の椅子はあいたままだ。クララは自分の席にいないで音楽に合わせて踊っている。リチャード・ベインブリッジの顔を見上げて笑いながら、しゃべり続けていた。

「もう一度言って聞かせなくては。選んでほしくない相手ばかり好きになるのね。あら、なぜ笑っているの？」

ジョスは笑うのをやめた。「なんでもない、ジュー。それと、おまえに賛成だ。クララ・ダヴェンコートはリチャードとは結婚できない」

「エイミーはどう思うかしら？」

ジョスの顔から笑みが消えた。「エイミーは相手が誰であれ、リチャードの結婚に反対している」

「わかるわ。お父様の賭博《とばく》好きのためにお母様がどれほど惨めな思いをしたかを考えれば」

ジョスは陰のある笑顔を見せた。「エイミーはリチャードと結婚相手の若い女性がどうなることかと恐れている。だが、わたしはそんなに恐れなくてもいいと思う。早い話が、わたしをごらん。かなり賭《かけ》事《ごと》をしたが、やめるのはそんなに難しくなかった。今でも賭《か》けることはあるが、のめり込んだりはしない。リチャードも結婚したらそうなるかもしれないだろう」

ジュリアナは兄の腕に手を滑り込ませた。「でもジョス、お兄様はわたしと似ているわ。わたしたちは退屈しのぎに賭事をしていただけよね。リチャードは父親と同じでやめることができないのよ。賭事に取りつかれているから」

ジョスは聞き流した。「それならおまえはやめられたのか、ジュー？」気軽な口調できく。

ジュリアナは顔をしかめた。「資金が尽きたのにどうしてできるの？」

「以前のおまえなら金がなくなってもやめなかった。父上がおまえのネックレスを買い戻したそうじゃないか」ジョスが言った。

「ええ、残念でしょう？　こんな体裁の悪いことはないわ」

「おまえをアシュビー・タラントに呼び戻そうとしているようだね？」

「ええ」ジュリアナの顔から微笑が消えた。「行きたくないわ」

「行ってほしい、ジュー」真剣な顔でジョスは言った。「父上はおまえと仲直りしたいんだ。父上は頑固で気難しい。しかし精いっぱい……」

「もう手遅れだわ、ジョス」

「それは残念だ。おまえがアシュビー・タラントに行くと言ったら、ダヴェンコートがエスコートを申し出てくれたのに」ジョスの目がきらりと光った。「彼はアシュビー・ホールの名付け親を訪ねるつもりでいるらしい。これで行く気になったのではないか？」

「ますます行く気がなくなったわ」ジュリアナはぶっきらぼうに言った。ひどく動揺していた。マーティン・ダヴェンコートと仲むつまじく旅をすると思うとどきどきする。

「それならお兄様に連れていってほしいわ。どうしてマーティンと行かなくてはならないの？」

ジョスは面白がっているようだ。「すまない。おまえはそのほうがいいと思っただけだ」

「いいえ、ちっともよくないわ。わたしはいつだってマーティンを、ミスター・ダヴェンコートを避けようとしているのに」

「どうして避けなくてはならないのだ？」

「それは……」ジュリアナは兄の目がまともに見られなかった。

「それはおまえが彼に夢中になりすぎて、この先どうなるか恐れているからではないか？」

「それはわたしが彼に夢中になりすぎたので、自分でけりをつけようとしているからよ」冷ややかな口調だ。

「なぜだ、ジュリアナ？」ジョスは眉を上げた。

「どうして運命を受け入れようとしない？」エイミーのほうをちらりと見て微笑する。「わたしのように」

「実際にはとても抵抗していたように思えるけれど、わたしがエイミーに恋したのでしょうと言うたびに否定していたじゃないの」

「だから今度はわたしが同じことを言う。おまえはマーティン・ダヴェンコートに恋している。そして確かに彼もおまえに恋している。それなら何が難しい？　何を恐れるんだ、ジュー？」

「こんなはっきりしたことはないわ」彼女は冷ややかに言った。「わたしの結婚歴は最悪よ。マーティン・ダヴェンコートのような男性が、わたしみたいに評判の悪い女と結婚できるはずがないわ。ジョスもわかっているでしょう。彼もわたしも、それがわかっているのよ。だから手遅れにならないうちに、彼とは距離を置くようにしているの。心が張り裂けてしまわないうちに」

　ジョスはまたエイミーを見た。「そうはならないよ、ジュー。自分の気持ちを無視しようとすればするほど、よけい意識せずにいられなくなるものだ」

「適切な助言をありがとう。今夜のお兄様は頼りになるわ」

「そもそもダヴェンコートが誰と結婚するかは彼自身が決めることだろう。おまえが代わって決めようとするのはやめたらどうだ」

「そんなことはしていないわ。わたしを選ばないようにしているだけよ。わたしは拒絶しなくてはならないから。ふたりとも惨めになるだけですもの」

「それなら受け入れるんだな」ジョスは肩をすくめた。「わたしにはわかりきったことに思える」

　ジュリアナは兄をにらんだ。「お兄様はこの道の権威ですものね。エイミーに対する自分の気持ちを認めるのにどれほど時間がかかったの？」

「確かに時間はかかった。しかし最終的には認めた。だからおまえには、わたしの経験から学んでほしいと思うんだ」

「ありがとう。でも、失敗はそれぞれに違うものだわ」ジュリアナはため息をついた。「わたしをベアトリクスおば様のところに帰してくれる？ わたしには今シャペロンが必要なの」

次の日、ジュリアナ、ジョスとエイミー、そしてベアトリクス・タラントは先祖代々の屋敷に向かって出発した。レディ・ベアトリクスは兄を訪ねるときだと決め、ジョスは延びていたロンドンでの仕事が終わり、ジュリアナは父の見舞いを果たしてしまおうと、しぶしぶ同行を承知した。

タラント侯爵の病状はよくなっていた。だがまだベッドを離れられず、主治医に文句を言っていた。伯爵は枕《まくら》を支えに体を起こし、革のような頬を娘に差し出した。ジュリアナは儀礼的に頬にキスをする。父は老けて、清潔な白いシーツの上でいっそう小さく見えた。病室特有のにおいを消すために寝室の窓は開け放たれている。ジュリアナは急に恐怖に襲われた。親子関係はうまくいっていなくても、これまで父はいつも力になってくれた。今父を失ったらどうなってしまうのだろう？

もっとも侯爵は人生に別れを告げる気などまったくなさそうだ。琥珀《こはく》色の目も舌も相変わらず鋭い。ベッドのそばの椅子に座るよう娘に合図して、彼女をじっと見つめた。

「サー・ヘンリー・リーズの名付け子がおまえのエスコートを申し出たそうだな、ジュリアナ。リーズとわたしはよくチェスをする。老いぼれの変わり者同士だ」侯爵は考え深げに言った。「マーティン・ダヴェンコートだったか、おまえの今の恋人か？ そうでなければ、あんな紳士的な男がそんな気まぐれを起こすはずがないだろう」

ジュリアナは笑った。「あら、ミスター・ダヴェンコートは完璧《かんぺき》な紳士よ、お父様。わたしとはまったくなんでもないの」

侯爵は笑った。「男に期待をかけすぎているのではないだろうな？　マシンガムとどんでもないことをしでかしてから、男には目もくれないと思うが」

「なんでもご存じなのね」ジュリアナは穏やかに言った。体調がすぐれないまま田舎に引きこもっているというのに、父が強力な情報網を持っているのにはいつも驚かされる。

「おまえについて興味深い話を聞いている」乱れて垂れ下がる白髪から侯爵は娘を見た。「ベアトリクスが同居するようになったら古い友人たちとのつきあいをやめて、エイミーやアニス・アシュウィックと親しくなり、オペラや芝居に行っていると」侯爵はうなずいた。「それを聞いてうれしい」

「どうかあんまり喜ばないで、お父様」ジュリアナは言った。「長続きするはずがないから」

侯爵は笑った。「おまえがおとなしくしているのがか？　まだおかしなユーモアのセンスはあるようだな、ええ？　わたしと同じで」

開いた窓から風が吹き込み、ジュリアナは身震いした。「そうは思えないわ」冷ややかに言う。「わたしはお父様からは何ひとつ受け継いでいないはずよ」

ぎこちない沈黙があった。侯爵はベッドの上で体を動かした。「遺産のことをおまえに話したいと思っていた。もう一度チャンスをやろうと思って。もうぐずぐずしてはいられないから、弁護士に話をした」枕の上でじれったそうに再び体を動かした。

「もちろん遺産のほとんどはこの古い家屋敷を維持していくジョスに譲る」

「当然ね」ジュリアナは言った。「気の毒なジョス」

「だが」侯爵はのどをぜいぜいいわせた。「これを最後としておまえの借金を清算し、十五万ポンドを残すと発表した」

ジュリアナは驚いてさっと父を見た。「十五万ポンド」弱々しくつぶやく。

「そうだ。全部カードにつぎ込むなら多いとはいえないだろうが」父は皮肉な目で彼女を見た。「求婚者を釣るには十分な額だ」

ジュリアナは眉をひそめた。「なんですって？」

侯爵はため息をついた。「おまえが幸せそうだったのはマイフリートと結婚していた時期だけのようだ。だからおまえに持参金を渡し、求婚者が現れるようにと思った」伯爵はジュリアナを見た。「だが、ひとつだけ条件がある。おまえは三十歳の誕生日から三カ月以内に結婚しなくてはならない。だから早く決めるように」

ジュリアナは黙って座っていた。頭の中でさまざまな思いが闘っている。体が熱くなり、震えてきた。父は自分に夫を買わせようとしている。娘に結婚してほしいのだ。しかし金で買わないかぎり娘は結婚相手を見つけられないと思い込み、それで金を……。

ジュリアナは立ち上がると窓辺に行った。気持ちを落ち着かせようとひんやりした空気を吸い込んだ。のどまで出かかった言葉を必死でのみ込んだ。やっといくらか落ち着いてくると、慎重に言った。「失礼だったらごめんなさい。でも、説明してもらわなくてはわからないわ。お父様はわたしが三十歳の誕生日から三カ月以内に結婚するなら十五万ポンドを渡すと世間に公表したの？」

侯爵はじれったそうに書類を取り出した。「ああ、そうだ。ただし相手は立派な男でなくてはならない。いいな。下品なろくでなしではだめだ。おまえの誕生日は来週だったな？」

ジュリアナは唇をかんだ。「そうよ。でも、残念だけどそんな男性はいないわ」事実に反することを言ったからだろうか、のどがつまった。「結婚したいと思う男性はいないのよ」

侯爵は少し当惑したようだ。「いないのか。だが三カ月以内に見つければいい。だいいち、金という釣り道具があれば……」

「わたしにはお金があっても無駄よ」ジュリアナは穏やかに言った。「それにお金につられて求婚する人などと結婚したくもないわ」

侯爵は眉を寄せた。「わたしの申し出を断るつもりか？」

「ええ」ジュリアナは答えた。ベッドに近づき、父のかたわらに腰を下ろす。壁にかかった錆《さび》ついた鏡に並んだふたりの姿が映った。「わたしは愛する人としか結婚しないわ、お父様。エドウィン・マイフリートとの結婚生活が幸せだったのは、心から愛し合っていたからよ。わたしが結婚する理由は愛しかないの」

父はそれを否定するように手を振った。「愛のある結婚か。それがおまえの間違いだ、ジュリアナ」

「お父様は名門の貴族らしい結婚をした」ジュリアナは静かに言った。「でも、それでうまくいった？」

父がさえぎろうとしても、勇敢に言葉を続けた。

「お父様は愛を見くびっていると思うわ。見て。わたしはタラント家の赤毛を受け継いでいるわ。顔の輪郭もお父様と同じよ。同じ鋳型で作られたみたいに。同じユーモアのセンスがあると、ご自分でもおっしゃったでしょう。それなのにわたしが生まれてから三十年、お父様は、わたしが自分の子だとけっして認めなかった。少しも愛していなかったのね」

軽く手を振った。「黙っていたけれど、全部知っていたわ。お父様は、わたしが自分の子供ではないと思っていて、だからかわいくないのだと」

「わたしは……」

「そしてもしかしたら、そうなのかもしれない」ジュリアナは父のほうを向いて、急に激しい口調になった。「似ているところがいろいろあると思ってはいても、お父様の言うとおりわたしはお母様の愛人の子供かもしれない。お父様はいつもそう思っていたに違いないわ。三十年というもの、そのためにわたしにつらく当たってきたんですもの」彼女は立ち上がった。声が少しかすれている。「でも、それがなんなの？　わたしのせいではないのに。お父様の口からたったひと言でも愛のこもった言葉、娘を思いやる言葉を聞けたら、十五万ポンドなんて誰にでもあげてしまったわ。でも一度もその言葉は聞けなかった。わたしはしまいにあきらめてしまったの。だから喜んで認めるわ。この三十年、お父様を怒らせるようなことばかりしてきたと。そして今となっては遅すぎるのよ。お金でわたしたちのあいだの溝は埋められないわ」

「ジュリアナ、待て」侯爵は言った。

ジュリアナはかぶりを振った。またベッドにかがみ込んで父の頬にキスをする。「ごめんなさい、お父様。わたしはロンドンに戻るわ。どうしても田舎が好きになれないし、二度と来たくない。お大事に。そして」彼女はほほえんだ。「長生きしてください」

息苦しい病室を出ると外の空気が新鮮に感じられた。ジュリアナは腹が立って、ジョスともエイミーとも話したくなかった。ロンドンに今すぐ帰りたい。柱廊の前につけた馬車を待たせておいて、庭の小道をたどり、川に向かった。柳の葉をかき分けると緑に覆われた川岸だ。子供のころのように草の上に腰を下ろし、両膝を立てる。ひどく惨めだった。ひと筋の涙が頬を伝う。ジュリアナは涙をぬぐい、膝頭に額をのせて足をしっかりと抱いた。十五万ポンド。大金だ。父は父なりのやり方で、気前のいい申し出をしてくれた。それでもわたしには悲しく、むなしい気持ちしか残らない。父に与えてもらえるはずの愛や慈しみに比べたら、金がなんだろう？　言いたいことはたくさんあった。怒りの言葉があふれそうだったが、結局何も言わなかった。言っても無駄だと思ったからだ。今はだめ。今このときは。

立派な男性に、わたしの過去には目をつぶって求婚してもらわなくてはならないというの？　父がそう考えているのは明らかだ。その考えに耐えられない。それでいて、胸の内ではそれしかないと自分でも思っている。ジョスにはもうけっして結婚しないと言った。立派な男性が評判の悪いわたしのことを大目に見てくれるはずがない。そう思うとジュリアナの心は痛んだ。

ジュリアナは心が引き裂かれているのを感じた。と同時にうれしい気もした。二度と耐えられない思いをしないですむのはありがたい。男性を信頼したためにその力に屈服しなくてもいいのだ。クライヴ・マシンガムとのことで大きな失敗をしてから、男性を寄せつけなかったのもそのためだ。激しく求めていながらマーティン・ダヴェンコートを拒絶したのも、またあんな思いをしたくなかったからだ。

だが、父に認められたいと切望していた少女はいまだに愛されたいと思っていた。ジュリアナは強く体を丸め、ため息とともに伸ばした。頭を上げて顔にかかる髪をかき上げる。

背後で物音がした。小枝の折れる鋭い音が川辺の静けさを破った。ジュリアナはさっと振り向いた。

マーティン・ダヴェンコートが柳の木陰に立っていた。何も言わない。ジュリアナは何か言おうと口を開き、そのまま閉じた。悪いことをして見つかったように頬が熱くなる。だが目はそらせなかった。

彼女はやっと立ち上がった。

マーティンが二歩で彼女のそばに来た。両腕を回して彼女を抱き寄せた。彼のキスはジュリアナが怖くなるほど激しかったが、同時にやさしくもあった。

しばらくして、彼女は少し体を引いた。

「マーティン」問いかけるように、そしてとがめるように彼の名前を呼んだ。

マーティンはちょっと首を振った。「ジュリアナ、大丈夫か？」

彼女はマーティンの腕から逃れた。「もちろんよ。ロンドンに戻る前に少し静かにしていたくてここに来たの」

ジュリアナは髪を撫《な》でつけた。だが何げないふりをしていても、指も声も震えている。マーティンはその手をとらえて唇に持っていった。ジュリアナは彼を見て急いで手を引いた。彼のやさしいまなざしに気づくと、のどがつまった。

「マーティン」また言った。今度は懇願するような口調だ。

「なぜ泣いているんだ？」

ジュリアナはさっと離れて横を向いた。「なんでもないわ。父が財産をくれると言ったけれど、断ったの。わたしはなんてばかなのかと思っていたところよ」

マーティンは微笑した。「どうして父上は財産を渡すと言われたのか？」

ジュリアナは寒けを覚えた。彼に打ち明けてしまいたい。だが、父は求婚者を釣るために金をくれると言ったのだ、と彼に話すほど屈辱的なことはない。

「その話はよしましょう。つまらない話ですもの。わたしはロンドンに帰らなくては」

マーティンは動かない。「きみが泣くなんて、よほどつらいことだったに違いない」

「そんなことはないわ」ジュリアナは無理に明るくほほえんだ。「わたしが泣くはずがないのはわかっているでしょう」

マーティンは疑わしそうだ。彼の中に少しでも軽薄なところがあればとジュリアナは思った。でも、わたしには人一倍軽薄なところがある。だからはじめに戻ればいいのだとも思う。ふたりはまったく相性が悪いのだから、結婚など考えなければいいのだと。

「それなら、今のわたしたちのことを話してもいいか?」マーティンは言った。「この前の晩、貯氷庫で……」

ジュリアナは伏し目がちに彼を見た。「話すことはないわ。突然、お互いに惹《ひ》かれただけで、ずっと続くものではないのよ、マーティン。始まったときと同じようにすぐに終わるわ。よくあることよ」

「ばかげている」

マーティンは険しい目をした。それがジュリアナにはかえって魅力的に見えた。彼を思う気持ちがどうしようもなく深くなるのを感じて激しく抵抗した。

「たまたまあんなことをしたのではない。前に言ったことからして、きみも同じはずだ。ごまかすのはやめてくれ」

ジュリアナは追いつめられた気がした。「何を言ったかわかっているわ」

「ほう、それで」マーティンは腕を組んだ。「きみがあくまで自分は評判どおりの人間だと言い張ってわたしと距離を置こうとするなら、こちらもべつの方法を探さなくてはならない」

ジュリアナはどうしたらいいかわからず、両手を合わせた。「でもわたしは評判どおりの人間よ。いつも言っているでしょう。どうして聞いてくれないの?」

「確かにきみはひどく強情だ。あんなキスができるくせに、あれにたいした意味がないふりをしようとは……」

ジュリアナは意味なくボンネットの下の髪を撫で

つけた。逃げ出したくてたまらない。これ以上こうしていたら負けてしまいそうだ。彼を愛していると認め、恥ずかしくなるようなばかなことをいろいろ言ってしまうだろう。彼から逃れなくては。取り返しがつかなくなる前に。

「ごめんなさい、マーティン。でももうこの話はやめたいの。わたしにはなんの意味もないことですもの」

そう言うあいだ、彼女はマーティンをまともに見られなかった。だから彼の目が凶暴な青い光を帯びたのに気がつかなかった。ただ、一瞬マーティンが黙り込んでしまったことで警戒心がわいた。次の瞬間、マーティンはボンネットをジュリアナの手から奪い取り、草の上に投げ捨てた。彼女の両腕をつかんで自分のほうを向かせる。だが、その目とは裏腹に声はやさしかった。

「ジュリアナ、あまりじらさないでくれ。二度と自分を偽らないでほしい。わたしがキスをしたとき、きみは震えていた。あれがきみにはなんの意味もないことだとは信じられない」マーティンの指先が軽くジュリアナの眉の端に触れ、頬骨をたどってあごへと下りていく。親指が下唇をなぞった。温かな感触にジュリアナは身震いした。ジュリアナは彼の目に満足そうな光があるのを見て取った。「わかるかい？　これは始まりにすぎない」彼は手を止め、熱いまなざしをジュリアナの口もとに注いだ。彼女は全身が熱くなり、倒れそうで、ひどく混乱していた。身をくねらせて彼の手から逃れようとする。しかしマーティンにしっかりと押さえつけられていた。

「忘れないでくれ。きみがわたしに無関心なら、恐れることはないはずだ」彼の唇は、ジュリアナの唇のすぐそばにある。「少しも恐れることは……」

キスを受けると、ジュリアナは心が安らいだ。だがすぐに激しい欲望がわいてきて、体から力が抜けた。彼の手が一瞬離れたが、それはしっかりと腕を巻きつけて抱き寄せるためだった。ジュリアナは彼にすがり、欲望に身を震わせて喜びを感じた。マーティンが唇を離した。

「まったくなんでもないだろう」笑いを含んだ声で言い、彼はまたキスを始めた。ジュリアナの唇を開かせ、舌を絡ませる。彼女はのどの奥でかすかな声をあげ、少し身を離し、両手を彼の胸に当てた。

「あなたの言うとおりだったわ」

「それでもわたしはまだ満足できない」

マーティンは再び彼女を抱きしめた。しばらくして彼女を離し、一歩下がる。だがジュリアナには彼が自分を抑えつつ、目の奥に情熱を秘めているのが見て取れた。

マーティンは彼女に背を向けてカーテンのように垂れ下がる柳の葉のほうに歩きだした。

「どこへ行くの？」ジュリアナは当惑してきいた。

マーティンは柳の葉をかき分けたまま足を止める。

「きみの父上に、求婚する許しをもらいに行く」

「わたしはあなたと結婚しないわ」

マーティンが振り返って彼女を見た。「きみの意見などきいていない」

「わたしにきいたら……」

「承諾するだろう」

ジュリアナはかっとなった。「きかれたらわたしは……」

だが、マーティンはもう行ってしまった。

マーティンの訪問が告げられたとき、タラント侯爵は病床を出て図書室で息子とワインを飲んでいた。マーティンは部屋に入るとふたりにお辞儀をした。ジョスリン・タラント伯爵は友の顔を一瞥《いちべつ》し、グラスを置いて戸口に向かった。

「父に大事な話があるようだな、ダヴェンコート。

ふたりきりで話せるようにしよう。あとでわたしに話があれば、居間に来てくれ」

マーティンは片手を上げた。「どうかわたしのためにここにいてほしい。おふたりに話せるのはうれしいかぎりだ」彼はそう言って侯爵のほうに向きなおった。「タラント侯爵、わたしが来たのは、お嬢さんに結婚を申し込むためです」

「ジュリアナと結婚したいと？」侯爵はそう言ってさっとジョスを見た。「ジュリアナにはもう話したのか、ミスター・ダヴェンコート？」

「はい、話しました」マーティンは少し当惑した顔つきだ。「たった今、彼女と会って、求婚のお許しをもらってくると伝えました」

「わかった」侯爵はゆっくりと言った。「娘はなんと言った？」

マーティンは残念そうににやりとした。「承諾してはくれませんでした」

ジョスが笑いをかみ殺した。侯爵がとがめるように息子を見る。

「失礼」ジョスは言った。「だが、まったくジュリアナらしい。妹との結婚を望んでいるのがダヴェンコートでよかった。きみなら断られてもひるんだりしないだろうから」

マーティンは頭を下げた。「ありがとう、タラント。もちろんきみの思うとおり、わたしの愛情は揺るぎないものだ。侯爵」ちらりと侯爵を見た。「お許しいただけるなら……」

「ちょっと待て、ミスター・ダヴェンコート」侯爵は言った。「娘はきみに金のことを言ったか？」

マーティンは眉を寄せた。「あなたが財産をくださると言われたが断ったと告げただけです」侯爵の言外の含みに気がつくと、しだいに頭に血が上っていった。「金のために彼女と結婚したいのではありません。金などほしくもないし、わたしは財産をねらって結婚するような人間では……」

「落ち着きなさい、ミスター・ダヴェンコート」侯爵はおどけた口調で言った。「大声を出さなくていい。きみを疑ってなどいない。ジュリアナと結婚したいと言ってくれたのはありがたいし、感謝している」

マーティンは頭を下げた。ほっとして顔をやわらげた。「うれしいのはこちらです、タラント侯爵」

「娘はすぐにもロンドンに戻る気でいる」侯爵は言葉を続けた。「きみも帰りたいだろう。そして娘にきみの愛情をわからせたいのではないか？」

「はい、そうしたいです」

「うれしく思うべきだろうが、しかし」侯爵はゆっくり言った。「結婚式はこのアシュビー・タラントで執り行わなくてはならない」片手を差し出した。

一瞬の間があって、マーティンはその手を握った。

「娘をここに連れてきてくれ」侯爵は穏やかに言った。「頼みはそれだけだ」

マーティンが出ていくと、ジョスはサイドボードからカナリー諸島産のワインを取って、父のグラスについだ。そして自分のグラスを掲げた。

「彼こそジュリアナに最適の夫です、父上」

「わかっている。ジュリアナは幸運だ。やっと運が向いてきた」侯爵はため息をついた。「ジュリアナは彼を受け入れると思うか？」

「間違いなく。ジュリアナは彼を愛しています。そしてダヴェンコートは一度こうしようと思ったら簡単にあきらめる人間ではありません」

侯爵はうなずき、椅子に座った。「信頼できる男らしい。おまえの友人なのだろう？」

「そうです。といってもそれを好ましくお思いかどうかはわかりませんが」

侯爵は短く笑った。「そんなことは問題ではない。立派にやるだろう」ため息をついた。「ということは、ジュリアナはわたしの財産分けを断り、そのくせもう夫を見つけていたのか。神はときどきわけのわからないことをなさるな、ジョス？」

ジョスは笑った。「そしてとてもすばやいです。まったく早い」

ロンドンに着いたころにはジュリアナは疲れきっていた。それでジャスパー・コリングが玄関ホールにいて、サイドテーブルにのった銀の皿に映る自分の顔に見とれているのを目にしてもうれしいと思わなかった。ジュリアナが入っていくと、彼はさっと身を起こして髪を撫でつけた。彼女に近づいて手にキスをする。彼女を見る目はなれなれしくて不快だ。ジュリアナはすぐにも階段を駆け上がって、キスをされた手の甲をこすりたいのをこらえた。以前、彼とのつきあいが楽しかったとは信じられない。

「ジュリアナ」彼は形ばかりのお辞儀をした。「ごきげんはいかがかな？」

「とてもいいわ、ありがとうジャスパー」ジュリアナはため息をついた。「ちょっと図書室に来てくれる？」

コリングは彼女のあとから部屋に入ると上着の裾《すそ》を持ち上げてから腰を下ろした。

「ずいぶん会ってないからどうしているかと思ってお訪ねした。アシュビー・タラントに帰っていたそうだね」

「ちょうど戻ってきたところよ。だからあまり長くお相手できないわ」ジュリアナは彼をしげしげと見た。「わたしが実家に帰ったのは聞いていたのね？」疑いがわいてきた。「それで来たのではないでしょうね、ジャスパー？　どんなことを聞いたの？」

コリングは黄色い歯を見せてにやりとした。「ご老体がやっと金を分けてくれたんだろう？　父上が完全にきみを見捨てるはずがない。血は水より濃いというからな」

ジュリアナは大きくため息をついた。父がもう上流階級の噂《うわさ》好きの人々に、財産分けのことを公表したのを思い出すべきだった。自分の今の状態からして、ジュリアナがその申し出を受け入れると、父が思っていたのは間違いない。

彼女は頭を傾けた。「何が言いたいの、ジャスパー？」

「こういうことだ、ジュリアナ。きみとわたしは結婚し、金を折半してそれぞれ暮らしていこう。これ以上いいことはない。わたしはきみをわずらわせない。きみがわたしに関心がないと少し前にわかったから。たぶんきみは冷淡だろう。マシンガムがいつも言って……」

「あなたとマシンガムが酔って何を話していたかなんて聞きたくもないわ。あなたはお金のためにわたしと結婚したいのでしょう。十五万ポンドをふたりで分けて、お互いに好きなことをするの？」

「そのとおり。すばらしい案だろう、ええ？」

ジュリアナは立ち上がった。「噂が先走りしたようね、ジャスパー。それであなたは、みんなを出し抜こうとしたのでしょう。もう二、三日もすればわたしが父の申し出を断ったことが知れ渡るわ。そうしたらわたしは魅力的な獲物ではなくなるのよ」コリングは怒りに顔を赤くした。「そのことは考えなかったの？　そう、考えなかったのね。わたしは十五万ポンドを辞退したのよ」

コリングはもがくように立ち上がった。「なぜだ、ジュリアナ？」

「父の言い方がいやだったからよ」

コリングは彼女をにらんだ。「異常なほどプライドが高いんだな。わたしだったら十五万ポンドのためならなんでもするのに」

「まったくね」ジュリアナは楽しそうに笑った。

「今、そうして見せてくれたわね。違う、ジャスパー？　さようなら」

ほかにも客が来たらみんな帰ってもらうようにとセグズベリに言いつけて、ジュリアナはベッドに入った。そして疲れ果ててぐっすり眠った。

次の朝になっても事態は好転したようには見えなかった。ジュリアナは朝食がすむと図書室に行った。ここにベアトリクスおばがいてくれたら。エイミーとジョスにもロンドンを離れてほしくなかった。誰かと話したい。屋敷がまたわびしく思えた。思いきって屋敷を出て、アニスとアダムのところに行こうかと考えていると、セグズベリがエドワード・アシュウィックの来訪を告げた。

「ミスター・アシュウィックがいらしています。どなたにもお会いにならないとおっしゃっていましたが、ミスター・アシュウィックはべつかと思いまして」

ジュリアナは本をわきに置いて玄関ホールに出ていった。両手を差し伸べてエドワードを迎える。

「エディ、お会いできて本当にうれしいわ」

エドワード・アシュウィックは見るからに落ち着かない様子だ。帽子をひねりながら前に進み出て、彼女の頰に軽くキスをした。

「ジュリアナ、元気かい？」

「とても元気よ」ジュリアナはほほえんだ。「でも、あなたは、エディ……。どうかしたの？　元気がないわね」

「そんなことはない」うわべだけは元気に振る舞おうとしている。「ぼくが来たのは、つまり、きみの父上の申し出を噂に聞いた」

「ああ、わかったわ」ジュリアナの顔から微笑が消えた。彼に合図をして図書室に入った。

「きみに言いたいのだが」エドワードは必死の表情

で言った。「父上の気持ちに沿うためだけに申し出を受けようと思ってはいけない。つまり、金をもらうために誰かと結婚しなくては、と思ってほしくないんだ」

「ありがとう」ジュリアナは言った。ジャスパー・コリングのことを思うと顔に笑みが戻った。「わたしがそんなことをするはずがないわ」

「ああ、もちろんだ」エドワードは当惑したようだ。「きみが父上の金を当てにして、そのうえ財産をねらう男と結婚しそうだとほのめかしたつもりはない。ぼくはきみをよく知っている。それとぼく自身も財産をねらうような人間だときみに思われたくない。だが」言葉を切って眉をひそめた。

「だが、何?」

「きみが父上の申し出を断り、そのため何もかもなくしたという信じられない噂も聞いた」エドワードはしょんぼりと肩を落とした。「ジュリアナ、ぼくは前にきみが妻になってくれたら光栄に思うと言った。お願いだ、ジュリアナ。考えなおして、なんとしてでも父上のご厚意を、当然の権利として受け取ることにしてほしい」

ジュリアナはため息をついた。腰を下ろし、彼にも座るよう合図した。エドワードは心配そうに、少年のようにいちずなまなざしで彼女を見つめている。ジュリアナは彼にほほえみかけた。

「いとしいエディ、あなたの申し出はうれしいわ。あなたのように親切な人はいない。でも……」

「でも、断る気だろう」

「そうよ。わたしを救うためだけにあなたを犠牲にできないわ。そんな不当なことはないんですもの」

エドワードは眉間《みけん》にしわを寄せた。「しかしきみには借金がある。きみがこんなふうに見放されていいわけはない。もしタラント侯爵が助力を拒むのなら、代わりにぼくにきみを守らせてくれなければならない」

「エディ」ジュリアナは静かに言った。「あなたは本当に立派な人ね。でもあなたの申し込みを受けられないわ」

「どうして？」

「いくつか理由があるわ」ジュリアナはほほえんだ。「今、考えていたの。あなたは本心からというより、習慣からわたしにプロポーズしたのだろうと」

「それは違う。ぼくは心からきみを愛している。誰だって知っていることだ」エドワードは怒りに顔を赤くした。

「自分の気持ちをよく考えて、エディ」ジュリアナはかぶりを振った。「何年ものあいだ、あなたはわたしにとても誠実に愛を捧《ささ》げてくれた。それはわかっていたわ。そしてわたしは恥知らずにも、ずっとそれにつけ込んでいたのよ。やがて、それにも慣れてなんとも思わなくなり……」

「そう……」エドワードは目の端から彼女を見た。同意しようかどうしようか迷っているようだ。

「最近わたしに対する気持ちが変わってきたのを認めなさい」ジュリアナはさらに言った。「夫になるかもしれない立場というより、兄と妹のような気持ちでわたしを愛しているのではないの？　というのも、わたし自身がそうだからよ。わたしはあなたが大好きよ、エドワード。でも結婚はできないの。兄のような存在ですもの」

エドワードの頬がかすかに紅潮する。「そう、思うに……」

「認めていいのよ。怒ってかみついたりしないから」

エドワードはため息をついた。「最初はきみに魅了されたのは本当だ、ジュリアナ。長いあいだぼくはきみが好きだった」

「でも今はべつの誰かが心にいるのね」ジュリアナ

は穏やかに言った。「あなたとキティのあいだに割って入りたくないわ、エディ。あなたが彼女を愛しはじめているときに。あなたがいつもわたしに親切だったことは忘れない。でももうそれにつけ込む気はないの。だいいち、わたしは教区司祭には最悪の妻になりそうですもの」

エドワードは苦しげな表情で言った。「しかしジュリアナ、きみはどうするつもりだ？」

「まだわからないわ。宝石類や家具を売って借金を返そうと思うの。請求書が片づいたら、身の振り方を考えるわ。ジョスが助けてくれるのはわかっている。でもそのためにお父様と仲違《なかたが》いさせたくないのよ」彼女は肩をすくめた。「何か考えつくでしょう」

「お望みならアインハロウではいつでも歓迎するよ。アダムもアニスも同じことを言うにきまっている」

「そうでしょうね。親切な人たちですもの。でもわたしは貧乏になりたくないばかりに、友だちや家族にすがりつくつもりはないわ」ジュリアナは身震いした。「最悪の客だと思われたら耐えられないもの」

エドワードは笑った。「働いて生計を立てることは考えられないだろう？」

「考えたくないわ」ジュリアナは顔をしかめた。

「想像できる？　誰がわたしを雇ってくれるの？　わたしは家庭教師などできないわ。雇ってくれる人がいても、そのことを友だちに自慢するという妙な楽しみのためだけにきまっているわ」

「ひょっとして、侯爵が考えなおしてくれるのでは？」

「当てにしてはいけないの。その気もないし」ジュリアナは笑った。「うちの父はそんな柔軟な人ではないのよ」手を伸ばしてベルを鳴らす。「お酒をつきあってくれる、エドワード？　そしてキティ・ダヴェンコートとのことを聞かせてほしいわ。あなたたちを紹介したのはわれながらお手柄だったと思うの。とてもうれしいわ。もしかしてこの先お金がなくなったら、仲人としてやっていけるかもしれないわね」

「ミスター・ダヴェンコートがお見えです」その日の午後五時にセグズベリが告げた。「お会いしたいそうです。火急のご用だそうで」

心の半分ではマーティンの訪問を期待し、半分では来ないでほしいと願っていたにもかかわらず、ジュリアナは頭の中が真っ白になった。アシュビー・タラントを発《た》ってから、彼に言われたことが頭から離れなかった。しかしいい考えはまったく浮かばない。自分が彼を愛しているのはわかっている。だが結婚できないこともわかっていた。

「不在だと言って」

「いらっしゃるのはわかっているから、決心がつくまで待つと言われました」

ジュリアナは口もとを引きしめた。「そう、わかったわ。お通しして」長身のマーティンがセグズベリの背後に見えた。「あら、もう来ているのね。ありがとう、セグズベリ。こんにちは、ミスター・ダヴェンコート」

ジュリアナの鼓動が少し速くなった。マーティンは堂々として、厳しい顔つきだ。引き下がりそうにないとジュリアナは思った。

「こんにちは、レディ・ジュリアナ」

セグズベリがドアを閉めた。マーティンが近づいてくる。ジュリアナはのどがからからになった。

「遅すぎたか？」マーティンが言った。

ジュリアナは目を見張った。「なんですって？」

「きみは夫を必要としているのだろう。公正を期して最初の申し込みに応じるのではないかと思った」

ジュリアナは弱々しくほほえんだ。「最初に申し込んだのはサー・ジャスパー・コリングよ。承諾してほしかった?」

マーティンはもっと近づいた。「承諾してほしいわけがない。二番めは?」

「エドワードよ。かわいそうなエディ。以前の恋と新しい恋の板ばさみになって」

マーティンがさらにひと足進んで彼女と並んだ。

「彼にはなんと言った?」

「兄のような存在だと言って、キティのもとに帰したわ」

マーティンの顔はやわらぎ、微笑を浮かべた。ジュリアナの両手を取る。「そして三番めは?」

ジュリアナは唇をかんだ。「三番めの申し込みなどされたいとは思わないわ」

マーティンの目がかすかに笑う。「しかしわたしを拒絶することはできない。わたしはほかの求婚者より有利な点がある」

「そう?」

「もちろんだ。きみはたった十四歳のときにわたしとの結婚を承諾した。覚えているだろう?」

ジュリアナは眉を寄せ、明るく笑った。「ああ、そうね。わたしはおてんばだから夫なんか見つけられないと父が言ったとおりだなんてばかなことを言ったわ。そうしたらあなたが……」

「もしきみが三十歳になったとき、まだ結婚していなかったら、ぼくが喜んで夫になってあげると言った」

「あまり上品なプロポーズではなかったわね」ジュリアナは微笑した。「あれはあなたの騎士道精神だったんでしょうね。あのとき鼻で笑ったことをあやまるわ」

マーティンは彼女をちょっと引き寄せた。「今でも笑うかい?」

「いいえ。でもあなたは誤解しているわ」ジュリアナはいくらかうろたえた。「言っておくけどわたしは結婚したいと思っていないのよ」

マーティンは眉をひそめた。「わたしはその逆だと聞いた。きみは結婚しなくてはならないのだと。それもすぐに」

「あなたが聞いたのは噂だったのね」ジュリアナは両手を振りほどこうとした。マーティンは逆らわなかったが、離れようとはしない。眉を寄せたまま彼女の顔を見つめている。「父がわたしに、結婚するなら十五万ポンドを渡すと言ったのは本当よ」ジュリアナは言った。彼の視線を避けている。「あるいはわたしの悪評に目をつぶって妻にしてくれる男性に渡すために。どちらでもお好きなほうを取って」

ジュリアナは固く結ばれたマーティンの口もとを見た。「それはきみに対する侮辱だ、ジュリアナ。そんなふうには考えたくない」

「それならわたしが父の申し出を断ったと聞いて喜んでくれるわね。わたしはお金で買われたくない。大金のためにわたしを望む男性のものになりたくもないわ。だから」彼女は横を向いた。「心配しないで、マーティン。わたしは夫を必要としていないの。でも」少し声をやわらげた。「親切にありがとう」

マーティンはまだ彼女を見つめている。

「今度はきみのほうが誤解している。わたしは親切心で申し込んだのではない。きみと結婚したいからだ」再び彼女の手を温かく強い両手で包み込んだ。「ジュリアナ、きみが父上の申し出を断ったと聞いてうれしい。そのことできみの考えを変えようとは思わない。ただ、わたしの愛を拒絶することだけはやめてもらいたい。わたしはきみと結婚したい」

「その必要はないわ」ジュリアナは顔をしかめた。

「わたしの言うことがわからないの？」

「すべてわかっている。わかっていないのはきみのほうだ。わたしはきみがほしい。きみと結婚したい。それがそんなに難しいことか？」

ジュリアナは深く息を吸った。「ごめんなさい。それでもわたしは再婚したくないの」伏し目がちに彼を見た。「ずっと考えていたのだけれど」急に早口になった。「あなたの愛人になったら幸せかもしれない……」

彼女は途中でやめた。マーティンの目が怒りに青く光った。「なんと言った?」

ジュリアナはたじろぎ、身を引いてライティングデスクの後ろに隠れた。「あなたの愛人になれたらうれしいと言ったのよ」

「ありがとう」マーティンは礼儀正しく言った。「だがわたしは十六年前にきみに結婚を申し込み、きみは承諾した。問題をすり替えないでほしい」

ジュリアナは彼をまじまじと見た。「でも、わたしはあなたにふさわしい妻ではないわ」

マーティンは大きく息を吐いた。「自分を卑下するのはやめてくれ、ジュリアナ。きみは本当にふさわしい……」

「いいえ、違うわ!」ジュリアナは泣き叫ぶような声をあげた。「下院議員の妻としてわたしほどふさわしくない女はいないわ! あなたの出世の妨げになるにきまっているでしょう」

「ばかな」

「どうして? ロンドンの半数もの人たちに慎みのない振る舞いを見られている女を妻にするつもりなの? マーティン、真剣に考えて」

「ジュリアナ、わたしは過去のことなど気にしない。考えるのは未来のことだけだ」

「あなたの同僚は、けっしてわたしを受け入れないわ」

「きみが十五万ポンドをもらっていたら受け入れるだろう」マーティンは皮肉に言った。彼女に向けた笑顔は温かく、自信にあふれている。ジュリアナは震えた。「断る口実を探すのはやめてくれ」

「でも、わたしの言うとおりなのがわかるはずよ」

「すぐにやめるんだ」マーティンは激しく言った。

「わたしには、きみが何も知らないくせに強情だということだけわかる。それと」声をやわらげて彼女の顔を見た。「そんなふうにとがらせた魅惑的な唇だ。今キスをしなかったら頭がおかしくなりそうだ」

「今すぐ？」

「すぐだ」マーティンはライティングデスクの横を回ってジュリアナを腕に抱いた。やさしいすばらしいキスで、彼女は全身が熱くなった。

「さあ、これでも断るつもりか？」

「そうよ」ジュリアナは勢いよく答えた。「あなたがキスをしたいからと言って、わたしがふさわしい妻だということにはならないわ」

「きみとわたしとではふさわしい妻の認識がだいぶ違う」マーティンは髪をかき上げた。「確かに以前、わたしは愚かにもきみが、わたしにふさわしくない女性だと思っていた。ところが気が変わった。それなのに、自分はふさわしくないと言い続けている」

「今のあなたの判断は、ほかのことに大きく左右されているのだと思うわ」ジュリアナは言った。「正常な精神状態ではないのよ」

マーティンは彼女をにらみつけた。「こっちへおいで」

「どうして？」

「またキスができるように。もっと普通でない精神状態になりたい」

「それがあなたの説得方法なの？　それだったら時間の無駄だと……」

「何も言うな」

またキスをされてジュリアナは震えた。

「本当に説得力があるわ」やっと息ができるようになると彼女は言った。

マーティンの目が燃えている。「愛している、ジュリアナ。結婚してくれるか？」

　ジュリアナは彼を見た。「マーティン……」

「わたしを愛している？」

「ええ、でも、結婚できないわ」彼の腕を逃れて体を離した。「もう二度と結婚したくないの。だからあなたの愛人になれたらうれしいと言ったの」

　マーティンが目を細めた。「頼むからもうそれを言わないでくれ。結婚するかしないかだけだ。どうしてわたしと結婚したくない、ジュリアナ？」

　ジュリアナは彼から離れた。結局は説明しなくてはならないのはわかっていた。マーティンの求婚を断るのなら、本当の理由を言わないわけにはいかない。それでもやはり言いづらい。くぐもった声で彼女は話しはじめた。

「あなた以外にわたしが心から愛したのはエドウィン・マイフリートだけだった。彼を失ったとき、わたしの心は張り裂けてしまったの。二度とあんな思いはしたくないのよ」

　マーティンは額を手でこすった。「きみがわたしを愛しているなら、結婚を断っただけではその気持ちを消すことはできない」

　ジュリアナは唇をかんだ。「そうね。でも事態を悪くするのは避けられるわ。もしあなたと結婚したら、日ごとにあなたをもっと愛するようになりそうですもの」

　マーティンはやさしく微笑した。「そうなってほしい」

「ほら、それよ」ジュリアナは絶望的に手を突き出した。「あなたはもうそうさせている」

「何を？」

「もっと愛するようにしむけているのよ。そういうことはやめてほしいわ」

　マーティンは彼女をまた抱き寄せた。「そんなのばかげている。わたしは頑丈で健康だ。マイフリートのようにきみを残して死ぬつもりはない」

ジュリアナはかぶりを振った。「どうしてそんなことが言いきれるの、マーティン？」彼女の目に涙が浮かんだ。「わたしはエドウィンを憎むわ。置いていってしまったから、彼を憎む。どうしても彼が忘れられないのよ。あれほど愛していたのにわたしを置き去りにしたんですもの。悲しみのあまり死ぬかと思ったわ」

最後はすすり泣きに変わった。ジュリアナはマーティンの肩に顔を埋《うず》めた。

しばらくのあいだマーティンは身を震わせて泣いている彼女の髪を撫でていた。彼女は傷ついた蝶《ちょう》のようにはかなげだ。マーティンの胸は愛情と哀れみでいっぱいになった。ようやくジュリアナが泣きやむと、マーティンは悲しげな彼女の顔を見下ろした。

「すべてはそのためだったのだね、ジュリアナ。人を近づけないようにしていたのは？」

ジュリアナは彼を見上げた。「いくらかはね。マイフリートが死んだあと、ひょっとしてクライヴ・マシンガムのおかげで幸せを取り戻せるのではないかと思ったの。彼を夢中で愛していると思っていたけれど、今になってみればそう思い込みたいだけだったのかもしれない。そしてマシンガムの愛が偽りだったと知ったあとは、二度と傷つくまいと決めたの。だから遊びにとどめたわ。言い寄ってくる人とは距離を置くようにしていたの」

「男性に対してばかりではない。友だちになれそうな女性とも。エイミーやアニス・アシュウィックのような。家族に対してさえそうだっただろう」

ジュリアナはぎこちなく肩をすくめた。「エイミーには嫉妬《しっと》していたの。わたしが今まで心を許した人間といえばジョスだけだったのよ。わたしを本気で心配してくれたのはジョスひとりよ。彼が結婚したとき、わたしは怒りくるい、彼の幸せをねたんだわ。だからエイミーが友だちになろうとしてくれたのをはねつけたの。それからアニスのことも」腕を自分の体に巻きつけて少し下がった。「離れていたほうが楽だったの。きっともう少し早く努力していたら、父とだって和解できていたでしょう。わたしはもう誰も愛したくなかったの」

「それから人が近づくのを許すようになったね」

ジュリアナは悲しげにうなずいた。「ええ、最初はクララとキティ。そしてブランドン。それからベアトリクスおば様とエイミー。父でさえ少しばかり。そしてあなたよ。あなたがいちばん危険だった。だってわたしは最初からあなたがほしかった。愛するようになってからは」彼女は首を振った。「完全に心を開いてしまったのね」

マーティンは彼女に近寄った。「わたしはおとなしくはねつけられるまま、離れていきはしない。きみがわたしを思ってくれるとわかっているのに」

ジュリアナはため息をついた。確信に満ちた彼の言葉に、抵抗する力が弱くなるのを感じた。本心から抵抗したかったのではなかったのだ。

「でも、マーティン。あなたを失ったら……」

「黙って。そんなことはありえない。けっして」

ジュリアナは彼の腕に抱かれた。恐れも体の震えもおさまっていく。最後にもう一度抵抗を試みた。

「わたしはおとなしくて上品な妻にはなれそうにないわ。年をとってからでさえ身内の者たちを困らせて喜ぶ女性になるわよ。ベアトリクスおば様のように」

マーティンは微笑した。「そうなったきみを見るのが楽しみだ」彼は頭を下げてキスをした。

12

ジュリアナ・ダヴェンコートは鏡の前に座って、自分の顔を長いあいだ見つめていた。午前中の出来事の意味がまだよくわからない。もっと現実として受け入れられるように頭の中で思い返してみる。わたしはもうレディ・ジュリアナ・ダヴェンコートだ。マーティンの妻なのだ。

もう二度と結婚はしないと心に誓っていた。エドウィン・マイフリートを心の底から愛し、クライヴ・マシンガムにはいちずな情熱を捧《ささ》げた。しかしマーティンへの思いはそれ以上だ。愛と情熱、そしてやさしさと憧《あこが》れ、すべてが一緒になっている。彼はわたしにはもったいないほどの男性で、信じられないほど満ち足りた気分だ。父との不和でさえこの幸せに影を落としはしない。マーティンが穏やかにアシュビー・タラントでの挙式を提案したとき、彼女はしぶしぶ同意した。今朝、レディ・ベアトリクスとジョスとエイミーだけを立会人とする結婚式のため父に礼拝堂に導かれたとき、ジュリアナは心臓が破裂しそうだった。

鏡に映る自分にほほえみかけた。顔も前とは違っているようだ。目は輝き、唇には微笑がある。明るく輝いて見えるのは内からにじみ出る幸福感のため、そして期待のためだ。もうすぐマーティンがここに来ると思うと、自然にそわそわしてしまう。はじめて花嫁になったようだ。

ジュリアナは立ち上がり、落ち着かなく窓辺に行った。重いカーテンを開いて庭園を眺める。七月のたそがれの残照に、広々とした牧草地が見えた。向こうを流れる川が星のきらめきはじめた空の下で黒く曲がりくねって見えた。こんなに美しいアシュビー・タラントを目にすることはめったにない。開いた窓から入る風にベッドのカーテンが揺れ、蝋燭《ろうそく》の炎がちらついた。

続き部屋のほうで声がした。マーティンが召使いを下がらせたのだ。ジュリアナは急に口がからからになった。いよいよだわ。

ドアが開き、マーティンが入ってきた。彼はドアを背後で静かに閉め、ベッドの足もとに立って、あっさりした白いナイトドレス姿のジュリアナを見つめた。お下げに編んだ赤褐色の髪を見ながらやさしく微笑している。

「そんな髪型だと十八歳ぐらいに見える」彼は蝋燭をナイトスタンドに置いた。「おいで」

ジュリアナは素足でゆっくりと彼に近づいた。心臓がのどもとまで上がっているような気がして、少しめまいがする。マーティンのそばに行って片手を彼の胸に当てた。彼の夜着のシルクのなめらかさが指に伝わる。

「マーティン、わたし、とても怖い……」

マーティンは彼女の目を見てほほえんだ。「恐れることは少しもない、愛する人」

彼はやさしくキスをした。軽く唇を触れ合わせる。ジュリアナは小さくため息をついた。「ああ、すてきだわ」

「ほら……」口を寄せたままマーティンが微笑しているのが感じ取れる。「怖いことなんてないだろう」

そう言うと、もっと強くキスをした。ジュリアナの下唇を舌でなぞり、口に滑り込ませる。ウエストを締めつける両手から薄いナイトドレスを通して彼の体温が伝わってくる。甘い感覚にジュリアナはめまいがした。彼の夜着の襟をつかんで引き寄せる。シルクの生地を隔てて胸が密着した。

「マーティン」少し体を離して彼女は言った。「我慢できそうにないみたい」

「よし」マーティンの声は少ししわがれていた。彼はジュリアナを抱き上げると大きなベッドの中央にやさしく横たえ、かたわらに腰を下ろした。編んだ髪をやさしい手つきでほどいていく。表情は真剣だ。ゆっくりと彼の頭が下がっていき、彼女の豊かな髪をかき分けるように口づける。男性的なにおいがこのうえなく魅惑的に感じられ、ジュリアナは欲望に身もだえた。両手をもどかしくマーティンの夜着の下に滑り込ませ、胸や肩にはわせた。

マーティンはうめいた。ジュリアナのナイトドレスの薄い生地の上から胸をやさしく撫《な》でる。慎重な手つきでナイトドレスの紐《ひも》を引っ張ってほどき、脱がせた。彼の唇が鎖骨から胸のふくらみへとはい、ジュリアナは快感の波に溺《おぼ》れていった。彼の唇はジュリアナを攻め立て、じらしながら官能の渦に引き込んだ。

「愛しているよ、ジュリアナ」

その言葉に彼女は目を開き、マーティンの顔を見上げた。彼の瞳のなかに炎が燃えている。彼女もまたくるおしいほどの欲望に駆られ、胃がねじれるようだった。

マーティンが体を重ねてきた。彼の重みを感じると、ジュリアナは喜びでいっぱいになった。あえぎながら体を開く。彼が入ってくる。やさしく、しかし力強く。甘美なその感触は、ジュリアナに至福の瞬間をもたらした。ジュリアナは叫び、彼も声をあげた。やっと喜びの波が引いたとき、マーティンは彼女を包み込むように両腕に抱いた。

そのとき、悪夢は去った。エドウィンの死に心が張り裂け、マシンガムに置き去りにされておびえた悪夢が。ジュリアナはすっかり安心し、愛に満たされていた。顔をマーティンの首に埋《うず》め、のどのくぼみにキスをする。

「わたしも愛しているわ」ジュリアナはささやき返し、もっとぴったりと身を寄せた。

マーティンは眠そうに満足の声をもらし、彼女を強く抱きしめた。そして彼女の髪に唇を当てた。

「ジュリアナ、何を笑っている？」

彼女は片手を軽く彼の胸に当てた。「あなたのことよ、愛するマーティン。あなたはとても真面目《まじめ》で、自制心が強いとずっと思っていたけれど……」

彼に揺すられて、ジュリアナは息をあえがせた。彼の目が熱っぽく輝いている。「そして今は？」

ジュリアナは笑うのをやめた。「思い違いだったとわかったわ」彼女がささやくと、マーティンは頭を下げてまたキスをした。


次の晩、晩餐《ばんさん》がすむと、ジュリアナは家族に断ってひとりで庭に出た。みんな何も言わず、彼女の幸せそうな顔を見て微笑を交わした。マーティンは彼女に軽くキスをして、三十分以内に戻らなかったら捜しに行くと告げた。

ジュリアナは目的もなくたそがれの中を歩いた。いちいの木の強い香りを吸い込み、顔を撫でていくそよ風を楽しむ。気の向くまま足取りも軽く歩いていった。生きている実感を全身で味わっていた。アシュビー・タラントでこれほど幸せを感じたのははじめてだ。だが今度もそんなに長くいられない。二、三日のうちにはロンドンに帰ることになっている。ジュリアナはキティとクララに会うのが楽しみだった。キティたちに結婚式に出席してほしかったが、あまりすばやく事を進めたので知らせる暇がなかった。キティたちが許してくれて、自分が義理の姉になったことを喜んでくれるようにと彼女は願った。

ジュリアナは池をぶらぶらと回ってテラスのほうに戻りはじめた。開いた窓からピアノの音と談笑する声が聞こえてくる。楽しそうな部屋に入り、マーティンのそばに行きたくて足を速めた。そのとき無意識にどきりとして体が震え、あたりを見回した。一瞬、誰かに見つめられている気がしたのだ。

　テラスの右側に樫《かし》の古木がある。幹はとても太くて、枝はほとんど地面をはうほどだ。その後ろには月桂樹《げっけいじゅ》の木立があり、葉が風にさやさやと鳴っている。ジュリアナは足を速めて歩きだした。急に早く中に入りたくてたまらなくなった。ここはとても暗い。そのうえなぜか寒々としている。

　前方の小道に男が現れた。忘れられない、しかし二度と聞くことはないと思っていた声がした。

「こんばんは、ジュリアナ」クライヴ・マシンガムは言った。「きみを待っていた」

13

「クライヴ」ジュリアナは抑揚のない声で言った。

　クライヴ・マシンガムは月桂樹《げっけいじゅ》の葉陰から出てきた。ジュリアナのよく知っている顔が月光に照らし出される。整った目鼻立ちはどこか品がなく、目を細め、肉感的な唇をゆがめている。なぜこんな男を愛したのだろうとジュリアナは思った。はるか昔の振り出しに戻ったと思うと惨めだった。

「あなたの姿を目にしたような気がしていたわ」感情のこもらない声で彼女は言った。「ある晩にエマ・レンの屋敷の外で。べつの晩の舞踏会のときにも。そのときは幻想にすぎないと……」

「わたしの夢を見たのか？」マシンガムは笑った。

「しかし、会えて特別喜んでいるふうでもないな」

ジュリアナは両手を合わせた。「喜べるわけないじゃないの。あなたは死んだと思っていたのよ」

「生きていたとわかっても驚いていないようだな」

ジュリアナはちょっと体を動かした。衝撃を受けているのは事実だが、驚きとはまったく違う。

「あなたのしそうなことだからよ。なぜあなたから離れないのか、自分でも不思議でしかたがなかったわ」

「どうして離れたかった？」

本当に傷ついたような言い方だ。「わたしが腕に飛び込んで喜びの涙にくれるとでも思っていたんでしょうね」ジュリアナは冷ややかに言った。「理由はたくさんあるわ。何から言えばいいの？」

「新しい夫のためか？」マシンガムは広間の明るい窓のほうをあごで示した。「今度はうまくいったようだな、ジュリアナ。真面目《まじめ》で立派な男で……」

「あなたのような遊び人とは違うの」

マシンガムの顔が苦々しげにゆがんだ。「わたしと一緒にいるのを喜んでいた時期もあっただろう」

ジュリアナは震える両手をしっかりと組み合わせた。「それはあなたがわたしのお金を奪い、わたしをベニスに置き去りにする前のことよ。あなたは負債者の監獄で死んだと聞いたわ」

マシンガムはまた笑った。「きみの貴重な金はそこで使った。金を払ったら簡単に釈放され、新しい身分証明書も買えた。解放されたんだ」

「わたしも解放されたわ」ジュリアナはきっぱりと言った。「あなたに夢中だった自分から。ああ、わたしはなんてばかだったのかしら。あなたはわたしに少しも誠実ではなかったし、本気でもなかった。あなたに帰ってきてほしくなかったわ」

「それでダヴェンコートには恋していると？」嘲《あざけ》るようにマシンガムは言った。「遊び人のレディがすっかりご立派になって、さえない堅物と結婚したのか」

「彼は高潔で立派な男性よ」ジュリアナの口調が強くなる。「ええ、わたしはマーティンを心から愛しているわ。あなたにないものが彼にはすべて備わっているの」

「なくてありがたいよ」マシンガムは陽気に言って片手をポケットに突っ込んだ。「さて、話が少しそれたが、それも悪くない。これでお互いに感じてもいなかった愛情について話す手間が省け、取り引きができる」

ジュリアナはまじまじと彼を見た。「どういう意味、取り引きって？」

「いくらご立派になっても、ものわかりが悪くなってはいないだろう？」マシンガムはにやりとした。「きみがロマンチックな恋物語を成就させたというのに、わたしがおとなしく引き下がって沈黙を守るとは思っていないだろうな？」陰気な声で笑った。

「ああ、わかったわ」ジュリアナは思い当たった。「なんの要求もなくあなたが来るはずがないのに。わたしってばかね」

「そうだな」

「お金でしょう？」

「そうだ」マシンガムはまた言った。「きみは今、かなりの金持ちになったと聞いた。ダヴェンコートがなぜきみと結婚したのかわからない。まったく共通点がないのに。きみが政治に関心があるとは思えない」考え深そうに彼女をつくづくと見た。「彼がきみをほしがったのだろう。きみは今でもすばらしくきれいだ。いくら氷のように冷たくても。彼がわたしのようにがっかりしなければいいが」

ジュリアナは拳《こぶし》を握りしめた。「お金を取るつもりにしてはずいぶんなことを言うのね、クライヴ」

「まあね」マシンガムは肩をすくめた。「文句の言える立場じゃないだろう、ジュリアナ？　結局きみはわたしの妻だ。わたしが口外すれば、すべて水の泡になる」

　ジュリアナは血がにじむほど唇をかんだ。彼の妻。そう思いたくない。自分の世界がいったん壊れてしまったら、二度ともとには戻せなくなりそうだ。

　彼女は深く息を吸った。「はっきり言って。何が望みなの？」

　マシンガムは笑った。「手切れ金がほしい。わたしだって残念だ。きみをゆするより、きみの夫でいたほうが得だからな」言葉を切って彼女の返事を待った。彼女が黙っているとさらに続けた。「父親から譲られることになった十五万ポンドをもらいたい。きみの夫として」

　ジュリアナは寒けがした。「あなたのものになるとわかったら、父はけっしてお金をくれないわ。誰よりもあなたをきらっているんですもの」

　マシンガムは口もとをゆがめた。「父上が金をくれなくてはならないもっと大きな理由がある」怒鳴るように言った。「そしてもちろん出してくれるさ。あの年寄りは現実をよく見ている。きみとは違う。この世で大事なのは金で、古くさい感傷ではないとよくご存じだ」

「でも……」

「出してくれなければこういうことになる」マシンガムの声にジュリアナはぞっとした。「わたしは愛する妻を取り戻すため、生きて帰ってきたと公表する」嘲りのこもった声だ。「きみの父上はスキャンダルを食い止めようと金を払うだろう。きみが反対でもしようものなら、われわれの恋愛から駆け落ちまでのことを全部、上流社会に言いふらしてやるからな。きみの評判は泥にまみれ、今度こそ回復しようがなくなるんだ。ダヴェンコートもきみと一緒に泥まみれにしてやる」マシンガムは微笑した。「きみが内密で結婚したのは幸いだった。おかげで誰にも知られずダヴェンコートを追い払える。せいぜい別れを惜しむんだな、ジュリアナ。わたしはきみと社交界における地位は自分のものだと宣言するつもりだ」

「自分のものだと宣言したいのはお金でしょう」ジュリアナは震える声で言った。「ほかのものはどうでもいいのよ」

「必ずしもそうではない。復讐《ふくしゅう》したいんだ」マシンガムは微笑した。「だから、きみの父上が金を出してくれて追い払おうとしても、わたしはあっさり立ち去るつもりはない。きみを思いきり苦しめてやりたい。きみときみの父親とダヴェンコートを。そうしたらどんなに気持ちがいいだろう」

「あなたは病気だわ」ジュリアナは震えながら言った。「嫉妬《しっと》と憎悪でゆがんでいるのよ」

「金もなく、世間に居場所がないことでうんざりしているだけだ。さあ、ダヴェンコートに言ってこい。わたしが戻ってきたからおまえはお払い箱だと。きみは法律上わたしの妻だ。あいつの妻ではない。それだけ言えばいい」

「彼はけっして納得しないわ」ジュリアナは言った。「簡単にわたしから離れていったりしないもの」

「きみがいつもわたしを愛していたと言えば、あいつは離れていくさ。きみはわたしに戻ってきてほしかったのだと」

「そんなことは言えないわ」

「いや、言える」マシンガムは顔を彼女にぐっと近づけた。「ダヴェンコートの政治家としての人生をぶちこわしたくなければ言えるはずだ。このスキャンダルが広まったら、彼がどうなるか考えてみるがいい。重婚したと言われたら、彼が……彼が愚か者と言われてもきみは平気か。彼を笑い物にしたいのか?」

嘲るような声だ。「そうなればきみたちは、完全な身の破滅だ。彼のきれいな妹たちももちろん……」

ジュリアナは息をのんだ。これまでは自分とマーティンのことで頭がいっぱいだった。だが今、マシンガムがどんなひどいことをしようとしているのか悟った。巻き込まれるのはマーティンだけではない。ダヴェンコート一家が被害をこうむるのだ。

キティの結婚問題には影響はなさそうだ。キティを心から愛しているエドワード・アシュウィックが簡単にあきらめるはずがない。だがクララは違う。もっと年下の妹たちのこともある。家族の名誉がけがされたら、彼女たちが立派な結婚をする機会はなくなるのだ。あの一家をそんな目に遭わせるわけにはいかない、とジュリアナは思った。

「すぐ彼に言ってくるわ」乾いた唇で彼女は言った。「でも相談するから少し時間が必要だわ。一日待ってくれる？　明日の晩、また会いましょう」

「わかった。そのとき話そう」マシンガムは満足そうだ。「ダヴェンコートも哀れだな。最愛の妻を失うとは」皮肉たっぷりにマシンガムは言った。

ジュリアナは屋敷に入った。半分開いた居間のドアから明るい光がもれていたが、目にも留めずに階段を上る。自分の部屋に入ると鍵《かぎ》をかけて大きなベッドに横になり、天井を見つめた。

信じられない。ロンドンでクライヴ・マシンガムを見かけたとき、気のせいだと思った。だがマシンガムは本当に戻ってきて、わたしをこれ以上ないほどの苦境におとしいれた。

ジュリアナはまっすぐに座りなおした。マシンガムは彼女の夫だ。それはまぎれもない事実だ。法律で結びつけられていて、逃れられないのだ。マーティンとの結婚が意味のない不正なものになってしまう。家族だけが立ち会った内々の式にしておいてよかった。口外する人はいないだろうから秘密は守れる。マーティンはロンドンに戻って議会の仕事に就ける。彼の弟妹たちもスキャンダルの影響を受けないですみ、ジュリアナは二、三週間のうちに世間に、死んだと思っていた夫が戻ってきたと公表できる。

彼女は頭を抱えた。現実的なことだけを考えてもそう簡単ではない。まず、父が十五万ポンドを渡してくれないかもしれない。頑固な父は今度こそ娘を見放すかもしれない。だからといって誰に責められる？　父は妻を連れて逃げた男に多額の金を奪われ、今また娘に金を要求されるのだ。少しずつ歩み寄ってきた父と娘の仲は永遠に壊れてしまうだろう。しかも父が払ってくれなければ、マシンガムは腹いせに彼女のことでひどい話を捏造《ねつぞう》するかもしれないのだ。弱っている老人には打撃が大きすぎる。

ジュリアナは思わずすすり泣いた。これだけでもつらいが、マーティンと別れる決心をすることに比べたらなんでもない。わたしはマーティンを死ぬほど愛している。ほんのつかの間だったけれど、本当に幸せだった。でも、どうしようもないわ。わたしはマシンガムの妻だ。だからどんなにマーティンを愛していても、彼の愛人にしかなれない。スキャンダルで彼の地位がそこなわれたり妹たちの暮らしが脅かされたりしないように、夫婦として一緒に暮らしてはならないのだ。

ジュリアナは乾いた目で闇《やみ》を見つめた。マシンガムは言った。〝きみがいつもわたしを愛していたと言えば、あいつは離れていくさ。きみはわたしに戻ってきてほしかったのだ〟と。そんなこと言えるはずがない。マーティンは高潔な人間だ。だからわたしも彼に誠実でなくてはならない。だいいち、わたしが愛しているのはマシンガムのほうだと言ったところで、彼が信じるはずがない。嘘《うそ》だと見抜くにきまっている。

ジュリアナの顔がゆがんだ。マーティンに真実を話せば、わたしを離してはくれないだろう。きっとマシンガムと離婚するようにと主張する。もっと悪いことに、マシンガムに決闘を申し込むかもしれない。そうなればスキャンダルは避けられず、すべてがおしまいだ。マーティンは絶対にわたしから離れたりはしない。だからこそクライヴ・マシンガムのような男とは大違いなのだ。マシンガムの口先ばかりの愛とは違って彼の愛は本物だ。だからこそ彼を愛さずにいられないのだ。

そしてだからこそ彼には真実を話さなくてはならない。

ジュリアナはベッドからするりと下りた。

居間のドアはまだ開いていて談笑する声が聞こえてくるが、屋敷内は静かだ。ジュリアナは前日にマーティンと庭園を散歩したときに話したことを思い出した。〝今、このときほど幸せなことはないわ〟

ジュリアナは深く息を吸った。この人たちは家族だ。隠し事をしてはならない。ことに外からの脅しに対しては団結しなくては。

居間の外の暗がりにジュリアナが立つと、一瞬みんな笑顔を向けた。彼女はこの瞬間を一生忘れないだろうと思った。みんなの楽しそうな表情が凍りつき、それから笑顔が消えた瞬間を。エイミーらしい声が言う。「ジュリアナ、どうしたの？」

だがジュリアナが見ていたのはマーティンだった。彼はもう立ち上がってこちらに歩いてくる。彼女の苦しげな様子に顔をしかめた。

「ごめんなさい」マーティンから目を離さず、ジュリアナはしっかりした声で言った。「マーティンに話さなければならないことがあるの。あとでみんなにも話すわ」

骨が砕けるほど抱きしめられても、ジュリアナは抵抗すらしなかった。マーティンは彼女の髪に顔を埋《うず》めて繰り返した。

「きみを離さない。離したりしない。けっして」

もう夜もずいぶん遅い。居間にはふたりきりだった。ジュリアナはマーティンに洗いざらい話した。だがふたりの話し合いは行きづまった。ジュリアナはすべて秘密のうちに解決するのが何より大切だと主張し、マーティンは大切なのはけっして離れないことだと言い張った。彼の言い分はジュリアナの予想どおりだった。彼の愛が本物だというあかしが見たいと願っていたけれど、今はそのためにおびえずにはいられない。

ジュリアナは顔にかかる髪を撫《な》でつけてソファに座りなおした。「マーティン、もうさんざん話し合ったわ。でも変わることはないのよ。わたしはマシンガムの妻なの。いくら認めたくなくてもそれが事実なの」彼女はマーティンの嫌悪に満ちた顔を見た。彼はその事実をどうしても認めたくないのだ。

「確かなのか？」不意に彼は言った。「その結婚は合法的なものなのか？」

ジュリアナは彼をまじまじと見てから笑いだした。

「ああ、マーティン、彼とは同棲《どうせい》していただけだと思いたいの？」

「そのほうがよほどいい」彼はジュリアナに近づき、彼女の前にひざまずいた。「それはきみの罪ではないし、わたしは少しもかまわない。大切なのはわたしたちが結婚することだ。公式にという意味だよ。気持ちなら、これ以上ないほど固く結ばれている」

ジュリアナは顔をそむけた。彼の声に、目に希望の光があるのが耐えられない。そしてその希望を自分が壊してしまうかと思うと……。

「マシンガムとの結婚は合法的よ」感情のこもらない声で彼女は言った。「ベニスで、イギリス人の牧師に式を挙げてもらったの。結婚証明書も持っているわ。ごめんなさい、マーティン。わたしだって合法的な結婚でなければよかったと思うけれど、事実なの」

蝋燭《ろうそく》が消えるようにマーティンの顔が暗くなった。彼は髪をかき上げた。「それなら、きみは彼と離婚しなければ」

ジュリアナは絶望的に手を振った。「マーティン、そのことも言ったでしょう。あなたはあの人を知らないのよ。わたしのことで悪い噂《うわさ》を広めるに違いない……あなたの名誉は傷つけられてしまうわ」

「かまわない。それでもダヴェンコートの地所は失わないし、そしてきみも」

「妹さんたちは？」ジュリアナは言った。「ロンドンでもっとも悪名高い重婚者の義理の妹と烙印《らくいん》を押されたらどんな気がするかしら？」

沈黙が流れた。「妹たちはそれを受け入れるしかない」マーティンは言った。

「ああ、マーティン。あの娘《こ》たちにそんなことをさせられないわ。わかっているはずよ」

マーティンは彼女のそばに戻った。「妹たちを巻き込むか、それともわたしがあの男を撃ち殺すかだ。どちらか選んでくれ」

ジュリアナはかぶりを振った。「それでは問題の解決にならないわ。いくらそうしたくても」

「わたしはきみから離れない」マーティンはまた言った。かたくなな彼の表情に、ジュリアナはほほえみそうになった。「子供がいたらどうだ、ジュリアナ？　彼の子供とは言わせない。きみにひとりで育てさせるわけにはいかない」

子供のことなど考えたこともなかった。ジュリアナは心が痛んだ。マーティンの子供を産みながら、彼とは永遠に引き裂かれると思うと耐えられない。彼の子供がほしくてたまらないのに産めなかったら、それもつらい。彼女の苦悩に満ちた目がマーティンの目と合った。

「わたしたちの子供？　ああ、マーティン、そんなことは考えないで……」

「考えなくてはならない。可能性は否定できないだろう」

ジュリアナは目をつぶった。「ええ、もちろんできないわ。今はまだ。でも少したてばわかるわ」

「きみひとりで立ち向かうべき問題ではない」

ジュリアナは頭を抱えた。罠《わな》にかかった鼠《ねずみ》のようだ。「まともに考えられないわ。今は眠って朝になったらまた話しましょう」

「わたしは眠れない」マーティンの顔がやわらいだ。「だがきみは疲れ果てているようだ。眠らなくてはいけない」

「ひとりでは眠れないわ」ジュリアナはそう言って、彼を見つめた。一瞬、ふたりのあいだに緊張が走った。「あなたと一緒でなくては眠らない」

マーティンは手を取って彼女を立たせた。鬱積《うつせき》した愛、切望、そして苦悩のすべてをこめてキスをした。このときが永遠に続けばいいとジュリアナは思った。だが彼の唇は離れ、ジュリアナは寒々しい思いにとらわれた。彼の顔を探るように見る。

「さあ、ベッドに行こう。朝になったらきっと事態がよくなるだろう」

屋敷は暗く、静まり返っている。ふたりは手を取って階段を上っていった。だが階上に着くと、マーティンは自分の化粧室に入ろうとした。

「きみをひとりでやすませなくてはいけないな」

ジュリアナは唇を震わせながら微笑した。片手を差し伸べて彼の顔に触れる。無精ひげが伸び、歯を食いしばっているのが感じ取れる。

「わたしから離れないと言ったでしょう？　こんなに早く約束を破るの？」

マーティンはうめいた。ジュリアナのてのひらに唇を触れる。「ジュリアナ、きみがほしくてたまらない。心から愛している。だが……今はきみに触れられない」

「それならもうマシンガムの勝ちね」ジュリアナは疲れたように言った。「もう言うことはないわ」

彼女は背を向けた。だがマーティンに腕をつかまれた。彼はジュリアナの寝室のドアを荒々しく押し開けて彼女を中に入れた。自分もあとに続き、ドアを蹴《け》って閉める。暖炉のそばでジュリアナのナイトドレスを温めていたハティがこちらを見てぎょっとした顔になった。

「頼む。出ていってくれ」マーティンが言った。ジュリアナは微笑した。怒り、悲しんでいるときでさえ、彼は召使いにも礼儀正しい。

ハティの背後でドアが閉まるか閉まらないかのうちに、マーティンはジュリアナを激しく抱き寄せて唇を合わせた。彼女のウエストを片手で抱き、もう一方の手でドレスを引き下げる。胸に触れ、むき出しになった肌を見つめた。

ジュリアナはあえいだ。マーティンの性急さ、激しさが彼女の中に欲望をかきたてる。苦しさと悲しみがいっそうふたりを燃え上がらせた。マーティンがもどかしそうに服を脱ぎ捨てた。ジュリアナの服も同じように手早く脱がせ、床に投げ捨てて彼女をベッドに運んだ。並んで横になると、彼は胸の温かい谷間に唇をはわせる。先端を軽くついばまれてジュリアナは身を震わせた。彼の唇がおなかに下りてくると期待が高まった。やさしく攻められて両脚が自然と開く。そして唇がジュリアナの唇をふさいだ。激しいキスにジュリアナはうめき、両腕を彼の背中に回して強く引き寄せた。引きしまった筋肉に指先を食い込ませる。ふたりは激しく動き、ベッドから転げ落ちて床に横たわった。暖炉の火が赤々と照り映える磨き込まれた床で、ジュリアナはもだえた。マーティンが彼女の両肩をむき出しの木の床に押しつけ、体重をかけてしっかりと彼女の腰を押さえ込んだ。彼は深く身を沈め、胸を愛撫《あいぶ》しながら彼女の名を呼んだ。ジュリアナは気が遠くなっていった。黒い波がふくれ上がり、覆いかぶさってきた。彼女は恍惚《こうこつ》のきわみにさらわれ、翻弄《ほんろう》された。

マーティンが愛の行為を選んだのは正しかった。こうしなくてはならなかったのだ。

われに返ると、ジュリアナは顔をそむけてこれ以上泣けないというほど泣いた。マーティンにベッドに戻してもらい、抱きしめられ慰められても、二度と前と同じ自分ではいられないと感じた。心が張り裂けたのはこれで二度めだ。マーティンもまた心が張り裂けた。

14

一家は朝食のあとで集まり、昼まで話し合った。それでも結論は出なかった。タラント侯爵は金を出してマシンガムを追い払う案に賛成した。父が誰よりも憎みきらっている男に十五万ポンド払う気でいるのを見ると、ジュリアナはいっそう傷ついた。侯爵の顔はしわが深くなり老いて見えた。父の顔にキスをするとその頬に涙を感じて、彼女も声をあげて泣きたくなった。

「わたしなら真っ先にあいつを撃ち殺すな」ジョスが快活に言った。「決闘が手っ取り早くていい。マーティン、どう思う？」

マーティンはうなずいた。「言うまでもなくいちばんいい方法だ」彼は笑った。つかの間、眉間《みけん》のしわが消えた。「わたしもそう思ったのだが、ジュリアナが賛成してくれない」

「誰かがクライヴ・マシンガムを撃たなくてはならないのなら、それはわたしよ」ジュリアナが言った。ジョスの快活さに合わせようとしていた。「でも家族のひとりが殺人罪で監獄行きになるのでは、賢いやり方とはいえないわ」

「死体を始末するさ」ジョスが簡単に言った。「あいつがいなくなっても誰も捜さないし、自業自得だ」

沈黙があった。

「そうしたいのはやまやまよ」とうとうジュリアナが言った。「でも殺人は許されないでしょう?」

「普通はそうよ」エイミーが考え込みながら言った。「だけどこの場合は大目に見てもいいわ」

ジュリアナはため息をついた。「そうかもしれない。わたしにはわからない。もう何もわからないわ」

エイミーはいたわりをこめて彼女の手を握った。

「彼にもう一度会うのはいつだったかしら?」

「今夜よ」ジュリアナは時計を見た。「あと一時間もしないうちに、池のほとりのあずまやで。ああ、どうすればいいの?」

みんな黙っていた。ジョスとマーティンは目を見交わした。「行って会いなさい」苦いものを食べたように口をゆがめてマーティンが言った。「そして時間をかせぐんだ。われわれには考える時間がもっと必要だ。せめて計画を立てられるだけの」

ジョスはうなずいた。「マーティンに話す機会がなかった、今夜なら話せると言えばいい。マシンガムがまた現れたために、頭が混乱してしまったと。それまでにマーティンとわたしが近くに行く。そして、まずいことになってきたら出ていって……」

「あなたたちが出てきたらもっとまずいことになると思うわ」ジュリアナは身震いして言った。「わたしに任せてくれるのがいちばんよ。マシンガムならなんとかできるわ。彼はそんなに変わっていないから」

　こちらを見たマーティンの表情に気づいて、ジュリアナは寒けがした。マシンガムが死んでいれば彼女のあやまちは過去のものとなっているはずだった。だがマシンガムは生きていた。そのためにマーティンとのあいだには溝が生じてしまった。こうしていてさえふたりの距離はどんどん広がっていく。

　マシンガムは来ない。

　ジュリアナはあずまやで待っていた。月が池の上に昇り、風が水面にさざ波を立てる。彼女は寒さと不安に震えていた。一時間たつと、マーティンが木木のあいだの隠れ場から出てきて、彼女を屋敷の中に連れ戻した。ふたりとも口をきかなかった。そしてその夜、ジュリアナはひとりで寝た。

　次の朝、朝食のテーブルでは誰もが疲れ果てた顔をしていた。みんな眠れなかったようだ。ジュリアナはお茶を一杯と蜂蜜《はちみつ》を塗ったトーストを一枚、やっと食べた。マシンガムは昨夜なぜ来なかったのだろう。わざとじらして苦しみを長引かせるつもりなのか。次には何が起きるのか。不安な気持ちでもう一日過ごすのに耐えられるだろうか。執事が彼女宛《あて》の手紙を持ってきたとき、マシンガムからに違いないと思った。執事に礼を言うと重い心で手紙を受け取った。

　手紙の表書きを見た。マシンガムの筆跡ではないようだがよくわからない。ペーパーナイフを封印の下に滑り込ませて開き、署名を確かめた。

　マーティンが見守っていた。「あいつからか？」

「いいえ」ジュリアナはゆっくり答えた。「メアリアンという人からよ」

かちゃんという音がした。侯爵がナイフを落としたのだ。下男が拾いに進み出た。ジュリアナが見ると父の顔は紙のように白い。ベアトリクスが兄に手を差し伸べた。エイミーがいぶかしげにジョスを見る。ジュリアナは眉をひそめた。

「なんなの？　わたしが何か――」

ドアが開き、また執事が入ってきた。

「地区治安官のミスター・クリーヴィがお見えです。早朝から申しわけないが、緊急の用事があるとおっしゃっています。お待ちいただきましょうか？」

侯爵がナプキンをテーブルに投げ捨てた。「今すぐみんなで会おう。エドガー、青の間にお通ししてくれ」

青の間にみんなで移ると、エドガーが治安官を案内してきた。やせこけたクリーヴィはひどく動揺しているようだ。侯爵が話すように言うと、やっと少し落ち着いた。

「お騒がせして申しわけありません。しかし、緊急にお知らせしなくてはと思いまして。大変なことが起きました。わたしが来てから、このアシュビー・タラントで殺人事件など一度もなかったのです」治安官は侮辱されたような顔つきだ。「しかも見知らぬ人間が殺されたのです」

ジュリアナはさっとマーティンを見た。彼も見返して小さく首を振った。次にジョスを見ると、兄はかすかにほほえみかけ、ちょっと肩をすくめた。

「殺人か」侯爵がゆっくりと言った。「わたしたちの驚きがおわかりだろう、ミスター・クリーヴィ。その不運な被害者は誰だね？」

「〈フェザーズ亭〉に泊まっていた紳士です。明らかにロンドンから来たよそ者です」

「地元の人でなくてよかったわ」レディ・ベアトリ

クスは領主の一族らしいことを言った。「わたしたちの目と鼻の先で人を殺すような気のきかないことをするのはよそ者だけよ」

「本当に気の毒だ」侯爵が言った。「調査しているのだろう、ミスター・クリーヴィ？」

治安官は陰気にうなずいた。「簡単明瞭《めいりょう》な事件のようです。その紳士は」手帳を見た。「身分証明書によればミスター・マシャムといって、〈フェザーズ亭〉に宿泊していました。ロンドンに帰る途中だったに違いありません。ご存じですか、侯爵？」

侯爵はゆっくりとかぶりを振った。「会ったことはない」

「そうでしょうな」クリーヴィは首を横に振った。「ミスター・マシャムはひとり旅ではありませんでした。女性と一緒だったようです」また首を横に振った。男性一般の、ことにミスター・マシャムなる男性の不道徳ぶりを嘆いているようだ。「口数の少ない女性だったと〈フェザーズ亭〉の主人が言っていました。年配の女性で、コベント・ガーデンの娼婦《しょうふ》のようではなかったと。しかしわかったものではありません。口数の少ない女ほど油断がならない」

ソファの肘掛けを強く握りしめているジュリアナの手に、マーティンが手を重ねた。彼女にはどういうことかわからない。しかし被害者はクライヴ・マシンガムに違いないとほぼ確信していた。問題は、彼がどのように……。

「何があったんだ、治安官？」落ち着いた声で侯爵がきいた。

「はあ……」治安官はそわそわとレディたちを見た。「いかがわしいことがあったようです。おわかりいただけますか？」

侯爵は視線を落とした。「ちっともわからない。もっとはっきり言ってほしい」

クリーヴィは顔を赤らめた。「色恋沙汰《ざた》です、侯爵。その紳士と女性との」

「ああ」

「ただ、それがまずいことになったようで」治安官は落ち着かない様子で手帳をぱらぱらとめくった。「ミスター・マシャムの死体は、全裸で発見されました。さるぐつわをかまされ、両手両足を広げてベッドの四隅にくくりつけられていました。マントルピースの上に羽根の入った壺《つぼ》がありました。そして……」

「もういい」侯爵がそっけなく言った。「それよりみんなが聞きたいのは死因ではないか？」

「窒息死です。さるぐつわが」クリーヴィは困った顔をした。「とてもきつかったのです。気の毒に、息をするためにゆるめようと必死だったらしくて、目が飛び出していました。しかし手足をベッドにあまり強く縛られていたので」

「ああ、ありがとう、ミスター・クリーヴィ」侯爵は容赦なくさえぎった。「おかげでよくわかった。きみの言うとおり簡単明瞭な事件だな。そして彼の連れは？　その女性はどうなった？」

クリーヴィはため息をついた。「姿を消してしまいました。まったくずうずうしい女です。ゆうべのうちに紳士の馬車に乗って。ミスター・マシャムは処理しなくてはならない仕事があって邪魔されたくない、彼は馬を借りてあとからロンドンに行くと言ったそうです。それで宿の主人は女を行かせてしまいました。まさかあんな」クリーヴィは肩をすくめた。「今朝、宿の主人は朝食が必要かどうか紳士にききに行って、彼を発見したんです」

ジョスが静かに言った。「その女を捜し出せると思うか、ミスター・クリーヴィ？」

「いいえ、全然。宿の主人はその女の名前さえ知らないし、髪は茶色だったと思うと言いました。ところがほかの者は金髪だと言うのですよ。誰も容姿を正確に言えない。とても目立たない女だったんです。口数の少ない人間はそんなものだが」

「よろしい、ありがとう、ミスター・クリーヴィ」ジョスがそう言って父親と目を見交わし、治安官を戸口まで送ろうと立ち上がった。「もっと何かわかったら知らせてくれるだろうな」

「もちろんです」クリーヴィは礼儀正しく退出しようとした。ぎこちなく頭を下げて言う。「失礼しました、奥様方」

ドアが閉まった。エドガーが表のドアを閉める音がするまでみんな黙っていた。

「自分の悪癖のために死んだのね」とうとうベアトリクスが言った。明らかに満足した声だ。「なんてロマンチックでふさわしい最期かしら」

ジュリアナはマーティンに倒れかかった。ショックと安堵《あんど》が一緒になって頭がぼうっとしてきた。

「信じられないわ」ささやくように言った。「彼が死んだなんて信じられない」彼女はマーティンの温かく、心地よい体にすがりついた。「こんな偶然が……」

「偶然ではない」侯爵は厳しい声で言った。「手紙はどこにある、ジュリアナ?」

ジュリアナは眉を寄せた。クリーヴィの知らせにあまり驚いたので手紙のことはほとんど忘れていた。

「ここにあるわ。でも……」

「読みなさい」侯爵は苦労して立ち上がった。「わたしたちに言いたいことがあったら、朝食室にいる」

侯爵はベアトリクスの腕にすがって出ていった。エイミーとジョスも続いた。マーティンも出ていこうとしたが、ジュリアナが彼の腕をつかんで引き止めた。「マーティン、お願いだから一緒にいて」目が合うと、マーティンは微笑して彼女の横に戻った。

ジュリアナは手紙を開いて読みはじめた。

〈いとしいジュリアナ〉

これはけっして告白してはならないことでした。でもあなたがどうしても知りたいと思うのなら、あなたの意思に任せます。クライヴ・マシンガムはイタリアでべつの身分証明書を取得したとあなたに言ったかもしれません。だから真実が明るみに出ることはないだろうと思います。出ないでくれればいいし、出たとしても無駄です。彼はもう死んでいるうえ、あなたがこの手紙を受け取るまでにわたしも遠くへ行っていますから。

数カ月前、マシンガムはイタリアでわたしを捜し出しました。彼がわたしを捨ててから、二十年以上もたちます。それなのに彼はわたしが彼と再会したら喜び、幸せに思うだろうとさえ考えていたのです。彼の思い違いです。マシンガムはいつも自分には魅力があるとうぬぼれていました。ああいう男はよくそんなあやまちをおかすものです。話がそれましたね。

わたしが彼を家からたたき出そうとしたとき、彼はあなたのことを言いだしました。二年前に駆け落ちして結婚し、ベニスで捨てたことの一部始終を。自分の非道な仕打ちに大得意になっているようでした。

最初、わたしは耳を疑いました。自分の娘にこんな苦しみを与えるきっかけを作ってしまったとは……。あなたに何もしてあげられなかったからこそ、わたしの悲しみはいっそう深かったのです。しかも彼はあなたにした口にするのもおぞましい仕打ちを得意になってわたしに語って聞かせている。今から思うと、そのときわたしは平常心を失っていたのでしょう。武器を手にしていたら、その場ですぐ彼を殺していたはずですから。どれくらい時間がたったのか、自分がどんな顔をしていたのかわかりません。怒りがおさまると、彼はまだしゃべり続けていて、わたしが何を感じているのか全然気づいていないのがわかりました。

　彼はわたしに一緒にロンドンに戻るのだと言いました。侯爵がわたしたちと手を切るのに金を払うはずだからと。わたしはすぐに承知しました。マシンガムの言うとおりにするつもりではありませんでした。彼は傲慢《ごうまん》でばかな男です。彼があなたを苦しめようとしているのがわかり、それを許す気はなかったからです。侯爵とわたしのあいだに何があったにしても、もう終わったことです。でもマシンガムはもう十分に、いいえ、十分すぎるほどにあなたを苦しめたのです。また苦しめるなんてとんでもないことです。

　わたしたちはまずロンドンに行きました。そこで彼は、あなたの消息をこっそりきいて回りました。あなたがマーティン・ダヴェンコートに求愛されていることを知ると彼は喜びました。それを利用して金もうけができそうだとわかったからです。はじめは単純なゆすりをもくろんでいたのだと思います。でもそれから侯爵があなたにお金を分け与える意思があると聞いて、ますます調子にのったのです。あなたの夫として姿を現し、金を取ってわたしと折半する計画を立てました。二日前にあなたの前に現れたとき、そのことを言ったと思います。彼はこれでわたしたちが侯爵に復《ふく》讐《しゅう》でき、そのうえ大金も手に入ると考えていました。愚かにも彼は、わたしも同じ考えだと信じきっていた。それがあやまりでした。

　あとは簡単でした。彼があなたに会って戻ってきた夜、わたしは彼を部屋に誘いました。今も書いたように簡単なことでした。マシンガムは魅力的な男だといううぬぼれが強かったし、わたしはいまだにまずまず見られる容貌《ようぼう》をしています。彼は性の遊戯としてはきつすぎるほどさるぐつわをかまされるまで、何ひとつ疑いませんでした。彼の死にざまを詳しく話すのはやめましょう。でも、かなり苦しんだことと思います。それがあの悪人の運命です。

いとしいジュリアナ、わたしはあなたが子供のころ何ひとつしてあげなかった。そして今になってわたしがあなたのためにしたことは、たとえ母親であっても常軌を逸していると思われるでしょう。それでもわたしは、あなたが定められた人と幸せになることを祈ります。彼とすぐ結婚しなさい。大至急。そしてけっして彼を離してはなりません。わたしが助言できるのはそれだけですが、心からのものです。生あるかぎり幸運を祈ります。

あなたの母メアリアン

「ジュリアナ？」マーティンが声をかけた。だが彼女の顔を見ると、それ以上何も言わず腕に抱いた。

その夜遅く、話がすべてすむと、ジュリアナは屋根裏部屋に上がっていった。タラント侯爵夫人の肖像画を覆った布を取り去る。絵の中の、彼女と同じ金色の斑点《はんてん》のあるエメラルドグリーンの瞳は明るく輝いて、何者にも負けない勇気が感じられる。そう、メアリアン・タラントはありふれた女性ではない。不品行でもあった。彼女の行為を知ったら非難する人もいるだろう。そして彼女の夫である侯爵のように沈黙を守りとおし、秘密を墓まで持っていこうとする人も。あるいは娘のように、母親が母親らしい一風変わったやり方で自分を愛し、自分を自由にしてくれたことを知る者も……。

ジュリアナは悲しそうに微笑してまた絵を布で覆った。誰ももう二度とメアリアン・タラントに会うことはないとわかっていた。

次の日、ジュリアナとマーティンは一緒に川に行った。湿地を抜けて柳の葉のカーテンをよけ、緑色の薄暗がりの中に入る。川の流れは穏やかだ。この川岸に続く柳の木陰の淵《ふち》でマーティンは本やスケッチブックを開き、絵を描《か》き、模型を作った。そこでジュリアナは温かな草に横たわり、舞踏会やパーティやロンドンの社交シーズンについておしゃべりした。彼は鉛筆を走らせ、彼女にしゃべらせておく。ジュリアナには座っているふたりの幻が見え、何年も前の会話が聞こえてくるようだ。

〝もしきみが三十歳になったとき、まだ結婚していなかったら、ぼくが喜んで夫になってあげる〟

〝わたしが三十歳になっても結婚していなかったら、喜んでその申し出を受けるわ〟

ジュリアナはほほえんだ。時間は不思議な円を描いて流れた。ゆっくりと、ときには予測もつかない形で。そしてとうとう円は完成した。今朝、ふたりはもう一度、侯爵とベアトリクス、エイミーとジョスの立ち会いのもとで結婚式を挙げた。今度こそ永遠に離れることはない。

マーティンは何も言わずに手を差し伸べてジュリアナを引き寄せて腕に抱いた。ジュリアナは頭を彼の肩にあずけた。彼の息で髪がなびく。

「これでいいかい、ジュリアナ？」

ジュリアナは彼の腕の中で体を回し、頬を彼の頬に押し当てた。それから両手を彼のうなじに巻きつけ、夫の頭を下げさせてキスをする。「いいわ」ほほえみながら言った。「これ以上望めないほどに」

✦ ハーレクイン・ロマンスより ✦

ロマンス・ファンに贈る豪華なクリスマスプレゼント！
二大作家ペニー・ジョーダンとエマ・ダーシーの新作をお届けします。

『聖夜に誓いを』R-2075

11月20日発売

ペニー・ジョーダン

夏に出会い、恋に落ちたジャスミンとカイド。デザイナーとしてのキャリアを捨てたくない彼女と家庭に入る妻を望む彼は対立し、ついに別れてしまう。季節は流れ、クリスマス時期に再会した二人は……。

『挑発的なプロポーズ』（旅立ちの大地）R-2073

エマ・ダーシー

歌手として成功したジョニーは、少年時代、罪を償うために羊牧場で働いていた。牧場主の遺言で牧場半分の所有権を得るが、妹のような存在だった牧場主の娘メガンはなぜか敵意をむき出しにする。

シルエット・ロマンスより

Silhouette Romance
cute, sweet romance

女心を巧みに描くシャロン・サラの
記念すべきシルエット・ロマンス初登場！

『熱いハプニング』

11月20日発売

「始まりはいつも…」 L-1164に収録

シャロン・サラ

友人の結婚式に出席したハーレーは、モーテルで目覚めると結婚していた。相手は見知らぬハンサムな男、サム。驚いて逃げ出して家に帰ったものの、彼が迎えに来て…。

思いがけない恋の始まりが、いつしか本物の愛へと変わるお話を2話収録した「始まりはいつも…」では、本作に加え、レイ・モーガン作『罪な出会い』を収録。お見逃しなく！

ハーレクイン社シリーズロマンス　11月20日の新刊

愛の激しさを知る　ハーレクイン・ロマンス

挑発的なプロポーズ（旅立ちの大地）	♥	エマ・ダーシー／藤村華奈美 訳	R-2073
罪深き美女		ロビン・ドナルド／井上京子 訳	R-2074
聖夜に誓いを	♥	ペニー・ジョーダン／高木晶子 訳	R-2075
クレタ島の恋人		トリッシュ・モーリ／萩原ちさと 訳	R-2076
ひそやかな略奪		ケイト・ウォーカー／植村真理 訳	R-2077
伯爵の過ち		サラ・ウッド／青海まこ 訳	R-2078

情熱を解き放つ　ハーレクイン・ブレイズ

初恋の面影（ロマンスの達人:ひとときの冒険Ⅱ）	♥	ジョー・リー／本山ヒロミ 訳	BZ-33

人気作家の名作ミニシリーズ　ハーレクイン・プレゼンツ 作家シリーズ

放蕩息子の帰還（遠い昔のあの声にⅠ）		ノーラ・ロバーツ／上村悦子 訳	P-262
愛よ、おかえりⅡ			P-263
禁じられた恋		アリソン・リー／佐野雅子 訳	
クリスマスに指輪を		アリソン・リー／麻生ミキ 訳	

キュートでさわやか　シルエット・ロマンス

ボスは傲慢		ステラ・バグウェル／山田沙羅 訳	L-1161
七日間のシンデレラ		メリッサ・ジェイムズ／竹内　喜 訳	L-1162
海がくれたロマンス（恋する楽園Ⅲ）		シャーリー・ジャンプ／雨宮幸子 訳	L-1163
始まりはいつも・・・	♥		L-1164
熱いハプニング		シャロン・サラ／宮崎真紀 訳	
罪な出会い（ボスには秘密！）		レイ・モーガン／宮崎真紀 訳	

ロマンティック・サスペンスの決定版　シルエット・ラブ ストリーム

別れのキスをもう一度（闇の使徒たちⅥ）		ジェナ・ミルズ／村上あずさ 訳	LS-263
残酷なランデブー		エイミー・J・フェッツァー／米崎邦子 訳	LS-264
暗闇のレディ（孤高の鷲Ⅳ）		ゲイル・ウィルソン／仁嶋いずる 訳	LS-265
フォーエバー・マイ・ラブ	♥	ヘザー・グレアム／津田藤子 訳	LS-266

個性香る連作シリーズ

シルエット・コルトンズ		
花婿の拒絶	ジーン・ブレイシャー／南　さゆり 訳	SC-15
シルエット・アシュトンズ		
熱き週末	キャシー・ディノスキー／神鳥奈穂子 訳	SA-2
ハーレクイン・スティープウッド・スキャンダル		
うるわしき縁組	シルヴィア・アンドルー／小山マヤ子 訳	HSS-15
フォーチュンズ・チルドレン		
危険な逃避行（富豪一族の肖像Ⅲ）	マリーン・ラブレース／井野上悦子 訳	FC-3

クーポンを集めて キャンペーンに参加しよう!

どなたでも応募できます。「10枚集めて応募しよう!」キャンペーン用クーポン → 06 10 ← 会員限定ポイント・コレクション用クーポン

♥マークは、今月のおすすめ